Thomas Chatwin, geboren 1949, ist promovierter Literaturwissenschaftler und ein profunder England-Kenner. Er liebt Cornwall und verbringt jede freie Minute dort. Seiner langjährigen Freundschaft mit der englischen Bestsellerautorin Rosamunde Pilcher und vielen gemeinsamen Reisen verdankt er ungewöhnlich detailreiche Einblicke in Cornwalls Alltag.

THOMAS CHATWIN

Mord frei Haus

EIN CORNWALL-KRIMI

Rowohlt Taschenbuch Verlag

Veröffentlicht im Rowohlt Taschenbuch Verlag,
Hamburg, April 2022
Copyright © 2021 by Rowohlt Verlag GmbH, Hamburg
Copyright © 2021 by Thomas Chatwin
Redaktion Heike Brillmann-Ede
Covergestaltung FAVORITBUERO, München
Coverabbildung Shutterstock
Satz aus der Abril bei CPI books GmbH, Leck
Druck und Bindung GGP Media GmbH, Pößneck, Germany
ISBN 978-3-499-00398-1

Die Rowohlt Verlage haben sich zu einer nachhaltigen Buchproduktion verpflichtet. Gemeinsam mit unseren Partnern und Lieferanten setzen wir uns für eine klimaneutrale Buchproduktion ein, die den Erwerb von Klimazertifikaten zur Kompensation des CO_2-Ausstoßes einschließt.
www.klimaneutralerverlag.de

Mord frei Haus

Prolog

Über Cornwalls Möwen ist schon viel geschrieben worden. Ihre wilde Entschlossenheit ist legendär. Auch Daphne Penrose hatte früh lernen müssen, sich vor ihnen in Acht zu nehmen. Wer zum Hafen an der Bucht hinuntergeht, entdeckt sie überall, die schnellen weißgrauen Silhouetten am Himmel, die sich in Gruppen auf die einfahrenden Boote stürzen und ungeduldig nach Fisch oder Brotkrumen schreien. Bekommen sie ihren Willen nicht, greifen sie zu anderen Mitteln. Selbst Hafenmeister Bellamys treuherziger Basset, der auf dem Bootssteg gerne die täglichen Pasteten in seinem Napf verteidigte, hätte ein Lied über die kämpferischen Möwenschnäbel jaulen können, wenn die letzte Begegnung nicht so schlecht für ihn ausgegangen wäre.

Die schrillen Möwenrufe von den Dächern gehörten meist zu den ersten Tönen, die Foweys Neugeborene wahrnahmen, und auf dem Friedhof neben dem River Fowey wurde niemand ohne das Jammern der Mantelmöwen zu Grabe getragen. Auch Stürme konnten die Vögel zuverlässig vorhersagen. Von ihrer Großmutter hatte Daphne gelernt, die unterschiedlich starken Möwenschwärme mit dem bevorstehenden Wetter in Verbindung zu bringen. Bereits vier oder fünf Tage vor einem Sturm zogen die Vögel ins Inland, um Schutz zu suchen. Flogen sie auffällig im Kreis, kalibrierten sie ihre natürlichen Barometer neu. Kamen sie in kleinen Gruppen zurück, war der Luftdruck wieder gestiegen und schönes Wetter stand bevor.

Früher hatte es geheißen, dass nur Gott und die Möwen wussten, was in Fowey vor sich ging. Stimmt nicht, widersprachen Daphnes Freundinnen augenzwinkernd, wenn im Pub die Rede darauf kam. Wirklich alles weiß nur eine – Daphne Penrose.

Auch wenn es nur ein Witz war, fanden doch alle, dass es cool sein müsste, als Postbotin so viel über die Leute in Fowey zu wissen. Daphne hörte es sich an und amüsierte sich darüber. Jeder sah nur, wie sie jeden Tag gut gelaunt mit dem Fahrrad durch die engen Gassen des Küstenortes fuhr, die braunen Haare zu einem praktischen Pferdeschwanz zurückgebunden und vor der Lenkstange den Korb der *Royal Mail*. Da sie gut zuhören konnte, legte man ihr an manchen Haustüren die Lebensgeschichten wie reife Früchte vor die Füße, ob sie wollte oder nicht. Einiges war zum Lachen, anderes eher schwere Kost. Hin und wieder gab Daphne auch einen fröhlichen Rat, so wie Pferde jemanden sanft anstupsen.

Was keiner sah, war ihre stille, kleine Last des Mitwissertums. Ihre erwachsene Tochter und Francis nannten es liebevoll-spöttisch *Daphnes Betriebsgeheimnis*, eigentlich traf es das ja auch. Im Prinzip konnte Daphne gut damit leben, es gehörte zum Job. Ein bisschen fühlte es sich an, als wenn man unfreiwillig die Einzige war, die für sich behalten sollte, wer unter Fußpilz litt oder schmutzige Unterwäsche trug.

So war es bis in den August, nach einem ungewöhnlich stürmischen Sommer. Dann kam das Wochenende, an dem die Möwen mit dem Wetterwechsel zurückkehrten und ganz Fowey durch ihr Verhalten beunruhigten. Waren sie früher nur frech gewesen, schienen sie jetzt unerklärlich aggressiv zu sein. In drei Fällen durchbrachen sie sogar Fensterscheiben und flogen in die Häuser, als weigerten sie sich, menschlichen Hindernissen auszuweichen. Einige griffen im Sturzflug Pferde an. Jeder musste unweigerlich an Mrs. du Maurier und ihre Erzählung *Die Vögel* denken, die der Schriftstellerin eingefallen war, nachdem sie nahe Fowey eine weiße Wolke von Möwen hinter einem pflügenden Traktor entdeckt hatte.

Bis zur letzten Augustwoche hatten sich die Vorfälle mit aggressiven Möwen fast verdoppelt. Plötzlich traute man ihnen alles zu. Als am letzten Augustsonntag die Leiche von George Huxton gefunden wurde, machte sogar für einige Stunden das Gerücht die Runde, die Möwen hätten ihn zerhackt. Aber das stimmte nicht, die Wahrheit war noch schlimmer. Das Verbrechen an George Huxton entpuppte sich als Anfang einer schrecklichen Mordserie, wie Cornwall sie so noch nie erlebt hatte.

Das alles passierte an dem Sonntag, den Daphne bis zum Rest ihres Lebens in schmerzhafter Erinnerung behalten sollte. Der Tag, an dem sie zum ersten Mal begriff, wie wenig sie im Grunde über die Menschen in Fowey wusste.

1

An einem wundervollen Morgen entdeckte ich
von meinem Aussichtspunkt eine Schule langsam
dahinziehender Haie, die das Wasser nach Plankton
durchsiebten, unbeholfen und anmutig zugleich.

Mary Wesley

Normalerweise lief es sonntags in ihrer Ehe so: Daphne schlief ein bisschen länger, weil sie keine Post austragen musste, Francis bereitete währenddessen ein schönes Frühstück vor. Seine Rühreier waren ohnehin fluffiger als ihre. Bei schönem Wetter frühstückten sie im Garten. Spätestens beim Toast begannen sie Pläne für den Rest des Tages zu schmieden. Sie machten eine Küstenwanderung, segelten oder befestigten eine Hängematte zwischen ihren beiden größten Cornwall-Palmen. Meistens lag Daphne darin und schaukelte, unter sich im Gras unterhaltsame Lesevorräte wie die über *Die Todesermittlung in der Kriminalistik* oder *Englands brutalste Morde*. Im Liegestuhl daneben machte Francis ein kleines Schläfchen.

Jeder von ihnen besaß sein eigenes Talent abzuschalten.

Doch an diesem Sonntag war alles anders.

Francis zuliebe war Daphne nachts um vier Uhr aufgestanden, mit Haaren wie ein zerstrubbeltes Dünenkaninchen. Er hatte eine Überraschung angekündigt.

Es war noch dunkel, als er mit ihr nach Land's End fuhr, dem westlichsten Zipfel Englands. Während der Autofahrt sah Daphne vom Beifahrersitz aus, dass sein Gesicht in leiser Vorfreude strahlte. Seine dunkelblonden Haare mit den ersten grauen Fäden waren durch die Eile nicht weniger zerstrubbelt als ihre. Erst als er eine alte CD aus dem Fach in der Autotür fischte und sie einlegte, begann sie zu begreifen, warum sie hier im Auto saß. Es war rührend. Er spielte Ronan Keatings Schmusesong *When You Say Nothing At All*, die Schnulze, bei der sie vor achtundzwanzig Jahren während einer Strandparty bei Land's End zum ersten Mal getanzt hatten. Daphne war wegen mehrerer hässlicher Pickel am Kinn nicht gerade gut drauf gewesen, ihm war ein verletzter Arm abgespreizt und eingegipst worden. Beide hatten sie in dem Gefühl getanzt, wegen ihrer Unvollkommenheit wenigstens an diesem Abend füreinander geschaffen zu sein.

Daphne beugte sich zum Lenkrad hinüber und gab Francis einen Kuss auf die Wange. «Wie süß, dass du daran gedacht hast! Wieso eigentlich? Wir haben den Tag sonst nie gefeiert.»

«Ich hatte eine kleine Gedankenstütze», sagte er stolz, während er auf die Schnellstraße nach Penzance einbog. «Brian Readfields schöner Oldtimer ist an diesem Tag zum ersten Mal zugelassen worden.»

Sie wollte schon Protest anmelden, als ihr strafmindernd einfiel, dass sie selbst nur deshalb an ihre silberne Hochzeit gedacht hatte, weil ihre Kosmetikerin ihr kurz vorher für fünfundzwanzig Jahre Treue gedankt hatte.

Das Wichtigste war, dass Francis den Tag nicht vergessen hatte. Er machte es spannend.

Erst als sie im ersten Dämmerlicht bei Land's End parkten, rückte er damit heraus, was Daphne hier erwartete. Sie musste zugeben, dass es etwas Großes war. Sein Geschenk war romantisch – ein Sonnenaufgangspicknick an den Klippen. Er hatte alles gut geplant. Während sich über dem Plateau der

Himmel erhellte, als würde man langsam einen Dimmer aufdrehen, zauberte er voller Stolz einen Picknickkorb und die blaue Familiendecke aus dem Kofferraum. Der Korb stammte von Colonel Waring, Daphnes englischem Großvater. In ihm hatte bereits die Wildschweinpastete gelegen, die König George VI. dem Colonel nach einer Jagd in Sandringham geschenkt hatte. Später wurde das leere Pastetenglas in der Familie behandelt, als wäre es der Hosenbandorden.

«Ich ahne, wo du hinwillst», rief Daphne freudig. Sie hätte gewettet, dass Francis sie nach *Seal Head* führte, wie der Platz unter Kennern hieß, die Bucht mit den meisten Seehunden. Kaum hatte man dort zweimal in sein mitgebrachtes Sandwich gebissen, streckte unten im Meer schon die nächste Robbe den Kopf aus dem Wasser.

«Jedenfalls werden wir gleich ziemlich allein sein», versprach Francis. «Den Platz kennt kaum einer.»

Gut gelaunt schnappten sie ihre Sachen, verließen den Parkplatz und das Gelände des Besucherkomplexes mit dem angeschlossenen Hotel und folgten dem sandigen Pfad zu den zerklüfteten Klippen. Dort bog Francis nach links ab. Natürlich wollte er nach *Seal Head*.

Gerade als sie den Klippenrand erreicht hatten, dreißig Meter über der Brandung, stieg die Morgenröte aus dem Meer. Es war ein erhabener Augenblick.

«Wir sind keine Minute zu früh», sagte Francis. «Schnell, die Decke!»

Eilig breiteten sie die Decke aus und ließen sich darauf nieder. Eng aneinandergelehnt, die Knie umschlungen, warteten sie auf das Spektakel.

Es war noch eindrucksvoller, als Daphne es in Erinnerung hatte. Sie hörten, wie unten die Wellen rauschten. Während am Horizont in rötlichen Streifen die Sonne aufging und

Land's End in unwirkliches Licht getaucht wurde, drehte sich plötzlich der Wind, als hätte er einen neuen Befehl erhalten. Jetzt bogen sich die Gräser neben ihnen in eine andere Richtung. Plötzlich roch die Luft nach einer Mischung aus Seetang, Muscheln und den Hagebutten auf der Heide hinter den Klippen. Das Meer begann, silbrig zu glitzern. Für ein paar Sekunden glaubte Daphne, im Meeressilber die Flossen stöbernder Haie zu sehen. Aus den Nischen im Gestein lösten sich Sturmvögel, um zu den kahlen Felsen der kleinen Insel *Carn Bras* hinüberzufliegen.

Seit ihrem achten Lebensjahr hatte Daphne den Sonnenaufgang bei Land's End nicht mehr erlebt. Für Sekunden sah sie sich wieder in ihrem geblümten Kinderkleid im Wind auf den Klippen stehen, gut festgehalten von ihrer Mutter. Mum hatte sich ihr seidenes Kopftuch umgebunden, ein Weihnachtsgeschenk von Mrs. du Maurier ...

Damals war man fast immer allein hier oben gewesen.

Jetzt nicht mehr.

Männerstimmen in den Klippen unter ihnen, ein Poltern von Steinen, dazwischen das ohrenbetäubende Aufklatschen einer Riesenwelle an die Felswand. Jemand versuchte, Möwenschreie zu imitieren, leider eher krähend und ungeschickt.

«Touristen», flüsterte Francis und legte einen Zeigefinger auf die Lippen.

Daphne ließ sich nicht aus der Ruhe bringen. Sie beugte sich etwas vor und lauschte. Zu sehen war noch niemand, aber eine der Stimmen tönte besonders markant.

«Klingt nach Eddie Fernbroke.»

«Oh Gott», sagte Francis entsetzt. «Es ist ja Basstölpel-Woche!»

In seiner Vorfreude hat er es vergessen. Jedes Jahr im

August zählten Vogelfreunde die jungen Basstölpel in den Klippen von Land's End. Die *gannets* wurden groß wie Gänse und verbrachten die meiste Zeit ihres Lebens segelnd über dem Meer.

Eddie krabbelte auf allen vieren nach oben. Sein rotbackiges Gesicht strahlte. Wie immer auf seinen Exkursionen waren der Rucksack, die Tweedjacke und seine Hose in graugrünen Tarnfarben gehalten. Wind und Wetter hatten seinen Teint braun gegerbt. Daphne mochte ihn, nur seine Vogelmanie war manchmal anstrengend.

«Einen fröhlichen Basstölpel-Morgen!», rief Eddie gut gelaunt.

Daphne und Francis winkten ihm vom Sitzen aus freundlich zu. «Hallo, Eddie!»

In der Hand trug er ein zerfleddertes leeres Nest, an den Schuhen klebte jede Menge Vogelkot. Er schien kein bisschen überrascht zu sein, dass hier jemand schon morgens um sechs auf der Decke saß. Um seinen Hals hingen Kamera und Fernglas, im Gürtel steckte ein zusammengeklapptes Stativ. Da ihm die Mostkelterei in Par gehörte, beulten Äpfel seine rechte Tasche aus.

«Wart ihr gestern auch erfolgreich?», wollte er wissen.

«Wir starten gerade erst», sagte Daphne diplomatisch.

«Hör zu, Eddie», begann Francis vorsichtig. «Daphne und ich hatten uns dieses Plätzchen gerade ...»

«Warte, ich muss euch was erzählen», sagte Eddie, während er sich gemütlich neben Francis auf der blauen Decke niederließ. «Es gibt eine Sensation!»

Daphne und Francis nahmen es mit Humor. Eddie war kein normaler *birdwatcher*, ein Vogelbeobachter, wie sie am Wochenende zu Hunderten mit baumelnden Ferngläsern Cornwall durchstreiften. Eddie Fernbroke war die fanatische Ausgabe davon – ein *birdspotter*. Und er redete gerne darüber. Mit detektivischem Ehrgeiz war er bis nach Schottland gefahren, um den einzigen Alpenbirkenzeisig zwischen Glasgow und Inverness zu fotografieren, und er hatte fluchtartig die Taufe seiner jüngsten Tochter verlassen, weil jemand im Wald vom Helford einen Trauerschnäpper gesichtet hatte.

«Ich wette, ihr werdet nicht draufkommen, wen ich gestern vor der Linse hatte», sagte er genüsslich, während er sich Daphnes kleines Sitzkissen unten den Hintern schob.

«Irgendwelche Nester?», versuchte Daphne zu raten. «Bodenbrüter?»

«Kalt», sagte Eddie. «Ganz kalt. Ich sage nur: gelbbraunes Köpfchen und graues Nackenband.»

«Wir passen», antwortete Francis, damit die Sache nicht zu lange dauerte. Gegen einen Vogel-Paparazzo hatte man keine Chance.

«Einen Kernbeißer!» Eddie blickte sie triumphierend an. «Ein Kernbeißer auf Land's End! Wie ist das denn?»

«Wahrscheinlich hatte er nur sein Navi vergessen», spottete Francis, um Eddie aufzuziehen.

Sie lachten. Es war das laute, herzliche Lachen der kornischen Männer, wenn sie auf jemanden trafen, den sie schätzten.

Daphne schaute irritiert zum Himmel. Obwohl der Wind nur eine mäßige Brise war, bekam sie wie aus dem Nichts eine Gänsehaut. Es war seltsam. Der kalte Hauch kühlte sie innerhalb von Sekunden aus – vielleicht lag es daran, dass sie noch nichts gefrühstückt hatte. Da Eddie keinerlei Anstalten machte, wieder zu verschwinden, beschloss sie, schnell zum Auto zu laufen und ihre Strickjacke zu holen. Vermutlich würde es nachher auf ein Picknick zu dritt hinauslaufen.

Der Autoschlüssel lag neben den Pasteten im Picknickkorb.

Sie nahm ihn heraus, ohne dass die Männer es mitbekamen. Dann ging sie auf dem Trampelpfad zum Parkplatz zurück. Unter keinen Umständen wollte sie krank werden. Seit vergangener Woche waren zwei ihrer Kollegen bei der *Royal Mail* ausgefallen, sodass sie und Bridget Collins die Post für Fowey vorerst allein austragen mussten.

Das Auto stand in der Nähe des Besucherzentrums. Hastig schloss Daphne den Wagen auf, setzte sich auf den Beifahrersitz und griff nach ihrer dicken Strickjacke auf der Rückbank. Für einen Moment spürte sie die Verlockung, hier gemütlich sitzen zu bleiben und auf Francis zu warten, aber es wäre unfair gewesen. Er war ihretwegen hierhergefahren. Als sie im Innenspiegel ihre zerwehten braunen Haare betrachtete, stellte sie zum ersten Mal seit ihrem fünfzigsten Geburtstag fest, dass die Poren auf ihrer Stirn nicht mehr so fein waren wie früher. Aber vielleicht kam das auch nur vom Frieren, tröstete sie sich.

Um die Rückkehr in den Wind noch etwas hinauszuzögern, zog sie die Jacke im Sitzen an. Sie war gerade dabei, die Knöpfe zu schließen, als in der rechten Tasche ihr Handy klingelte. Sie erkannte die Nummer ihrer Cousine Annabelle Carlyon. Sie war drei Jahre jünger als Daphne und arbeitete als Gartendesignerin.

«Hallo, Annabelle! Hast du Schlafstörungen?»

Normalerweise gab Annabelle sofort eine passende Bemerkung zurück, doch diesmal klang ihre Stimme aufgeregt. «Daphne – ich brauche dich! Er ist tot! Er liegt vor meiner Haustür und ist tot!»

«Wer?» Daphne war irritiert. Erst dachte sie an Annabelles zauseligen Kanarienvogel, aber den hatte ja im Juni eine Katze verspeist. Über einen neuen Lover sprach Annabelle sicher auch nicht, von ihm hätte sie längst erzählt.

«George Huxton. Jemand hat ihn vor meine Tür gelegt. Er ist in Papier eingewickelt.»

«In Papier?», fragte Daphne ungläubig.

«Ja, in rotes Geschenkpapier. Wie das, mit dem du zu Weihnachten die Vase für mich verpackt hast.»

«Hast du was getrunken?»

«Nein! Glaub mir, er liegt da. Nur seine Füße und sein Kopf mit den blutigen Haaren schauen raus.» Ihre Stimme wurde panisch. «Oh Gott, jetzt kreisen schon die Möwen über ihm! Bitte lass mich nicht im Stich!»

Es klang so flehentlich, dass Daphne keinen Zweifel mehr an Annabelles Beschreibung hatte. George Huxton war ihr unmittelbarer Nachbar, unverheiratet, Mitte fünfzig, das größte Ekel in der Straße. Seit zwei Jahren hatte er ihr und anderen in der Nachbarschaft nichts als Ärger gemacht.

«Hast du die Polizei gerufen?»

«Ja. Sie werden gleich hier sein. Das Mädchen am Telefon hat mich allen Ernstes gefragt, ob ich heute Geburtstag habe. Sie dachte, es sei ein Scherz.»

«Ganz ruhig, Annabelle. Wie hast du es ...» Sie korrigierte sich, um nicht pietätlos zu klingen. «... ihn ... bemerkt?»

«Als ich die Haustür aufgemacht habe, um die Zeitung reinzuholen. Ich wäre fast über ihn gestolpert.» Daphne hörte, wie ihre Cousine heftig an eine Fensterscheibe klopfte, wahrscheinlich um die Vögel zu verscheuchen. «Weg mit euch!»

«Annabelle? Das klingt nach Mord. Du darfst auf keinen Fall was anfassen. Hörst du?»

«Das weiß ich selbst», stöhnte Annabelle. «Dachtest du, ich will Huxton auspacken?»

«Ich versuche, so schnell wie möglich bei dir zu sein», versprach Daphne. «Wir sind seit Sonnenaufgang bei Land's End. Ich fahre sofort los.»

«Gut. Was soll ich so lange tun?»

«Mach dir einen Tee.» Daphne fiel nichts Besseres ein. Auf keinen Fall durfte Annabelle jetzt das Haus verlassen. «Und schau nicht mehr aus dem Fenster. Versprichst du mir das?»

«Ich verspreche es.»

«Dann bis gleich.»

Daphne sprang aus dem Auto und rannte quer über die Heide zu ihrem Picknickplatz zurück. Francis war gerade dabei, die Flasche Cider aus dem Korb zu ziehen, um sie zu öffnen, während Eddie ein großes Stück Cheddar-Käse aus seinem Rucksack gezaubert hatte. Zwei fröhliche Jungs auf Klassenausflug.

Daphne blieb nichts anderes übrig, als ihnen die Stimmung zu verderben. Hastig erklärte sie die Situation. Francis war ebenso schockiert wie sie. Er mochte Annabelle sehr und bewunderte, wie sie sich allein und ohne fremde Hilfe als erfolgreiche Gartendesignerin etabliert hatte. Außerdem erinnerte sie ihn an seine verstorbene Schwester.

«Wie geht sie damit um?», fragte er besorgt.

Eddie war so taktvoll, seinen leckeren Cheddar auf die Decke zurückzulegen und schweigend zuzuhören.

«Noch behält sie die Nerven, aber du weißt ja – mit den Vernehmungen wird sich das ändern», antwortete Daphne. Sie sprach aus eigener Erfahrung mit der Polizei.

«Dann lass uns zusammenpacken.»

Entschlossen zog Francis den Picknickkorb zu sich heran, doch Daphne hielt ihn davon ab. «Nein, warte. Lass mich allein fahren.»

Wie sie ihre Cousine kannte, würde Annabelle sich in Gegenwart von Francis unnötig gezwungen sehen, eine Fassade aufzubauen. Mit Daphne war sie aufgewachsen, bei ihr konnte sie loslassen. Auch ein anderer Gedanke war Daphne unangenehm. Obwohl Francis wusste, dass sie mit Anfang zwanzig ein kurzes Verhältnis mit Detective Chief Inspector Vincent gehabt hatte, der damals noch ein junger Constable gewesen war («Nur sieben Tage, Francis, aber die größte Zeitverschwendung meines Lebens!!!») und obwohl Francis damit völlig entspannt umging, sah sie es nicht gern, wenn die beiden öfter als notwendig aufeinanderstießen.

Außerdem hatte Francis um zehn Uhr einen wichtigen Termin bei Lady Wickelton, den er unter keinen Umständen verpassen durfte. Die alte Dame plante, dem Hafenamt ihre Villa zur Einrichtung eines Schiffsmuseums zu vermachen. Ihr Gesprächspartner sollte Francis sein. Als zuständiger Flussmeister für den River Fowey schien er ihr am ehrlichsten die Bedürnisse des Hafens zu vertreten.

Schließlich gab Francis nach, und Eddie Fernbroke bot an, ihn später nach Fowey mitzunehmen.

Erleichtert lief Daphne zurück zum Parkplatz, gedanklich schon bei Annabelle. Die nächsten Stunden würden für ihre Cousine schwer werden. Sobald der polizeiliche Marathon aus Fragen und Beweissicherungen begonnen hatte, wurden aus Menschen Tatverdächtige und aus Dingen des Alltags Indizien.

Die Strecke nach Fowey raste sie mit überhöhtem Tempo zurück. Einmal überfuhr sie ein Stoppschild, in zwei Kurven hatte sie Mühe, den Wagen in der Spur zu halten. In Kinofilmen konnten alle auf zwei Rädern fahren, nur bei ihr funktionierte es nicht, stellte sie selbstironisch fest. Währenddessen wählte ihr Telefon die private Telefonnummer von Chief Inspector Vincent. Obwohl er und sie bei jeder Begegnung zuverlässig aneinandergerieten, hatte er ihr kürzlich seine alberne private Visitenkarte mit den zwei gekreuzten Jagdhörnern aufgedrängt.

Es sprang nur die Mailbox an, begleitet von James Vincents snobistischem Hinweis, man habe ihn leider verpasst. Daphne vermutete, dass er gerade irgendwo bis zu den Knien im Moor stand, um Enten zu schießen, wie meistens am Sonntagmorgen. Aber wenigstens konnte er dann auch nicht Annabelles Leiche auswickeln, dachte sie boshaft.

Als sie in Fowey ankam und in Annabelles Straße einbog, entdeckte sie schon von weitem die beiden Polizeiwagen. Sie wirkten wie Störenfriede in der verschlafenen Sonntagsruhe des Küstenortes. Foweys Häuser erstreckten sich über einen Hang am River Fowey, vom Hafen bis hinauf zum Kamm mit den malerischen Zedern. Während Daphne und Francis weiter oben wohnten, lag Annabelles Haus und das ihres Nachbarn George Huxton in einer ruhigen Wohnstraße unten am Fluss, nur durch einen breiten Wiesenstreifen vom Ufer getrennt.

Vor Annabelles Haus sperrten zwei junge Polizisten das Areal mit Bändern ab. Einer war Mark Ripley, mit dem Daphnes Tochter in den Kindergarten gegangen war. Von Dr. Fouls, dem Polizeiarzt, und von Chief Inspector Vincent war weit und breit nichts zu sehen. Daphne hatte es nicht anders erwartet. Sich in Cornwall am Wochenende ermorden zu lassen, war eine schlechte Idee.

Als sie auf der gegenüberliegenden Straßenseite parkte und ausstieg, grüßte Constable Ripley mit ernstem Gesicht zu ihr hinüber. Er wusste, dass Daphne und Annabelle Cousinen waren. Beklommen überquerte Daphne die Straße und ging die drei Stufen zum Eingangsbereich des Hauses hinauf. Annabelle hatte das einst unansehnliche Gebäude mit weiß lackiertem Holz verkleiden lassen. Sie nannte es ihr *Küsten-*

haus. Die Fenstersimse, die Läden und die Haustür hatten die gleiche grüne Farbe wie der Sockel des *Pendeen Lighthouse*, des weißen Leuchtturms bei Land's End. Entlang der Hauswand hatte Annabelle in Steintrögen Zauberglöckchen und Begonien gepflanzt. Rechts befand sich der Eingang zum Garten. Den Bereich davor, die Stelle mit dem Toten, hatte die Polizei diskret mit zwei transportablen Paravents umstellt.

Mark Ripley sprach Daphne höflich an, als sie auf ihn zukam.

«Gut, dass Sie da sind, Mrs. Penrose», sagte er. «Miss Carlyon ist ziemlich fertig. Bitte gehen Sie ganz am Rand entlang durch den Garten auf die Terrasse, die Spurensicherung müsste gleich hier sein. Und ziehen Sie das hier an.» Er drückte ihr ein paar blaue Wegwerf-Überzieher für die Schuhe in die Hand. Auch er selbst trug welche.

«Natürlich, Mark.» Sie stülpte das dünne Material über ihre Wanderschuhe. So etwas gab es nur in Fowey. In der Anonymität einer Großstadt hätte kein Polizist jemanden *vor* der Spurensicherung hineingelassen. Mutig geworden, zeigte sie auf den Paravent.

«Meinen Sie, ich darf vorher kurz ...»

Er nickte und schob die vordere Abtrennung ein Stück zur Seite. Es war nicht das erste Mal, dass sie einen Toten zu Gesicht bekam. Sie war auf einiges gefasst.

Doch was sie jetzt zu sehen bekam, war so skurril, dass sie vor Schreck starr stehen blieb.

Die Leiche von George Huxton lag nur ein paar Schritte von der Haustür entfernt. Wie eine Mumie war sie vom Hals bis zu den Knöcheln in glänzendes rotes Geschenkpapier gewickelt. Nur Huxtons Kopf mit den blutverschmierten Haaren und die hellbraunen Slippers an den Füßen waren zu sehen.

Als würde das Geschenkpapier noch nicht genug aussagen,

hatte der Mörder sein Opfer wie ein wertvolles Präsent mit breitem goldfarbenem Geschenkband eingeschnürt. Über dem Bauch war es elegant zu einer gigantischen Doppelschleife gebunden. Unter der Schleife klemmte eine beigefarbene Karte, wie man sie gerne mit einem Gruß zu Geburtstagen verschenkte. Die Buchhandlung in Fowey führte solche Karten seit Jahren. Mit einem roten Herzen versehen, trug sie die Aufschrift *Für Dich*.

Darunter stand mit lilafarbener Tinte, in perfekter kalligraphischer Schrift:

Liebe Annabelle,
ich schenk Dir einen Toten.
Jetzt wird Dir niemand mehr das Leben schwermachen.

Zu Daphnes besonderem Entsetzen klebte in der rechten oberen Ecke der Karte der kleine Aufkleber der Royal Mail mit der königlichen Krone, als hätte der Mörder für sein Paket Porto bezahlt.

Nur weil sie sich traute, ein zweites Mal zum Kopf des Toten zu schauen, bemerkte sie den hellen Streifen an seinem faltigen Hals, ein dünnes Stück weißen Kunststoff. Sie erkannte sofort, worum es sich handelte. Es war ein mit großer Brutalität zugezogener Kabelbinder, dessen freies Ende unter dem Kragen des Hemdes klemmte.

Schockiert blickte Daphne von den starren Augen des Toten auf.

Hinter der Fensterscheibe der Küche entdeckte sie das verheulte Gesicht von Annabelle.

2

> Es gibt Dinge, die unsagbar sind.
> Darum haben wir Kunst.
>
> **Leonora Carrington**

Um kurz vor zehn war Francis wieder in Fowey.
Während der Autofahrt hatte Eddie Fernbroke so lange über das Verhalten von Nachtigallen in der Mauser doziert, dass Francis am Ende nur noch widerstandslos nicken konnte. In Wirklichkeit dachte er ununterbrochen an Daphne und Annabelle. Aber Eddie war eben ein Freak. Selbst als er einmal in Falmouth dem Prinzen von Wales vorgestellt worden war, hatte er plötzlich das Foto eines Säbelschnäblers aus der Tasche gezogen und es dem verblüfften Royal in die Hand gedrückt.

Als sie am Schaufenster des Tourismusbüros vorbeifuhren, entdeckte Francis die neuen Plakate der Gemeinde. Darauf wurde mit witzigen Wortspielen erklärt, dass man den Ortsnamen Fowey kurz und prägnant wie *Foy* aussprach. Am Aquarium vorbei ging es schließlich hinauf zu Lady Wickeltons viktorianischer Villa. Kaum waren sie dort angekommen, schien Eddie noch einmal beweisen zu wollen, dass er sich auch für die Sorgen von Francis interessierte. Doch es wurde eher ein kritischer Kommentar.

«Noch mal wegen George Huxton ...», begann er. «Ich wollte es nicht vor Daphne sagen, aber er war ein ziemlicher Widerling. Sorry, das ist nun mal die Wahrheit.»

«Du kanntest ihn?», fragte Francis überrascht. Er selbst hatte mit George Huxton zweimal im Hafen zu tun gehabt, was anstrengend genug gewesen war. Huxton hatte beantragt, dass auf dem jährlichen Hafenfest keine lärmenden Bands mehr auftreten sollten, weil er die Musik bis zu seinem Haus hören konnte.

«Was heißt schon kennen?», fragte Eddie zurück. «Keiner kannte ihn. Er war ein Einzelgänger und Streithammel. Wollte krankhaft alle kontrollieren. Ich hab ihm mal sein Luftgewehr abgenommen, weil er auf Kaninchen geschossen hat.»

«Wo war das?»

«Hinter seinem Garten.» Seine Stimme wurde gedämpfter, als säße hinter ihnen jemand im Auto, der mithören konnte. «Wenn ihr mehr über ihn wissen wollt, fragt Sally Inch, sie kannte ihn *sehr* gut. Aber das weiß sonst keiner. Ich hab's von meiner Schwester.»

«Danke», antwortete Francis, während er die Beifahrertür öffnete und seine Füße aus der Enge des Wagens nach draußen schob. Für sich selbst speicherte er die interessante Frage ab, wie es sein konnte, dass sich Sally als angesehene Möwenforscherin mit einem Mann wie George Huxton abgegeben hatte.

Eddie hupte zweimal und fuhr los, die Gasse zum Herrenhaus der Treffrys hinauf, hinter dem sein Bungalow stand.

Nachdenklich öffnete Francis das Holztor in der Granitmauer. Es war der Hintereingang, den nur Freunde von Lady Wickelton benutzen durften. Auf den obersten Mauersteinen wuchsen Moos und Gräser. Vom Tor führte ein Plattenweg bis zur Rückseite der Villa. Bis man dort war, wanderte man durch Lady Wickeltons berühmten Garten. Berühmt deshalb, weil sie die Blütenpracht jeden Sommer für vier Wochen der

Öffentlichkeit vorstellte und damit Geld für junge Künstler sammelte.

Wickelton House war ein Gebäude aus viktorianischer Zeit, zweistöckig, aus hellbraunem Backstein. Sämtliche Fenster der Villa waren mit weißen Steinen umrahmt, die ihr etwas sehr Vornehmes gaben. Vor der Terrasse hatte der Architekt das Haus im Erdgeschoss mit einem halbrunden Erker versehen, darüber lag, mit einem ebenso großen Erker, Dorothy Wickeltons Atelier. Sie arbeitete als Illustratorin.

Francis war lange nicht mehr hier gewesen. Es hatte sich viel verändert. Die Dahlien, Rosen und Hortensien in den Beeten waren verblüht und danach nicht mehr geschnitten worden. Mitten auf den Platten stand eine Schubkarre mit verrottetem Unkraut, dem Schimmel nach musste sie schon länger hier vergessen worden sein. Am schlimmsten sah der Bereich entlang der Gartenmauer aus, an der sonst gigantisch großes Gemüse wuchs. Francis musste daran denken, wie Dorothy Wickelton dieses Phänomen einmal das wahre Geheimnis der blühenden Gärten Cornwalls genannt hatte, den sonnenerwärmten *walled garden*.

Auf dem Weg zwischen Mauer und Haus stach hinter Chrysanthemen die dunkelrot gestrichene Hütte hervor, in der während der Sommermonate Mrs. Hackett wohnte, Lady Wickeltons Betreuerin. Eigentlich stand ihr in der Villa ein komfortables Zimmer zur Verfügung, doch die eigenwillige Mrs. Hackett hatte darauf bestanden, bis zum Herbst in der Hütte zu schlafen. Vermutlich wollte sie nachts nicht von Lady Wickelton mit Extrawünschen belästigt werden.

Vorsichtig klopfte Francis an die Glastür zur Küche. Sie war nur angelehnt, wie meistens. «Lady Wickelton?»

Niemand antwortete.

«Lady Wickelton? Darf ich reinkommen?»

Er öffnete die Tür, schob die flatternde Gardine beiseite und trat in die Küche. Sie war bewusst unauffällig eingerichtet, mit grauen Hängeschränken und einem schlichten Holztisch in der Mitte. Francis musste daran denken, wie Daphne ihn hier vor zwanzig Jahren bei den Wickeltons eingeführt und ihm dabei leise erklärt hatte, dass die Hausherrin sich nur von wenigen Menschen duzen ließ. Es war einfach ihr Stil. Daphne gehörte zu den Privilegierten, weil Dorothy sie schon als Kind gekannt hatte. Dorothys verstorbener Mann, der Anwalt Sir Harold Wickelton, hatte die Villa vor über vier Jahrzehnten durch Vermittlung von Mrs. du Maurier erworben. In den ersten Jahren waren die Wickeltons noch regelmäßig zwischen London und Fowey gependelt. Erst kurz vor Harolds Tod vor fast zehn Jahren hatten sie sich ganz hier niedergelassen.

Lady Wickelton war eine Berühmtheit. Ihre Anfänge als Illustratorin gehörten der Graphik. Dann hatte sie ihr erstes eigenes Kinderbuch geschrieben und es auch selbst illustriert. Es hieß *Lily Loveday* und wurde ein Welterfolg. Die Geschichte des kleinen Mädchens, das von allen im Stich gelassen worden war und ganz allein im New Forest das Vertrauen der Tiere gewinnen musste, rührte jeden an. Fast zwei Dutzend Kinderbücher folgten. Mit Anfang siebzig erlitt Lady Wickelton einen Herzinfarkt, gab ein letztes Interview und hörte freiwillig auf, ein Zirkuspferd für die Medien zu sein. Jetzt, mit fast achtzig, war sie nur noch eine Legende.

Francis öffnete die Schiebetür zum Wohnzimmer. Erleichtert stellte er fest, dass hier noch alles unverändert war. Dorothy Wickelton hatte den Raum mit der hohen Decke überwältigend kreativ eingerichtet, mit farbigen italienischen Möbeln, selbst entworfenen Stühlen aus Nussholz, modernen französischen Leuchten und einer frechen Sitzecke im Zebradesign. Niemals hätte man vermutet, dass hier eine achtzigjährige Frau lebte. Die Wand gegenüber dem Fenster war hellblau gestrichen. Überall hingen Zeichnungen, Skizzen und Gemälde, teils von Lady Wickelton selbst, teils von Künstlern aus ihrem Freundeskreis. Es war ein so phantasiereiches stilistisches Durcheinander, dass man nie wusste, was man zuerst bewundern sollte.

Ihr blauer Ohrensessel hatte seinen Platz in der Mitte des Erkers, mit dem Blick in den Garten. Auf der umlaufenden Fensterbank zu Füßen der Fensterflügel stapelten sich Bücher, vor allem Bildbände und Biographien. Der Sessel stand halb schräg mit der Rückseite zu Francis.

«Lady Wickelton?»

Das Parkett unter seinen Füßen knarrte. Von der Seite konnte er ihre welken Füße in den weißen Seidenpantoffeln und den eleganten roten Kimono über den Knien sehen, ihr Lieblingsgewand. Da er vermutete, dass sie schlief, näherte er sich dem Sessel auf Zehenspitzen. Erst als er neben ihr stand, stellte er fest, dass sie Kopfhörer trug und Musik hörte. Die Augen hielt sie geschlossen. Er glaubte, Töne von Rachmaninow zu erkennen. Ihre immer noch markanten Gesichtszüge und das weiße Haar gaben ihr etwas Vornehmes. Früher war es eine schwarze, hochgesteckte Frisur gewesen, mit der man sie oft in Zeitschriften gesehen hatte, gefeiert als Großbritanniens berühmteste Buchillustratorin.

Francis berührte sanft ihren Handrücken, um sich bemerkbar zu machen.

Langsam öffnete Lady Wickelton die Augen, ihre berühmten großen dunklen Augen, die der Hofporträtist Lord Snowdon einmal so magisch fotografiert hatte. Lächelnd beugte Francis sich über sie.

«Guten Morgen, Lady Wickelton.»

Sie brauchte einen Moment, um wieder zu sich zu kommen. Ihre Stimme klang schwach. «Wo ist Mrs. Hackett?», fragte sie murmelnd. Noch schien sie Francis nicht zu erkennen. «Sie hat vergessen, mir die Tabletten zu geben ...»

«Mrs. Hackett wird sicher gleich da sein», beruhigte er sie. «Ist alles in Ordnung mit Ihnen?»

Sie stutzte etwas, als würde der Motor in ihrem Alter etwas länger brauchen, bis er vollständig ansprang. Ihre verschlafenen Augen waren immer noch nicht ganz geöffnet.

«Wer sind Sie?»

«Francis.»

«Kenne ich nicht.»

«Ich soll Sie von Daphne grüßen.»

Der Name war wie ein Zauberwort. Mit einem Ruck stemmte Lady Wickelton sich in ihren Pantoffeln ab und setzte sich aufrecht hin. «Francis Penrose?»

«Ja ...»

«Ist Daphne auch hier?»

«Nein», sagte er bedauernd. Er wusste, wie sehr sie an Daphne hing. «Aber sie wird morgen bei Ihnen klingeln, wenn sie die Post austrägt.»

Die Haut auf Dorothy Wickeltons schmalen Künstlerhänden war dünn und durchsichtig geworden. Francis erschrak, wie durcheinander sie heute war, so hatte er sie noch nie erlebt. Laut Daphne kam sie meistens selbst zur Haustür, um die Post in Empfang zu nehmen, auch wenn sie einen Gehstock benötigte.

Die Anwesenheit von Francis schien sie noch immer zu erstaunen. «Was machen Sie hier, Francis?»

«Sie haben mich doch eingeladen.»

«Ich? An meinem Musikvormittag?» Sie schüttelte den Kopf. «Nein, ganz bestimmt nicht.»

Francis versuchte, ihrem Gedächtnis sanft auf die Sprünge zu helfen. «Sie hatten mir gestern eine Nachricht geschickt. Ich solle um zehn Uhr hier sein.» Geduldig zog er ihren Brief aus der Jacke und zeigte ihn ihr. «Sehen Sie?»

«Darf ich mal?» Lady Wickelton beugte sich vor, um lesen zu können. Ihre Augen schienen noch gut zu funktionieren. Etwas an dem Brief empfand sie offenbar als befremdlich. «Ja, das ist meine Tinte», sagte sie zögernd. «Aber wann habe ich das geschrieben ...?» Sie brach ab und ließ ihren Kopf gegen die Rückenlehne des Sessels sinken. «Es ist grässlich, Francis! Ich vergesse neuerdings so viel. Vor allem, wenn Mrs. Hackett mir nicht pünktlich die Tabletten gibt.»

«Wo steckt denn Mrs. Hackett?»

«Sie wird wieder mal verschlafen haben», sagte Lady Wickelton unwillig. «Heute Morgen musste ich mich ganz allein die verdammte Treppe runterquälen.»

«Wenn ich irgendwas für Sie tun soll, Lady Wickelton – sagen Sie es mir.»

«Danke.» Die alte Dame musterte ihn. Francis konnte sehen, wie sie sich dabei straffte. Ihr eiserner Willen war berühmt. «Aber Sie sind ja wegen etwas anderem hier. Wegen des neuen Museums, nehme ich an.»

Immerhin war ihr das wieder eingefallen. Dankbar nahm Francis das Stichwort auf. «Sie müssen diesen Vertrag nicht abschließen, Lady Wickelton. Nur wenn Sie sich wirklich gut dabei fühlen. Das ist auch Captain Steeds Meinung.»

«Wer soll mein Haus denn sonst bekommen?», fragte Dorothy müde. «Kinder habe ich nicht, Harold lebt nicht mehr und meine Buchrechte erhält eine Stiftung. Also – warum soll die Villa nicht an die Hafengesellschaft gehen? Eigentlich habe ich es ja längst entschieden.»

Es war ein Thema, das schon seit zwei Jahren in der Luft

lag. Dorothy Wickelton selbst hatte es aufgebracht, als im Stadtrat über ein Schifffahrtsmuseum für Fowey diskutiert worden war. Wie sooft mangelte es dafür an Geld und an einem geeigneten Standort. Foweys natürlicher Hafen war bereits seit dem 13. Jahrhundert berühmt. Nicht nur, dass er früher Cornwalls wichtigster Umschlagsplatz für Fisch, Zinn und Wolle gewesen war. In ihm hatten sich auch Piraten versteckt, er hatte Kaperern Schutz geboten und an seinen Docks Englands Kriegsschiffe beherbergt. Es gab viel darüber zu erzählen.

«Wie haben Sie sich die Regelung denn vorgestellt?», fragte Francis. «Captain Steed erwähnte eine Schenkung noch zu Ihren Lebzeiten.»

Lady Wickelton nickte. «Ja. Mein Anwalt hat Vorschläge dazu ausgearbeitet. Ich möchte, dass der Hafen das Museum einrichten kann, sobald ich mich vom Acker gemacht habe.»

Sie liebte drastische Formulierungen. Francis verzog gequält das Gesicht, versuchte aber mitzuspielen. «Noch ist Ihr Acker hier», sagte er. «Und Sie sollten ihn möglichst lange genießen. Das wünscht sich jeder in Fowey.»

«Kann schon sein», antwortete sie. «Aber es macht keinen Spaß mehr.»

Er versuchte, sie bei ihrer Ehre zu packen. «Lassen Sie deshalb den Garten verwildern? Er sieht aus wie die vertrockneten Felder in Ihrem Kinderbuch *Der faule Farmer Finn*.» Er nahm ihre schmal gewordene Hand. «Was ist los, Lady Wickelton?»

«Es geht eben nicht mehr.» Sie klang nicht, als ob sie wirklich etwas dagegen unternehmen wollte. «Meine Kräfte lassen nach. Würde Ihnen das Spaß machen?»

«Haben Sie Schmerzen?»

«Nur wenn ich mich ärgere», sagte sie trotzig. Als würde

sie ihren Ärger ausschließlich mit ihrer Betreuerin in Verbindung bringen, blickte sie zornig in Richtung Küche. «Wo bleibt denn Mrs. Hackett? Sie macht mich noch wahnsinnig.»

«Soll ich mal nach ihr schauen?»

«Bitte, tun Sie das. Danach binden wir sie in der Küche fest, damit sie uns einen frühen Lunch zubereitet.»

Francis war erleichtert. Wenigstens ansatzweise hatte ebenjene Lady Wickelton durchgeklungen, wie er sie von früher gekannt hatte.

Er ging in den Garten, folgte einem mit Gras überwucherten Kiespfad und landete hinter dem Chrysanthemenbeet vor der roten Hütte. Wie er wusste, bestand sie nur aus einem Raum und einem winzigen Bad mit altertümlicher Toilette. Die Wickeltons hatten die Hütte vor Jahrzehnten als Spielhaus für Nachbarskinder errichten lassen, weil sie keinen eigenen Nachwuchs bekommen hatten. Auch Daphne hatte als Schülerin hier übernachten dürfen. Morgens war Lady Wickelton immer mit Bergen von Schokoladen-Sandwiches, Kuchen und Obst erschienen, um den Kindern eine Freude zu bereiten.

Das Schindeldach der Hütte hatte mit den Jahren einen grünen Schimmer angesetzt. Rund um das weiße Fenster blätterte die rote Farbe der Außenwand ab, am Boden wucherte Unkraut. Es war Francis ein Rätsel, wie jemand, der in der Villa ein schönes Zimmer haben konnte, freiwillig hier wohnen wollte. Nachdenklich ging er an der zugezogenen Gardine vorbei um die Hütte herum. Die schmale Eingangstür zeigte windgeschützt zur Mauer.

Francis klopfte. Angeekelt bemerkte er, dass am Türgriff getrocknete Marmelade klebte. Die Sauberste schien Mrs. Hackett nicht zu sein.

«Mrs. Hackett? Schlafen Sie noch? Ich bin's, Francis Penrose.»

Als er ein zweites Mal klopfte, stellte er fest, dass die Tür nicht fest im Schloss saß und er sie leicht aufdrücken konnte.

«Mrs. Hackett?»

Es dauerte ein paar Sekunden, bis er sich an das Dämmerlicht im Inneren gewöhnt hatte. Er sah ein zerwühltes Bett, Wäschestücke über dem Stuhl, einen Teller mit halb gegessenen Spaghetti auf dem Tisch und eine Tüte voller Tafelsilber daneben. Dann entdeckte er Mrs. Hackett. Sie lag blutbespritzt auf einem Sessel hinter der Tür, mit dem Gesicht zur Seite. Ihre Beine waren auf den Boden gerutscht, nur der Oberkörper und ihre klammernden Hände hatten sich nicht von dem Sessel lösen wollen. Durch das hochgerutschte gelbe Nachthemd waren ihre dicken weißen Oberschenkel zu sehen. Auf den Kelim unter dem Sessel war Blut getropft, bereits geronnen und schwarz.

Entsetzt folgte Francis der Spur des Blutes. Das Rinnsal war aus Mrs. Hacketts angegrauten Haaren gekommen. Wenn Francis nicht schon öfter Tote gesehen hätte, wäre ihm jetzt übel geworden. Die offene Wunde an Mrs. Hacketts Fontanelle war groß wie ein Handteller. Jemand musste mit brutaler Gewalt zugeschlagen haben. Die Erklärung für die Wunde lag vor dem Sessel auf dem Kelim – ein blutbefleckter silberner Kerzenleuchter mit kantiger Unterseite.

Dass Mrs. Hackett noch lebte, war nicht sehr wahrscheinlich. Ihre Augen waren starr, sie atmete nicht mehr. Als er sich wieder aufrichtete, musste er ungewollt auf ein Foto von ihr starren. Es hing hinter dem Sessel an der Wand. Mrs. Hackett trug darauf eine blaue Wanderjacke und blickte mit verkniffenem Gesicht in die Kamera. Glücklich sah sie nicht aus.

Um bloß nichts zu berühren, zog Francis sich bis zur Tür zurück und holte dort sein Handy aus der Tasche. Ihm fielen Annabelle und Daphne ein, die gerade Ähnliches durchmachten. Er hoffte inständig, dass die Polizeistation in St. Austell sonntags genügend Polizisten in Bereitschaft hatte, um sofort hierherzukommen.

Was war nur los in Fowey?

Erst beim Wählen merkte er, dass seine Finger voller Blut waren. Entsetzt erinnerte er sich an den Türgriff mit der getrockneten Marmelade.

3

*Jeder Augenblick geschieht zweifach: innen und außen,
und es sind zwei unterschiedliche Geschichten.*

Zadie Smith

Sonntagsstille war es nicht gerade, die vor Annabelles Haus herrschte. Die ganze Straße war in Bewegung. Wie Ameisen liefen Polizisten hin und her. Überall standen diskutierende Nachbarn, dazwischen ein Reporter, der sie interviewte. Vom Hafen kamen neugierige Touristen, dem verheißungsvollen Klang der Polizeisirenen folgend.

Daphne war überrascht, wie wenig Huxtons Tod bedauert wurde. Eigentlich gar nicht.

Nachdem Detective Chief Inspector Vincent und sein Rechtsmediziner am Tatort eingetroffen waren, durchkämmte jetzt die Spurensicherung sämtliche Grundstücke in der Straße. Die Nachbarn nahmen es gelassen hin. Da es in der vergangenen Nacht keine Auffälligkeiten gegeben hatte und niemand etwas wusste, betrachteten sie DCI Vincents Ermittlungen eher wie Dreharbeiten für einen Film. Daphne musste an den Spruch denken, dass das kornische Naturell in jeder Krise entspannt blieb. So war es auch. Harriet Swindell und ihr Mann sagten sogar ein wichtiges Golfturnier ab, um länger miterleben zu können, wie James Vincents Männer akribisch jedes Beet und jeden Busch untersuchten und selbst kleinste Papierschnipsel aufhoben.

Annabelle tat allen leid. In ihrer burschikosen, empathischen Art war sie überall beliebt. Bedauerlicherweise hatten die versammelten Nachbarn sie seit dem Auftauchen von DCI Vincent nicht mehr zu Gesicht bekommen. Allein Mrs. Brimble hatte für einen Moment das große Glück gehabt, sie weinend durch den Garten gehen zu sehen.

Daphne durfte anfangs nur kurz mit ihrer Cousine reden, im Hausflur. Neben ihnen wartete ein Polizist.

«Bitte setz dich so lange auf die Terrasse», bat Annabelle. «Sie fangen jetzt mit der Vernehmung an. Ich weiß ja nicht, wie lange so was dauert ...»

Daphne wusste es, behielt es aber klugerweise für sich. «Bleib geduldig», riet sie stattdessen. «Du hast ein gutes Gewissen. Sag nichts, was du nicht sagen musst. Jedes Wort zu viel kann bei James schnell zu Missverständnissen führen.»

Annabelle nickte dankbar. Sie war blass. «Gut. Auch dass du gleich gekommen bist ...» Sie versicherte Daphne, dass sie mit dem Mord absolut nichts zu tun hatte. Sogar ein Rest Humor war ihr geblieben. George Huxton in seiner streitbaren Form sei ihr immer noch lieber gewesen als sein verstörender Anblick im roten Geschenkpapier.

Der Polizist neben ihr räusperte sich. «Der Chief Inspector wartet, Ma'am. In Ihrem Arbeitszimmer.»

Von der Terrasse aus konnte Daphne durch ein Fenster beobachten, wie ihre Cousine von DCI Vincent in die Zange genommen wurde. Er saß mit grimmiger Miene da, sie voller Anspannung. Der Kragen ihres kanadischen Karohemdes unter den lockigen schwarzen Haaren war halb aufgestellt. Annabelle hatte es vermutlich gar nicht bemerkt, aber es wirkte wunderbar kämpferisch.

Um zehn Uhr machte James Vincent eine kurze Vernehmungspause. Mit zugeknöpftem Sakko trat er auf die Terrasse, um Daphne guten Tag zu sagen. Noch bevor sie ihn entdeckt hatte, konnte sie sein Rasierwasser riechen. Ein Duft von herbem Snobismus, den ihm seit Jahrzehnten *Fortnum & Mason* in London direkt ins Haus lieferte.

«Hallo, James», sagte sie geistesgegenwärtig, als er vor ihr stand. «Alle Enten erledigt? Heute ist doch Sonntag.»

Er ging darüber hinweg. «Guten Morgen. Ich dachte mir schon, dass du hier bist.» Seine Stimme klang vorwurfsvoll. Er deutete auf die blauen Überzieher an ihren Füßen. «Wer hat dich überhaupt reingelassen?»

«Annabelle.»

«Sie hätte lieber einen guten Anwalt anrufen sollen.»

«Sei nicht albern, James», erwiderte Daphne. «Ich bin die Einzige aus der Familie, die Annabelle noch hat. Wie kann ich sie da im Stich lassen?»

«Hat sie keinen Mann?»

«Nein.» Fast hätte Daphne hinzugefügt, dass Annabelles letzter fester Partner, ein Meteorologe aus London, sich als ebenso egoistisch entpuppt hatte wie James selbst vor über dreißig Jahren. Aber sie ließ es. Stattdessen sagte sie mit ruhiger Stimme: «Bitte frag mich, falls du etwas über Annabelle wissen willst. Wir sind als Kinder viel zusammen gewesen und treffen uns auch heute noch oft. Sie ist ein integrer, warmherziger Mensch.»

«Ich werde es mir merken.» Er wollte wieder zurück ins Haus gehen, blieb dann aber noch einmal stehen. Unter dem Revers des dunkelgrünen Tweed-Sakkos steckte ein weißes Tuch, die sandfarbene Hose war sauber gebügelt. Sein längliches Gesicht, die leicht angehobenen Augenbrauen und die zurückgekämmten Haare ließen ihn aussehen wie jemanden, der sich das Treiben der Welt lieber von einem Landsitz aus ansehen würde. Und doch wirkte alles an ihm zu gewollt.

Daphnes adliger Freund Sir Trevor Tyndale – aus wirklich royalem Stall – hatte James Vincent einmal so beschrieben: *Eine schlechte Kopie. Ohne Mottenlöcher im Pullover ist er keiner von uns.*

«Was weißt du eigentlich über Mr. Huxton?», fragte James. «Als Postbotin von Fowey wirst du ihn ja gekannt haben.»

«Natürlich. Auch als Kinder sind wir uns über den Weg gelaufen. Dann ist er irgendwann weggezogen und erst als Frühpensionär zurückgekehrt, um sich nebenan das Haus zu kaufen. Keiner mochte ihn.»

«Hatte er Verwandte oder Freunde?»

«Ich glaube nicht. Ich kannte ihn jedenfalls nur als unfreundlichen Einzelgänger.»

«Wie stand er zu deiner Cousine? Immerhin hat sie mit ihm prozessiert.»

«Umgekehrt», korrigierte Daphne ihn. «Er mit ihr. Aber frag sie das selbst. Annabelle wird dir einiges darüber erzählen können. Sie ist der gutmütigste Mensch, den ich kenne, immer freundlich und ausgeglichen. Trotzdem wollte Huxton sie immer wieder provozieren. Man müsste mal den Grund dafür rausfinden.»

Daphne merkte, dass James beim Wort *provozieren* sofort wieder hellhörig wurde. Sie musste vorsichtig sein. Seine Tendenz, sich vorschnell auf einen vermeintlichen Mörder festzulegen und lange Zeit nur in eine Richtung zu ermitteln, konnte schnell gefährlich werden. Darüber waren er und sie schon einmal bei einem Fall aneinandergeraten.

«Ich warne dich», sagte der Chief Inspector mit einem kleinen überheblichen Lächeln. «Komm mir nicht in die Quere.»

Dann verschwand er wieder im Haus.

Nachdem er eine halbe Stunde später Annabelles Vernehmung abgeschlossen hatte («Nein, nicht abgeschlossen, Miss

Carlyon, nur bis morgen ausgesetzt!»), verließ Annabelle müde die verbrauchte Luft ihres Arbeitszimmers. Pragmatisch, wie sie war, ging sie in die Küche, machte dort für alle im Haus Tee und kehrte erst danach zu Daphne zurück.

Daphne hörte, wie das zittrige Klappern des Teegeschirrs auf dem Tablett näher kam. Gerührt nahm sie wahr, dass auf jeder Untertasse ein Biskuit lag. Annabelle stellte das lackierte blaue Tablett auf dem Terrassentisch ab.

«Die Spurensicherung ist immer noch in Huxtons Haus.»

Annabelles Stimme klang leise. Sie war noch etwas fahrig, wirkte aber gefasster als noch vor einer Stunde.

Dann passierte ihr ein Missgeschick. Als sie die Tassen vom Tablett nahm, stieß sie an Daphnes Handtasche auf dem Tisch. Die fiel kopfüber zu Boden, klimpernd verteilte sich ihr Inhalt auf den hellen Terrassenplatten.

«Entschuldige!», rief Annabelle unglücklich. «Jetzt hast du extra auf mich gewartet und ich ...» Ihre Stimme versagte. Weinend presste sie eine Hand auf den Mund. Daphne stand auf und nahm sie liebevoll in die Arme. Als es dabei unter ihren Füßen knirschte, wusste sie, dass sie gerade ihre schöne Haarspange zertreten hatte.

Es war ihr egal.

«Heul ruhig», sagte Daphne leise. «Du weißt ja, nach dem Heulen kommt der klare Blick.»

Es war ein Spruch, der von Annabelles Mutter stammte, einer Schwester von Daphnes Mutter. Als Kinder hatten sie ihn unsäglich komisch gefunden. Als Annabelle den Satz jetzt wieder hörte, versuchte sie, trotz ihrer Tränen zu lächeln. Mit dem Handrücken wischte sie ihre nasse Wange ab.

«Ja, Mums berühmter klarer Blick ... Danke, dass du hier bist. Und überhaupt, dass du zu mir hältst. Ich werde dich nicht enttäuschen.»

Gemeinsam sammelten sie das Durcheinander auf dem Boden ein. Unbemerkt kratzte Daphne die Reste ihrer Haarspange zusammen und ließ sie in der Hosentasche ihrer Jeans verschwinden.

«Ist James eigentlich schon gegangen?», fragte sie. Sie hätte viel dafür gegeben, wenn an seiner Stelle der nette Detective Sergeant Burns aufgetaucht wäre.

«Nein, er ist im Bad. Er wollte meine Zahnbürste mitnehmen, weil sie DNA von mir brauchen.» Annabelle seufzte. «Ist ja wohl klar, was das bedeutet.»

«Sie müssen nun mal jeder Spur nachgehen», sagte Daphne. «Und sie fragen als Erstes, wer mit wem Streit hatte.»

«Huxton hatte mit den meisten in unserer Straße Streit. Aber klar, am Ende lag er vor meiner Tür.» Annabelle schob mit einem kleinen wütenden Ruck die Zuckerdose zur Seite. «Himmel, ich hab gedacht, so was passiert nur im Film!»

«Wann hast du ihn zuletzt gesehen? Huxton, meine ich.»

Daphne sah Huxton vor sich, seine mittelgroße Gestalt, die braunen Haare und das kantige Gesicht mit den vorwurfsvollen Augen. Auch mit Mitte fünfzig hatte er immer noch sportlich gewirkt. Wenn er einmal herzlich gelacht hätte, wäre man ihm vielleicht auch offener begegnet. Aber er lachte nie.

«Er war gestern Mittag kurz in seinem Garten.»

«Habt ihr miteinander geredet?»

«Mit George konnte man doch nicht reden. Es ging einfach nicht. Nächste Woche sollten wir einen neuen Gerichtstermin haben, wegen des Gewächshauses.»

Sie zeigte zum Ende ihres farbenprächtigen Gartens, wo vor der Kirschlorbeerhecke Glasscheiben blinkten. Das Gewächshaus war nicht allzu groß und diente dazu, Setzlinge gut über den Winter zu bringen. Annabelles richtiges Pflanzenlager mit einem sehr viel größeren Gewächshaus befand sich in der Nähe von Tywardreath. Als vorausschauende Gartendesignerin hatte sie den Ehrgeiz, einen Teil der Pflanzen selbst zu ziehen. Aber Huxton hatte nicht nur gegen das kleine Gewächshaus geklagt, er hatte sie auch angezeigt, weil angeblich ihre Garage nicht den Bauvorschriften genügte, ihr Komposthaufen zu nah an seiner Hecke lag, sie mit dem Rasenmäher Ruhestörung beging ... Ständig fiel ihm etwas Neues ein, womit er Annabelle zu schikanieren versuchte.

«Aber deswegen bringe ich ihn doch nicht um!», rief Annabelle. «Er war aggressiv und hatte schreckliche Manieren, ja. Aber irgendwann hätte er seinen Terror schon sattgehabt.»

Gegenüber DCI Vincent hatte sie ausgesagt, dass sie gestern Abend wegen ihrer Bänderzerrung eine Ibuprofen geschluckt hatte und früh ins Bett gegangen war. Einmal hatte sie draußen ein Geräusch wie das Fauchen einer Katze gehört, vielleicht war es aber auch nur ein Traum gewesen. James Vincent hatte diese Aussage nicht weiter kommentiert. Für ihn blieb sie bis auf weiteres eine Hauptverdächtige, die die Grußkarte auf Huxtons Bauch durchaus selbst geschrieben haben könnte.

Annabelle ließ diese Karte keine Ruhe. Selbstquälerisch zermarterte sie sich den Kopf, wer von den ihr nahestehenden Menschen so etwas tun würde: einen Menschen *ihr zuliebe* umzubringen.

«Höchstwahrscheinlich keiner», sagte Daphne. Sie hatte ihre eigene Theorie. In ihren Augen war die Grußkarte ein Täuschungsmanöver des Mörders, der George Huxton aus ganz anderen Gründen beseitigen wollte. Was wussten sie schon über Huxton? Vielleicht hatte er Feinde aus seiner Vergangenheit ...

Hinter ihnen ging die Terrassentür auf, DCI Vincent kam aus dem Wohnzimmer. «Ich brauche Sie noch mal, Miss Carlyon.» Er zog einen dritten Korbstuhl an den Terrassentisch und setzte sich Annabelle gegenüber. «Wir wissen jetzt, wann und wo Huxton getötet wurde. Zwischen 23:00 und 24:00 Uhr. In seinem Garten, am Grillplatz. An einem der Steine wurde Blut gefunden. Das passt zur Platzwunde am Kopf. Danach wurde er durch sein Haus und durch seine Haustür zu ihnen hinübergeschleift.»

Er deutete zum Gartenende des Nachbarhauses. Sehen konnte man von hier aus nichts, aber Daphne wusste, dass sich dort eine gemauerte Grillstelle befand.

«War es ungewöhnlich, dass er sich dort nachts aufhielt?»

Obwohl die Luft warm war, schlang Annabelle ihre Arme um sich. «Nein, er saß oft da unten, auch spätabends. Dort stand auch eine Wanne mit kaltem Wasser, in der er sein Bier kühlte.»

Daphne konnte sich ausmalen, welches schreckliche Bild Annabelle in diesem Moment vor Augen hatte – wie Huxton mit dem Kabelbinder um den Hals verzweifelt nach Luft rang.

«Sie kannten also seine Gewohnheiten?», fragte der DCI weiter.

«Natürlich. Von dort hat er ja immer seine Schmähungen zu mir rübergerufen.»

«Das muss Sie doch wütend gemacht haben?»

«Das hat es.»

Sichtlich entschlossen, sich nicht länger in die Position des Verteidigens drängen zu lassen, beugte Annabelle sich demonstrativ zu James Vincent vor. «Hören Sie, Chief Inspector – ich möchte nur noch, dass dieser Albtraum endet. Durchsuchen Sie mein Haus, nehmen Sie meine DNA, befragen Sie die Nachbarn – nur bitte, glauben Sie mir endlich, dass ich keine Ahnung habe, wer Huxton umgebracht hat!»

Der DCI runzelte die Stirn, auch nach so vielen Jahren

Berufserfahrung ertrug er es nicht, Widerspruch zu hören. Sein wahres Selbstbewusstsein ähnelte immer noch einem Bonsai.

«Ich will Ihnen verraten, was ich eigentlich tun müsste, Miss Carlyon», sagte er grob. «Sie vorläufig in Untersuchungshaft nehmen. Die Schleifspuren von Huxtons Haus zu Ihrem sprechen Bände. Und war Huxton nicht auch eine Bedrohung für Ihren guten Ruf?»

Annabelle blickte verzweifelt zu Daphne. Der platzte der Kragen. Sie spürte, wie sie angesichts von James' Arroganz wieder in Fahrt kam.

«Wage es, Annabelle festzunehmen, James!», zischte sie. «Noch heute Mittag wären Francis und ich bei der Staatsanwaltschaft in Truro, um ein paar Wahrheiten über deinen Ermittlungsstil zu erzählen. Natürlich gibt es Schleifspuren, wie sollte die Leiche sonst dorthin gekommen sein?»

Es funktionierte. Er lenkte ein.

«Ich sagte *tun müsste*», antwortete er pikiert. «Einstweilen würde mir helfen, wenn ich eine Liste mit den Namen Ihrer Freunde und Bekannten bekäme. Und zwar bis morgen früh.»

«Natürlich, Sir», murmelte Annabelle müde. «Die werden Sie morgen haben.»

Eine Viertelstunde später war der ganze Spuk vorbei.

Als Erster verließ der Chief Inspector das Haus, dann verschwanden die Spurensicherer in ihren weißen Schutzanzügen. Zurück blieben die Kreidemarkierungen vor der Haustür, leere Chipstüten und jede Menge benutzter Teetassen.

Annabelle und Daphne setzten sich an Annabelles Schreibtisch, um gemeinsam die Liste zu erstellen. Es erschien ihnen relativ einfach. Annabelles engster Freundeskreis war gar nicht so groß. Nur fünf, sechs Menschen, die sie seit ihrer

Jugend kannte, sowie eine Handvoll Leute, mit denen sie sich im Laufe der Jahre über den *Royal Yacht Club* und über die *Garden Society* angefreundet hatte.

«Was ist mit Teddy Shaw?», fragte Annabelle. «Muss er auch auf die Liste?»

«Ja, ich denke schon», antwortete Daphne.

Der erfolgreiche Bootshändler aus Fowey hatte Annabelle vor einem halben Jahr einen Heiratsantrag gemacht. Sie hatte nein gesagt. Nicht, weil sie Teddy zu wenig mochte, sondern weil sie ihn zu wenig liebte. Sie kannten sich durch den Yachtclub. Ein paarmal waren sie zusammen ausgegangen, einmal hatte sie sogar in seinem Haus am Fluss übernachtet. Am Ende hatte Annabelle dennoch nicht den Mut gehabt, mit ihm zusammenzubleiben. Ihre Unterschiedlichkeit ließ sich nicht einmal durch Zuneigung überbrücken.

Die meisten derjenigen, die auf der Liste standen, kannte Daphne gut. Mellyn Doe und Veronica Hartfield als gemeinsame enge Freundinnen gehörten dazu, John Altham als Annabelles früherer Vermieter, die Esselburghs als Kunden, die Architektin Eileen Ross, mit der Annabelle öfter zusammenarbeitete. Mit allen anderen hatte sie manchmal als Postbotin zu tun. Doch so viel Annabelle und sie auch grübelten – nicht einer einzigen Person auf dieser Liste trauten sie einen Mord zu.

Als Daphne bemerkte, dass ihrer Cousine zweimal vor Erschöpfung die Augen zufielen, beschloss sie, Annabelle jetzt allein zu lassen und nach Hause zu fahren. Gemeinsam traten sie aus dem Haus in die aufgewärmte Vormittagsluft. Zum Glück waren mit der Polizei auch die Gaffer verschwunden.

Von der Ortsmitte bog langsam, fast zögernd – als würde es sich genieren, hier aufzukreuzen –, ein kleines blaues Cabriolet in die Straße ein. Es war der Wagen der Architektin Eileen Ross. Sie hielt an und stieg aus, ihr Leinenkleid leicht verknittert. Sie war in Daphnes Alter, eine Frau mit angenehmer Präsenz. Die hohe Stirn verdeckte sie geschickt durch einen modernen schwarzen Pony.

Als sie auf Annabelle zuging, sprach ihr sorgenvolles Gesicht Bände. «Ich hab's gerade im Krankenhaus erfahren», sagte sie leise. «Wie furchtbar!» Sie nickte auch Daphne traurig zu. «Hallo, Daphne!»

«Hallo», sagte Daphne. Sie bezweifelte, dass ihrer Cousine jetzt ein Besuch recht war, obwohl Annabelle die Architektin erklärtermaßen ganz besonders mochte.

«Du hättest doch nicht extra kommen müssen», sagte Annabelle bescheiden. «Es geht ja schon wieder. Nur heute Morgen war's schlimm.»

Eileen nickte verständnisvoll. «Kann ich mir vorstellen. Cecil und mir hat schon der Einbruch vor drei Jahren gereicht. Alles erscheint einem beschmutzt und wie enteignet.» Sie versuchte ein kleines Lächeln. Es wirkte ein wenig hilflos. «Ich wollte nur mal nach dir sehen. Kann ich irgendwas für dich tun?»

«Nein danke, Eileen, Daphne kümmert sich schon ...»

Die Architektin zeigte zögernd auf die Kreidemarkierungen der Polizei. «War es ... hier draußen?»

«Da, links neben der Haustür», erklärte ihr Annabelle. «Mehr darf ich nicht sagen.»

«Entschuldigung, das hätte ich nicht fragen dürfen», sagte Eileen schnell. Ihre Neugier schien ihr selbst unangenehm zu sein. Trotz ihrer zupackenden Art hatte ihr Gesicht etwas Sensibles. «Du sollst nur wissen, dass wir für dich da sind. Ich kann auch deine Projekte verschieben, falls du dich nicht so fühlst ...»

«Nein, im Gegenteil», protestierte Annabelle. «Ich muss mich jetzt ablenken. Ich brauche die Arbeit.»

«Sollst du haben», versicherte Eileen ihr. Sie wandte sich an Daphne. «Wirst du heute bei ihr bleiben?»

«Angeboten habe ich es», antwortete Daphne mit verzeihendem Seitenblick zu Annabelle. «Aber du weißt ja – sie kann stur sein.»

Ihre Cousine versuchte, schnell das Thema zu wechseln, und wandte sich an Eileen: «Warum warst du im Krankenhaus?»

Eileen verzog das Gesicht. «Professor Bell hat mir vorgestern die Nierensteine zertrümmert.»

«War es so schlimm, wie du dachtest?»

«Es ging. Cecil durfte mich zwar gestern Abend abholen, aber heute hatte ich eine Nachkontrolle. Ich weiß nicht, was sie einem da geben, aber seit der OP könnte ich ständig heulen.»

«Das könnte ich auch ohne OP.» Annabelle seufzte.

«Deshalb lassen wir dich jetzt auch allein», entschied Daphne.

Eileen Ross verstand den Wink. Sie umarmte Annabelle kurz. «Mach's gut. Und wegen deiner Aufträge lass uns telefonieren.»

Mit zaghaftem Winken, das ebenso viel Mitgefühl wie Hilflosigkeit ausdrückte, stieg Eileen Ross in ihr Cabrio und fuhr los. Es beruhigte Daphne zu wissen, dass die treue Eileen ihrer Cousine auch in schwierigen Zeiten zur Seite stand und ihr neue Gartenaufträge vermitteln würde.

Auch Daphne verabschiedete sich. Sie hatte den Eindruck, dass Annabelle noch etwas sagen wollte, aber vielleicht irrte sie sich auch. Annabelle trat jedenfalls zurück auf den Bürgersteig und winkte, als Daphne ihren Motor startete.

An der engen Durchfahrt vor dem Hafenplatz gab es einen Stau. Bill Thomsons rostiger Pick-up, mit dem der bärtige Schiffsmechaniker auch sonntags Ersatzteile zum Hafen transportierte, war mit einer Reifenpanne liegen geblieben. Auf der Ladefläche lag ein Bootsmotor.

Daphne wartete geduldig, dass es weiterging. Sie war hier geboren, sie wusste, dass es keinen Zweck hatte, in Cornwall die Zeit überlisten zu wollen. Außerdem war ihr Vormittag sowieso gelaufen. Bill sah sie, kam und klopfte an ihr Autofenster. Sie fuhr die Scheibe runter und ließ die frische Meeresbrise herein. Vorne im Hafen lärmten Jugendliche, die auf das Schiff nach Mevagissey warteten.

«Sorry, Mrs. Penrose, der Abschleppdienst muss jeden Moment hier sein.»

«Kein Problem, Bill. Lasst euch Zeit.»

Nachdem Bill wieder nach vorne gegangen war, zog sie ihre große Handtasche vom Beifahrersitz und holte ihr Handy aus dem Außenfach. Der arme Francis wartete sicher auf eine SMS. Hastig tippte sie ein, dass sie sich jetzt endlich auf dem Weg nach Hause befand. Danach ließ sie das Telefon zurück in ihre Tasche fallen. Als ihre Hand dabei am Hauptfach der Tasche vorbeistreifte, fühlte sie, dass sich dort etwas Großes, Pralles befand, das nicht dahin gehörte.

Sie zog es heraus.

Es war eine halb leere Packung extralanger weißer Kabelbinder. Einige fehlten.

Entsetzt starrte Daphne das Päckchen an. Sie hatte plötzlich das Gefühl, als würde sie sich die Finger verbrennen.

Was hatte Annabelle da getan?

Im selben Moment hörte sie ein wummerndes Motorgeräusch hinter sich. Erschrocken blickte sie in den Rückspiegel und sah den riesigen blauen Abschleppwagen mit großem

Tempo um die Ecke biegen. Offenbar rechnete der Fahrer nicht damit, dass sich die Autos bis zur Kurve stauten.

Warum bremst er nicht?, fragte Daphne sich entsetzt. Er soll endlich bremsen!

Sie drückte wie wild auf ihre Hupe, aber es half nicht. Mit blechernem Krachen schob sich das blaue Ungetüm von hinten in ihren alten Ford. Explosionsartig flog ihr aus dem Lenkrad der Airbag entgegen.

Das Letzte, was sie registrierte, als ihr Kopf schmerzvoll nach hinten geworfen wurde, war der Moment, als ihre Handtasche durch die Luft flog und die Kabelbinder aus ihrer Hand zu Boden fielen.

4

*Zuerst wirbeln wir eine Menge Staub auf,
dann klagen wir, weil wir nichts mehr sehen.*

George Berkeley

Im Krankenhaushemd und mit einem Verband über dem Ohr auf einem Bein vor dem Oberarzt stehen zu müssen, war die albernste Übung, die Daphne jemals hatte vorführen sollen. Während sie tapfer und mit angehaltenem Atem vor dem Arzt balancierte, nahm sie sich vor, morgen ihre Tochter Jenna im London Royal Hospital anzurufen und zu fragen, ob das heute tatsächlich zum Standard ärztlicher Untersuchungsmethoden gehörte. Schließlich war ihr auch ohne Verrenkung klar gewesen, dass ihr Gleichgewichtssinn noch funktionierte. Aber das behaupteten vermutlich alle Patienten.

Erst nach zwei Stunden ließ man Daphne wieder gehen. Den Verband durfte sie abnehmen, da der kleine Riss in ihrem Ohr ausreichend versorgt war und nicht mehr blutete. Während sie im Krankenzimmer darauf wartete, dass ihr noch jemand die Untersuchungsergebnisse brachte, versuchte sie erneut, Annabelle anzurufen. Bisher hatte sie kein Glück damit gehabt. Diesmal schaltete sich wenigstens der Anrufbeantworter an.

«Annabelle, bitte ruf mich zurück! Das bist du mir schuldig!»

Erschrocken fiel Daphne ein, dass DCI Vincent das Telefon womöglich abhören ließ. Aus reiner Vorsicht fügte sie deshalb hinzu: «Du weißt, dass wir in unserer Familie alles gemeinsam durchstehen. Also, sei mutig.»

Francis nahm Daphne im sterilen Flair des Krankenhausflurs vor ihrem Zimmer in Empfang, zwischen abgestellten leeren Betten. Er hatte sich umgezogen und trug jetzt ein blaues Hemd mit aufgekrempelten Ärmeln. Eigentlich mochte sie es sehr an ihm, aber jetzt unterstrich das Blau seine Blässe. Man hätte denken konnte, er sei der Patient. Erst als Daphne ihm fast eine Spur zu fröhlich versicherte, dass sie mit zwei läppischen Verstauchungen davongekommen sei – eine im Knie, die andere am Arm –, lächelte er und gab ihr erleichtert einen Kuss. Sie hatte großes Glück gehabt, dass sie den Unfall relativ unbeschadet überlebt hatte.

Hand in Hand gingen sie durch die Empfangshalle nach draußen. Daphne hatte befürchtet, dass bereits in der Halle Polizisten auf sie warteten. Schließlich war es nur logisch, dass die Beamten ihr Auto nach dem Unfall gründlich durchsucht hatten und auf die Kabelbinder gestoßen waren. Doch selbst auf dem Parkplatz war keine Uniform zu sehen, erst recht kein Streifenwagen. Nur der weiße Pick-up von Francis stand vor der Tür bereit.

Erst als sie im warmen Licht des frühen Nachmittags durch die Einfahrt des alten, reetgedeckten Torhauses von *Embly Hall* fuhren, ließ Daphnes Anspannung nach. Sie war wieder zu Hause. Francis hatte ihr erzählt, dass der notwendige Papierkram mit der Polizei und der Versicherung bereits erledigt war. Gleich morgen früh wollte ihr der Abschleppdienst einen Mini Cooper als Ersatzwagen vor die Tür stellen. Dadurch, dass Constable Ripley mit dem Streifenwagen am Unfallort erschienen war und Daphne kannte, war die ganze

Prozedur etwas einfacher gewesen. Das Einzige, was Daphne jetzt noch tun musste, war, ihre Stellungnahme auf dem Vernehmungsprotokoll auszufüllen. Sie war mehr als dankbar dafür.

Nachdem Francis den Wagen in der Garage geparkt hatte, griff er nach hinten und zog eine riesige Papiertüte vom Rücksitz, aus der zwei gefaltete Rettungswesten hervorschauten. Sie stammten aus Daphnes Auto. Daneben steckte ihre Handtasche.

«Mit schönen Grüßen vom Abschleppdienst», sagte er. «Sie haben alles eingeräumt, was sie im Wagen finden konnten.»

Daphne spürte, wie ihr Blutdruck in die Höhe schoss. «Wie nett.» Sie versuchte zu lächeln.

Francis stellte die Tüte auf ihren Schoß. Wenn sie allein gewesen wäre, hätte sie den Inhalt sofort hektisch ausgeleert, aber so nahm sie sich zusammen. Beherzt fasste sie in die Tüte, fühlte ihr Autoputztuch, die Pfefferminzbüchse aus dem Handschuhfach und einiges mehr.

Dann endlich hatte sie das dicke Bündel in der Hand – Annabelles Kabelbinder. In aller Unschuld lagen sie am Boden der Papiertüte, getarnt als Autozubehör.

«Alles da?», fragte Francis, während er ausstieg. Es tat es vorsichtig, um bloß nicht an seinen Oldtimer zu stoßen, einen betagten Jaguar, der auf der rechten Seite der Garage parkte.

Daphne drückte die Tüte an sich, schnallte sich ebenfalls ab und setzte ihre Füße nach draußen. Das Garagengewölbe war der ehemalige Stall des Hauses. Es hallte, wenn man sprach. Sie hörte sich selbst sagen: «Super, alles da. Selbst Sachen, die ich nicht mehr brauche.»

«Jetzt hast du's ja hinter dir», meinte Francis liebevoll. «Auch die anstrengenden Stunden bei Annabelle. Sergeant Burns hat mir schon einiges berichtet ...»

«Sergeant Burns? Wo hast du den denn ...?»

«Erzähle ich dir später. Jetzt nimm dir erst mal Zeit für dich. Ich mache uns inzwischen was zu essen.»

Sie hätte heulen können vor Erleichterung. So musste es sein, wenn man gerade einen Gewaltmarsch hinter sich hatte und einen rettenden Heuhaufen vor sich sah.

Embly Hall war allerdings ein ganz besonderer Heuhaufen, wie Daphne zugeben musste. Auch wenn er ihnen nicht selbst gehörte. Das Torhaus, in dem sie wohnten, bildete nur die Einfahrt des Anwesens. Sobald das grüne Portal an der rechten Gebäudeseite geöffnet war, konnte man den gepflasterten Innenhof von Embly Hall sehen, an dessen Ende das herrschaftliche Hauptgebäude stand. Rechts und links des quadratischen Hofes waren zwei Seitenflügel mit dem Torhaus verbunden, die *Laufgänge*, wie Daphne sie nannte. Vom Hof aus befand sich die vornehme schwarz glänzende Eingangstür des Herrenhauses in der Mitte zwischen Fenstern und Erkern, direkt dahinter lag die nach oben offene Kaminhalle. Rechts und links vom Eingang standen Buchsbaumtöpfe, aus der Tür stachen schwere Messinggriffe hervor. Das Gebäude war vor zweihundert Jahren vom königlichen Schatzmeister Wemsley erbaut worden. Jetzt gehörte das Anwesen dem heutigen Lord Wemsley, einem Cousin von Francis. Der Bau aus Granit, unter einem verwitterten Schindeldach und bewachsen mit wildem Wein, atmete in jedem seiner Räume den Geist des 19. Jahrhunderts. Die schlanken, als Bogengruppe geformten Fenster, die zur weiten Bucht von Fowey ausgerichtet waren, sorgten für einen Stil eleganter Leichtigkeit.

Nachdem Cousin William den Besitz und den Lord-Titel geerbt hatte, war er mit einem interessanten Angebot auf Francis zugekommen. Falls die Penroses bereit waren, das Herrenhaus mitzuverwalten, konnten sie die Wohnung im

Torhaus beziehen. Die Wemsleys besaßen ein Weingut in Südafrika und besuchten Fowey nur selten.

Francis und Daphne hatten die sechs gemütlichen Räume nur zu gerne bezogen. Die jahrhundertealten Balken, die dicken Wände und der gewaltige Kamin waren zu verlockend gewesen. Dafür hatte Francis sich verpflichtet, Embly Hall mit allem Inventar sowie den exotischen Garten in Schuss zu halten.

Erst nachdem Daphne oben im Badezimmer eine Viertelstunde lang heiß geduscht und sich danach ein leichtes Sommerkleid angezogen hatte, erschien sie wieder im Erdgeschoss.

Francis stand in der Küche. Mit umgebundener Männerschürze machte er Guacamole und Obstsalat für sie, so wie sie es sich vorhin gewünscht hatte. Durch die aufstehende Terrassentür wehte der Wind aus der Bucht ins Haus. Es war eine Atmosphäre, die es Daphne leichter machte, nach diesem Tag durchzuatmen. Immer wieder staunend darüber, wie professionell Francis die verschiedenen Obstsorten schneiden konnte, lehnte sie sich an den Küchenschrank und schaute ihm zu. Jeder andere Mann hätte sie sofort mit Fragen überfallen, er aber konnte geduldig sein. Seine Sensibilität in schwierigen Situationen war eine Eigenschaft, die Daphne besonders an ihm schätzte.

Sie trugen das Tablett mit der Guacamole, den Obsttellern und einer Flasche Wasser in den Garten. Francis hatte den runden Tisch mit zwei Stühlen unter die Palmen in der Mitte des Rasens gestellt. Daneben schloss sich übergangslos der Park von Embly Hall an. Sein besonderer Charme bestand in einem alten Baumbestand, noch größeren Cornwall-Palmen und subtropischen Pflanzen. Dahinter fiel das Gelände steil ab. Unten sah man den sich silbern schlängelnden *River Fo-*

wey, wie er am Hafen breiter wurde und schließlich im Meer mündete. Da im Moment Flut herrschte und das Meer seine Masse wieder in den Fluss drückte, bewegten sich die ankernden Schiffe an den Bojen leicht mit der Strömung.

Während sie aßen, berichtete Daphne von den scharf formulierten Nachfragen des Chief Inspectors an Annabelle und wie schwer es gewesen war, ihre Untersuchungshaft abzuwenden.

«DCI Vincent wird noch froh sein, dass er es ihr erspart hat», meinte Francis in sicherem Ton. «Burns hat Andeutungen gemacht, dass sich eine neue Spur ergeben hat. Hinter Huxtons Hecke wurde ein weißer Strickpullover gefunden. Männergröße, aber nicht die von George Huxton ...»

«Ah ja ...» Daphne hielt den Moment für gekommen, Francis auch in die andere Sache einzuweihen, die brisanten Kabelbinder, die sie in ihrer Handtasche gefunden hatte. Geduldig hörte er sich an, wie zerrissen sie durch diesen Fund war. Und warum meldete Annabelle sich nicht?

Francis war der festen Überzeugung, dass es eine andere Erklärung für Annabelles Verhalten geben musste. Wie oft hatten sie darüber gewitzelt, dass sie sich lieber von Mücken zerstechen ließ, als nur einer von ihnen den Garaus zu machen. Und da sollte sie einem röchelnden George Huxton die Kehle zugeschnürt haben?

Daphne lenkte sich schnell mit der Guacamole ab. Für heute hatte sie genug von Tod und Verderben. Dann fiel ihr Francis' Besuch bei Lady Wickelton ein. Während sie die Gabel zum Mund führte, fragte sie: «Und? Wie war's bei Lady Wickelton?» Sie versuchte zu lächeln, damit sie beide nicht zu deprimiert am Tisch saßen. «Lass mich raten. Ein kleiner Sherry, ein paar Bosheiten über die Royals, dann der unterschriebene Vertrag. Hab ich recht?»

Francis schaute sie mit ernstem Blick an. Eine Böe vom Meer verwehte seine Haare zu einer Sturmfrisur. «Ich wünschte, es wäre so gewesen ...», sagte er leise.

Um Daphne vorzubereiten, begann er mit Lady Wickeltons Verwirrtheit. Doch schon als er mehrfach erwähnte, dass Mrs. Hackett den ganzen Morgen nicht erschienen war und dass er sie suchen gegangen war, begann Daphne zu ahnen, worauf es hinauslief.

«Wo lag sie? Im Garten? Oder in der Hütte?»

«In der Hütte. Erschlagen mit einem Kerzenleuchter. Normalerweise soll Mrs. Hackett die Tür nachts zugeschlossen haben, aber als ich sie fand, stand sie offen.»

«Wie entsetzlich ...» Daphne benötigte ein paar Sekunden, um weitersprechen zu können. «Dann muss sie jemanden reingelassen haben, den sie kannte.»

«Ja, vermutlich.»

«Wie geht es Dorothy? Ihr habt euch doch hoffentlich um sie gekümmert?»

«Natürlich, ich habe die Burtons gebeten, bei ihr zu bleiben. Heute Abend kommt Verstärkung aus der Kirchengemeinde.»

Er erzählte ihr auch den Rest. Als die Polizei Hütte und Villa durchsucht hatte, war bereits der junge Detective Sergeant Burns dabei gewesen.

«Wann ist Mrs. Hackett gestorben?», wollte Daphne wissen.

«Im Morgengrauen, zwischen halb sechs und sechs.»

«Oh Gott!»

Ihr schauderte bei dem Gedanken daran, dass der Mord stattgefunden hatte, während sie im Sonnenaufgang auf den Klippen gesessen hatten. Mit Mrs. Hackett – Jane Hackett, Tote sollten immer ihren vollen Namen tragen dürfen! – hatte Daphne zuletzt vor drei Tagen gesprochen, als sie ein Einschreiben in Wickelton House abgeben musste. Wie immer war die Pflegerin höflich, aber distanziert gewesen, obwohl sie doch wusste, dass Daphne und Dorothy befreundet waren. Dorothy Wickelton hatte hin und wieder über Mrs. Hacketts Unordnung und ihre merkwürdige Gier beim Essen gespottet. Aber eine neue Betreuerin wollte sie sich nicht suchen.

Als Francis aufstand, um sich ein Glas Gin aus dem Haus zu holen, bat Daphne ihn, ihr auch eines mitzubringen. Sie brauchte es aus demselben Grund wie er.

Mit den Gläsern in der Hand schlenderten sie über den Rasen zum Pavillon am Ende des Gartens. Gedankenverloren schauten sie unter dem Schindeldach den Möwenschwärmen am Fluss nach. Es war ihr vertrautes *Einer-Meinung-Schweigen*, wie Jenna es liebevoll nannte.

Plötzlich kam es Daphne so vor, als wäre der Sonnenaufgang bei Land's End nur Augenwischerei gewesen. In Wirklichkeit hatte dieser Tag bisher nichts als Dramen hervorgebracht. Ohne dass sie darauf vorbereitet waren, hatten ihnen mehrere Menschen die losen Enden ihrer Schicksale in die Hände gedrückt.

Was sollten sie jetzt damit tun?

Francis war bis zum Nachmittag damit beschäftigt, in seinem Arbeitszimmer zu sitzen und den Monatsbericht für das Hafenamt fertigzustellen. Eigentlich Meeresbiologe von Beruf arbeitete er seit einigen Jahren als Flussmeister und Ranger des River Fowey. Zu seinen Aufgaben gehörte es, wissenschaftlich und kartografisch zu belegen, wo die Ufer des Flusses weiter befestigt werden sollten. Auch sämtliche Maßnahmen zum Artenschutz unterstanden ihm. Daphne wusste, dass er nicht immer mit Hafenchef Captain Steed und der Marine in Plymouth einer Meinung war, aber alle schätzten ihn. Sicher auch deshalb, weil er ein harter Kämpfer sein konnte, wenn es um den River Fowey und die Küste ging.

Annabelle hatte sich noch immer nicht gemeldet.

Daphne brauchte dringend Ablenkung. Jetzt war die perfekte Gelegenheit, endlich den Kleiderschrank aufzuräumen. Mit weiblicher Entschlossenheit stiefelte sie nach oben, nahm ihre Blusen und Röcke von den Kleiderbügeln und begutachtete sie vor dem Fenster. Der Mut der jungen Generation zeigte sich in Reduktion – warum sollte sie das nicht auch können? Ihre Putzhilfe aus Irland, Mrs. O'Reilly, wartete nur darauf, die Sachen an ihre arbeitslose Schwester in Dublin schicken zu können.

Vielleicht sollte ich es wie Annabelle machen, dachte Daphne selbstkritisch. Ihre Cousine kam mit einem Dutzend warmer Pullis, zeitloser Hemden sowie drei Kleidern zurecht, die sie bei jeder Gelegenheit tragen konnte.

Sie hörte, wie Francis die Treppe hochpolterte und dabei mit Captain Steed telefonierte. In groben Zügen schilderte er die Situation bei Lady Wickelton. Wenn Daphne das Gespräch richtig interpretierte, hatte der Hafenchef trotz der Ereignisse einen Anschlag auf ihn vor. Francis sollte ihn offensichtlich bei der Regattafeier am Nachmittag in Newlyn vertreten. Sie hörte, wie Francis wenig begeistert antwortete: «Es wird Daphne zwar nicht gefallen, aber wenn Sie sonst niemanden haben.»

Natürlich gefiel es Daphne nicht. Aber tatsächlich konnte er schlecht nein sagen. So war es immer in seinem Job: gekenterte Segelboote auf dem River Fowey, umgestürzte Bäume in der Fahrrinne oder eben eine Vertretung für den Boss ... Nie kam etwas zur richtigen Zeit.

Wenig später stand Francis umgezogen im Flur. Er trug

seine offizielle Hafenuniform – dunkelblau und mit Schulterstücken wie ein Admiral. Männer schienen diesen Ersatz für Pfauenfedern zu brauchen.

«Tut mir leid», sagte er, als Daphne neben ihm auftauchte. «Steed sitzt noch in Plymouth fest und ...»

«Ist schon gut, Schatz», sagte sie versöhnlich. «Wenn du nur nicht länger als nötig bleibst.»

Er versprach es. Während er vor dem Spiegel seine Krawatte geraderückte, sagte er: «Übrigens, du kannst dich freuen. Der Chief Inspector wird während der Ermittlungen wieder Räume im Hafenamt bekommen.»

«Warum sollte mich das freuen?», fragte Daphne verwundert.

Francis warf ihr einen amüsierten Blick zu. «Weil du ihm nur auf die Finger schauen kannst, solange er nicht in Bodmin ist.»

Wie gut er sie kannte ...

Während Francis mit seinem Pick-up vom Hof fuhr, schlug es im Glockenturm von St. Fimbarrus vier Uhr nachmittags. Daphne schaltete im Wohnzimmer den Fernseher ein und sah sich die Nachrichten von BBC Cornwall an. Wie erwartet, berichtete der Sender ausgiebig über die beiden Morde in Fowey. Danach wurde DCI Vincent interviewt. Auf dem kleinen Leberfleck, den er schon immer auf der Wange gehabt hatte, glänzte jetzt die gnädige Schminke der Maskenbildnerin. James trug einen cremefarbenen Anzug mit hellblauem Einstecktuch; die Garderobe wirkte, als wolle er in einer Talkshow auftreten. Was er tatsächlich beizusteuern hatte, klang allerdings mager. Ausgiebig brüstete er sich damit, dass seine Abteilung in den vergangenen Jahren viele schnelle Erfolge zu vermelden hatte.

Ja, dachte Daphne spöttisch, auch mit Hilfe von Francis

und mir. Verärgert stellte sie den Fernseher aus. Diese übertriebene Prahlerei musste sie sich nicht anhören.

Während der Bildschirm wohltuend schwarz wurde, klingelte es an der Haustür. Zögernd, ob sie jetzt überhaupt mit jemandem reden wollte, ging Daphne zur Sprechanlage im Flur. «Ja, bitte?»

Von der Seite schob sich ein Kopf ins Bild. «Ich bin's.»

Annabelle war im ersten Moment nicht leicht zu erkennen gewesen, denn auf den schwarzen Locken saß ein großkrempiger blauer Hut. Die heruntergezogene Krempe wirkte wie ein Versteck.

Daphne betätigte den Toröffner, schloss die Wohnungstür auf und wartete im Eingang, bis ihre Cousine über das Hofpflaster zu ihr hereingehuscht war. Annabelle legte gleich ihren Hut auf die Garderobe, dann meinte sie atemlos: «Ich erklär dir gleich alles ... Lass uns im Wohnzimmer reden ...»

Jetzt erst bemerkte Daphne, dass Annabelle einen großen weißen Umschlag in der Hand hielt. Sie trug ihn zur Sitzecke vor dem Terrassenfenster und legte ihn dort auf den Couchtisch.

«Was ist los, Annabelle?»

Erschöpft nahm ihre Cousine auf dem Sofa Platz. An ihren Sneakers klebten Reste von frischem Gras, das jetzt in grünen Klümpchen auf den Holzboden fiel. Daphne vermutete, dass Annabelle die Abkürzung durch die Wiesen genommen hatte, vielleicht um nicht gesehen zu werden.

Annabelle pustete erschöpft in ihr verschwitztes Gesicht. «Hast du die Nachrichten gesehen?»

«Ja.» Daphne nickte. «Die BBC hat sogar Huxtons Haus gezeigt.»

«Es war die Hölle», stöhnte Annabelle. «Kaum warst du weg, tauchte das Fernsehteam auf. Es war wie eine Belagerung. Deshalb konnte ich auch nicht früher kommen. Und anrufen wollte ich nicht ...»

Daphne spürte, dass ihre sonst so gefestigte Cousine am Limit war und endlich ihr Gewissen aufräumen wollte. Schon als Kind hatte sie so dagesessen, wenn sie etwas zu beichten hatte, mit leicht angezogenen Beinen, die Arme steif aufgestützt.

Entschlossen legte Daphne los. «Ich bin sauer auf dich, Annabelle!»

«Ich weiß ...»

«Ich stehe den ganzen Vormittag treu an deiner Seite und rette dir den Hintern, bevor Chief Inspector Vincent dich in Untersuchungshaft nehmen kann. Und was machst du? Bedankst dich mit einer Tüte Kabelbinder!»

«Daphne, ich ...»

«Schau mich an, Annabelle. Ich frage dich das jetzt nur ein Mal. Hast du doch etwas mit dem Mord zu tun?»

Annabelle zögerte keine Sekunde. Während sie ihre Antwort gab, blickte sie Daphne fest und sicher in die Augen. «Nein. Auch wenn es etwas gibt, das du noch nicht weißt.»

Daphne ließ sich auf den Sessel gegenüber der Couch plumpsen. «Gut. Dann will ich genau das jetzt hören.»

«Das mit den Kabelbindern ...» Annabelles Stimme war voller Bedauern. «Es tut mir echt leid. Aber ich war in Panik. Die Kabelbinder lagen auf dem Regal in meinem Arbeitszimmer, ich habe immer welche als Vorrat.»

«Wozu brauchst du sie?»

«Um Setzlinge an den Stöcken zu befestigen. Erst als der Chief Inspector in mein Büro kam, fiel mir siedend heiß ein, dass ich mich damit verdächtig machen könnte. Also hab ich mir das Päckchen schnell unter dem Hemd in den Gürtel geklemmt und ...» Sie brach ab und hob bedauernd die Schultern.

«... und hast es nachher draußen in meiner Handtasche verschwinden lassen», ergänzte Daphne.

«Ja. Es war nicht fair, ich weiß.»

Da sie Annabelles Reaktion bei DCI Vincent insgeheim ziemlich clever fand, verzichtete Daphne auf einen Kommentar. Stattdessen zeigte sie auf den Umschlag. «Ist das hier deine nächste Überraschung?»

Annabelle nickte. Schweigend schob sie den Umschlag über den Tisch. Er war unverschlossen. Daphne nahm ihn an sich und zog den Inhalt heraus.

Es handelte sich um eine weitere beigefarbene Grußkarte, genau wie die, die auf George Huxtons Leiche gelegen hatte. Wieder mit rotem Herzen, wieder mit dem Aufdruck *Für Dich* und wieder mit lila Tinte in feiner Kalligraphie beschrieben.

Liebe Annabelle,
genieße den Untergang der Gärtnerei Baldwin!

Der Name Baldwin ließ in Daphnes Gedächtnis etwas klingeln. Sie hatte vor ein paar Tagen einen Zeitungsartikel über die Brandstiftung im Gartenbaubetrieb *Baldwin & Sons* gelesen. Das Feuer war in der Nacht vom Dienstag zum Mittwoch ausgebrochen. Es war zwar niemand zu Schaden gekommen, aber weil Baldwin keine ausreichende Versicherung besaß, stand er jetzt vor dem Bankrott. Damit war er für Annabelle kein Konkurrent mehr. Den Brandstifter hatte man bisher nicht gefasst.

Schockiert blickte Daphne von der Karte auf. «Wie hast du die Nachricht erhalten?»

«Jemand hatte sie am Dienstagabend unter meiner Haustür durchgeschoben.»

«Also *bevor* der Brand bei Baldwin & Sons geschah?», fragte Daphne überrascht. «Wie eine Ankündigung?»

Annabelle saß mit verkniffenem Mund da. «Ja. Du kannst dir vorstellen, wie ich mich gefühlt habe, als ich am nächsten Tag von dem Feuer lesen musste.»

«Wie gefährlich war Baldwin als Konkurrent für dich?», wollte Daphne wissen.

Annabelles Antwort kam schnell. «Sehr gefährlich. Seit vergangenem Sommer nannte er sich ebenfalls *Gartendesigner*, was er eigentlich nicht war. Und er machte Dumpingpreise. Als die ersten Kunden bei mir absprangen, musste ich bei meiner Bank antanzen, der *Royal Camborne Bank*. Ich nehme an, Baldwin hat sie heimlich informiert. Sie zögerten plötzlich, mir den Kredit für mein neues Pflanzenlager einzuräumen.»

Daphne überlegte. Also hatte neben George Huxton auch Frank Baldwin versucht, Annabelle das Leben schwerzumachen. Es war ein Zusammenhang, der in Daphnes Augen von Bedeutung war. Gab es da einen stillen Gönner oder Bewunderer, der Annabelle auf fanatische Weise dabei helfen wollte, ihre schärfsten Widersacher loszuwerden oder mindestens zu schwächen?

«Wem hast du alles von Frank Baldwins bösartiger Kampagne und dem Kredit erzählt?», erkundigte sich Daphne.

Annabelle musste nicht lange überlegen. «Leider vielen. Natürlich hatte ich mich über die Sache geärgert. Ich wollte, dass andere daraus lernen und sich gar nicht erst mit der Royal Camborne einlassen. Also habe ich die Geschichte überall rumposaunt.» Sie seufzte. «Das ist nun die Strafe, wenn man boshaft sein will.»

Sie überlegten gemeinsam, wie es weitergehen sollte. Auch wenn sie sich einig waren, dass Annabelle die Grußkarte unmöglich dem Chief Inspector verschweigen durfte, befand sie sich in einer brenzligen Situation. Jetzt kam es vor allem darauf an, ihre Glaubwürdigkeit unter Beweis zu stellen.

«Wo hast du dich aufgehalten, als es in Baldwins Gärtnerei brannte?», hakte Daphne nach.

Annabelle zeigte ein erleichtertes Lächeln. «Beim jährlichen Treffen der Handelskammer. Mindestens fünfzig Leute haben mich gesehen. Morgens um eins bin ich dann zusammen mit den Clevelands nach Hause gelaufen.»

Da das Feuer bei Baldwin & Sons definitiv vor Mitternacht ausgebrochen war, hatte sie also ein sicheres Alibi. Das musste auch den DCI überzeugen.

Nachdenklich legte Daphne die Grußkarte vor sich auf den Tisch. Wie bei der Karte auf Huxtons Leiche wirkte auch hier die schöne kalligraphische Schrift absolut gleichmäßig. Anders als beim *hand lettering*, für das man auf variable Weise ganz verschiedene Schreibmaterialien verwenden konnte, wirkte diese Schrift wie gedruckt.

Natürlich, dachte Daphne bitter, man soll sie ja auch keiner Handschrift zuordnen können.

Annabelle war aufgestanden und schaute ihr über die Schulter. «Ich frage mich die ganze Zeit, ob ich jemanden kenne, der so kunstvoll schreiben kann. Aber es fällt mir keiner ein.»

Daphne schaute zu ihrer Cousine hoch. «Gib es in Fowey Kurse dafür?»

Annabelle schüttelte den Kopf. «Noch nicht. Aber *hand lettering* und Kalligraphie kommen gerade wieder in Mode. Das Internet ist voll davon.» Sie beugte sich traurig über die Karte. «Mein Gott, so eine schöne Tinte und so viel Hass.»

Daphne zuckte zusammen. «Die Tinte!»

Lila war bekannt als die Farbe der Individualisten. Plötzlich wusste sie wieder, wo sie diese Tinte zuletzt gesehen hatte. Aufgeregt rannte sie in den Flur, wo die Wildlederjacke hing, die Francis morgens getragen hatte. Hastig griff sie in die Innentasche. Es raschelte. Die Brieftasche hatte Francis mitgenommen, seine Einladung zu Lady Wickelton war noch da.

Annabelle war Daphne in den Flur gefolgt. Erstaunt sah sie zu, wie Daphne eine Art Miniaturbrief aus dem Umschlag zog. Er war so klein wie eine Postkarte, aber gestaltet wie ein normaler Brief auf teurem Büttenpapier. Lady Wickelton benutzte diese Briefchen für Notizen, aber auch als Autogrammkarten.

«Was willst du denn damit?», fragte Annabelle.

«Das wirst du gleich sehen.»

Daphne ging mit dem Briefchen ins Wohnzimmer zurück und legte es neben die Grußkarte, mit der die Brandstiftung angekündigt worden war. Oben auf dem Papier sah man den vornehm wirkenden dunkelblauen Briefkopf von Lady Wickelton. Ein angemessenes Stück darunter hatte sie mit lilafarbener Tinte und einer dünnen Feder ihre persönliche Einladung an Francis geschrieben:

Lieber Francis, wir sollten endlich über das Museum reden. Ich erwarte Sie am Sonntagvormittag um zehn Uhr. Dorothy E. Wickelton, OBE

«Wahnsinn!», flüsterte Annabelle. «Meine beiden Karten wurden mit ihrer Tinte geschrieben!»

«Siehst du diesen leicht silbern schimmernden Ton der Farbe? Lady Wickelton lässt sie aus Japan kommen, man kann sie hier gar nicht kaufen», erklärte ihr Daphne. Dorothy hatte ihr die breiten ovalen Tintengläser mit den japanischen Schriftzeichen einmal stolz gezeigt.

«Aber was bedeutet das? Lady Dorothy ist doch keine Mörderin! Jemanden wie sie darfst du nicht verdächtigen, Daphne!»

«Das tue ich auch nicht. Aber wenn wir wüssten, wer ihre Tinte noch benutzt, dann hätten wir einen ersten Ansatz ...»

«Stimmt», sagte Annabelle erleichtert. «Das macht Sinn. Rufen wir sie doch morgen an. Oder ihre Haushälterin, diese komische Mrs. Hackett ...»

Wenn dieser Tag doch nur vorbei wäre, dachte Daphne flehentlich. Wie bringe ich Annabelle bloß bei, dass es noch einen zweiten Mord gegeben hat?

In ihrer Not machte sie es wie Francis. Sie begann mit Lady Wickeltons Vergesslichkeit und damit, dass Mrs. Hackett schon während des ganzen Morgens unauffindbar gewesen war.

Annabelle hatte still und käseweiß ihren Kopf gehoben, mit allem rechnend, lauernd ...

Sie kennt mich zu gut, dachte Daphne, sie liest alles in meinen Augen. Wie damals an Annabelles neuntem Geburtstag, als ihre Eltern Daphne vorgeschickt hatten, um ihrer Cousine beizubringen, dass Onkel Matt gerade den Familienhund totgefahren hatte.

5

Das Gedächtnis ist das Tagebuch,
das wir immer mit uns herumtragen.

Oscar Wilde

Wie immer, wenn sie in Ruhe nachdenken wollte, setzte Daphne sich vor dem Zubettgehen an ihren Schreibtisch in der Dachgaube. Dort befand sich ihre persönliche Arbeitsecke. Da saß sie dann, das Sprossenfenster hochgeschoben, damit sie die nächtlichen Geräusche vom Fluss hören konnte. Wie eine Aufforderung zur Konzentration lag der Lichtkegel der Schreibtischlampe auf ihrem grünen Buch.

Sie schrieb Tagebuch, seit sie zehn war. Gelernt hatte sie es von Mrs. du Maurier, ihrer Namenspatin. Daphnes Mutter hatte der berühmten Autorin von *Rebecca* und *Jamaica Inn* viele Jahre lang im Haushalt geholfen. Mrs. du Mauriers wichtigste Tagebuchregel hatte gelautet: Betrüge dich niemals selbst. Es war ein guter Rat gewesen. Mit seiner Hilfe hatte Daphne sich unzählige Male als potenzielle Wahrheitsverdreherin und Schönrednerin entlarven können. Wenn Francis Daphne doch einmal verbotenerweise über die Schulter schaute, stellte er jedes Mal verwundert fest, dass sie ihr grünes Geheimbuch pedantisch wie eine brave Schülerin führte. Und das, obwohl sie in der Familie für unleserliche Notizen verschrien war.

Sie saß in Schlafshirt und Bademantel am Schreibtisch, als würde Mitternacht deshalb schneller kommen. Der Tag sollte endlich vorbei sein. Aber er wollte nicht. Francis war immer noch nicht da, er hatte kleinlaut angerufen und vermeldet, dass man abends noch eine Rede von ihm erwartete. Annabelles Leben lag vorerst in Scherben und in Fowey würde sich morgen die Angst breitmachen. Wie konnte sie da ruhig schlafen?

Sie strich über den weichen Ledereinband. Zwischen den Seiten lag ein Lesezeichen aus Papier, bedruckt mit torkelnden Fragezeichen. Dorothy Wickelton hatte es entworfen und ihr geschenkt.

Auch in Daphnes Gehirn torkelten Fragezeichen, herumgestoßen von ihren ersten hilflosen Vermutungen ...

Sonntag, 23. August
Der Anblick von George Huxton im roten Geschenkpapier war unwirklich und skurril. Wie eine harte Schraube hat sich dieses Bild in meine Wahrnehmung gedreht. Ich danke Gott, dass ich nicht auch noch Mrs. Hackett tot sehen musste.

Arme Annabelle! Solange ich denken kann, war sie die Vernünftigste von uns. Sie ist sogar so vernünftig, dass sie nicht einmal komplizierte Affären eingeht. Es macht mich wütend, dass jemand ihre Friedfertigkeit ausnutzt. Als junge Mädchen hatten wir uns früher oft über ihre fanatische Liebe zur Natur amüsiert. Jetzt weiß ich, dass diese Liebe etwas Großes war, das wir nur noch nicht sehen konnten. So groß wie die Zedern, die Annabelle in ihrer Baumschule wachsen lässt, so intensiv wie der Duft in ihren Gewächshäusern. Phyllis Grant, die Chefgärtnerin von Ellwood Castle, schwört, dass Annabelle eine von jenen sein wird, über die Englands Gärtner in ein paar Jahren voller Bewunderung sprechen werden.

Jemand wie Gertrude Jekyll, Christopher Lloyd oder die berühmte Cottage-Gärtnerin Margaret Fish.

Annabelle weiß es nur noch nicht.

Also Neid? Von jemandem, der ihr zufriedenes Leben zerstören will? Nein, dafür gäbe es andere boshafte Wege.

Das Schlimmste wäre, wenn die Verbrechen tatsächlich aus tiefer Zuneigung geschehen waren, wie der Mörder es behauptet. Dann könnte es jeder gewesen sein. Der Gedanke, dass durch Foweys Straßen jemand geht, der für Annabelle mordet, während sie ihn – oder sie – ahnungslos begrüßt, ist schrecklich.

Schon deshalb muss ich ihr helfen.

Meine Lust, hinter DCI Vincent herzuräumen, ist zwar nicht besonders groß, aber Annabelle zuliebe muss es eben sein. Auch die geheimnisvolle verschlossene Nuss zu knacken, in der sich George Huxtons Vergangenheit verbirgt, kann nicht schaden. Wer weiß, was dieser Mann noch alles in Fowey angerichtet hat?

Doch wie passt Mrs. Hackett ins Bild?

Bei ihr hatte man keine Grußkarte gefunden, sie war kommentarlos gemeuchelt worden. Vielleicht stellte sie eine Art Kollateralschaden dar, weil sie etwas wusste, das Huxtons Mörder schaden konnte.

Die andere Möglichkeit, dass Lady Wickelton ihre Haushälterin selbst erschlagen hatte (Dorothy konnte erstaunlich wütend werden!), erscheint mir angesichts ihrer körperlichen Schwäche nicht sehr wahrscheinlich. Ich weiß, dass sie seit dem Frühjahr nicht mehr allein den Garten betreten konnte ...

Eines frage ich mich dennoch: Wenn Dorothy Wickelton mit beiden Verbrechen nichts zu tun hat – warum verfügt der Mörder dann über ihre exklusive und seltene japanische Tinte?

Daphne legte ihren Stift beiseite und griff nach den beiden farbigen Fotokopien, die neben ihrem Tagebuch lagen. Es waren die Kopien von Lady Wickeltons Einladungsbriefchen an Francis und von der Baldwin-Grußkarte, die Annabelle mitgebracht hatte. Die Originale hatte Annabelle am Spätnachmittag bei Chief Inspector Vincent im Hafenamt abgeliefert. Dort wollte sie auch ihre neue Aussage machen.

Bei dem Brief von Lady Wickelton an Francis handelte es sich um Schreibschrift im geschwungenen Stil einer Künstlerin. Daphne zog ihre Lupe aus der Schublade, um die Buchstaben aus der Nähe zu betrachten. Ihr fiel auf, dass einige der dünnen Lettern schief waren und nicht wirklich perfekt wirkten. Vor allem im letzten Satz:

Ich erwarte Sie am Sonntagvormittag um zehn Uhr.

Die Unterschrift dagegen war wieder vom Feinsten – mit viel breiterer Feder, absolut gerade und mit starkem Druck aufgebracht.

Daphne stutzte.

Warum hatte Dorothy Wickelton zwei verschieden breite Federn benutzt? Aus welchem Grund hätte sie für die Unterschrift zu einem anderen Schreibgerät greifen sollen? Das machte keinen Sinn. Merkwürdig war auch, dass sie mit ihrem Titel als Mitglied des königlichen Ritterordens *Order of the British Empire* unterschrieben hatte, was sie bei Freunden nie tat: *Dorothy E. Wickelton, OBE*.

Bisher hatten Francis und sie nur Briefe von ihr erhalten, auf denen sie höchst leger mit: *Love, Dorothy* unterzeichnet hatte.

Daphne kam ein Verdacht. Was, wenn die Einladung an

Francis gar nicht echt war? Wenn sie der Mörder von George Huxton geschrieben hatte, weil er wollte, dass ausgerechnet Francis die tote Mrs. Hackett fand? Wenn er sich einen Spaß daraus gemacht hatte, mit dem Wissen zu spielen, dass Annabelle, Daphne und Francis familiär verbunden waren? Von Lady Wickeltons Plan, ihre Villa dem Hafen zu vermachen, konnte jeder in Fowey wissen, seit *The Cornish Times* darüber berichtet hatte.

Lady Wickelton hatte auch nie ein Geheimnis daraus gemacht, dass sie ihrer Agentin in London blanko unterschriebene Autogrammbriefchen zur Verfügung stellte. Wer einen solchen Blankobrief samt Tinte in die Finger bekam, konnte jederzeit den Text dazu fälschen.

Gab es vielleicht einen Dieb in Lady Wickeltons Villa, der Briefkarten und Tinte an Fremde weitergegeben hatte?

Voller Unruhe, Zorn und Kampfeslust spürte Daphne, wie es in ihr zu kribbeln begann. Als Postbotin von Fowey wusste sie mehr über die Einwohner des kleinen Küstenortes als jeder andere. Außerdem war sie hier geboren, genau wie Francis. Sie hatte jedes Recht, sich selbst Gedanken über die Verbrechen zu machen.

Schon das allein würde Detective Chief Inspector Vincent auf die Palme bringen.

Wo er eigentlich auch hingehörte.

6

Die Nacht verändert viele Gedanken.

J. R. R. Tolkien

Beim Aufstehen konnte Daphne aus dem Schlafzimmerfenster die gefächerten Blätter ihrer eigenen drei Palmen sehen. Es waren ihre Wetterboten, die raschelnd Windrichtungen anzeigten, trocken oder nass waren und einem kurz das Gefühl gaben, sich an der Côte d'Azur zu befinden. Touristen nannten die Cornwall-Palmen gerne *kornische Fahnenstangen*, auch das böse Wort *Puschel* fiel gelegentlich. Aber ebenso gelegentlich hatte Freddy Ormond in seinem Pub dafür schon mal Engländern ein Glas Essig statt Guinness eingeschenkt.

An diesem Morgen raschelten die Palmblätter kein bisschen. Es war windstill. Während Francis unten in der Küche die Espressomaschine brummen ließ, quälte Daphne sich noch oben durch ihre Gymnastikübungen. Kurz vorher hatte bereits eine erleichterte Annabelle angerufen. DCI Vincent war gestern Nachmittag gnädig mit ihr gewesen, sie hatte wieder nach Hause gehen dürfen. Dennoch beschrieb sie seinen Vernehmungston erneut als rüde und unsensibel.

Daphne hörte, wie Francis noch schnell vom Abschleppdienst ihren Ersatzwagen in Empfang nahm, einen quietschgelben Mini Cooper, bevor er einen Gruß nach oben rief und sich dann auf den Weg zum Hafen machte.

Nach ihren Übungen rannte Daphne fertig angezogen die Treppe hinunter und war bereit, ihren Tag zu beginnen. Aber es konnte ja kein Tag wie jeder andere werden. Während sie nachts wach gelegen hatte, waren ihr alle möglichen Szenarien durch den Kopf gegeistert. Man hört es rumpeln, wenn Daphne denkt, hatte Annabelles Mutter früher behauptet. So fühlte sich ihr Schädel jetzt auch an – eine Rumpelkammer mit unverzichtbaren Teilen, die dringend zusammengefügt werden mussten.

Das automatische Hoftor schwang auf. Daphne schob ihr rotes Fahrrad auf die Straße, ein Dienstrad der *Royal Mail*. Jeder in Fowey kannte die Silhouette der Postbotin Daphne Penrose – das Rad mit dem Postbehälter, ihre braunen, zum praktischen Pferdeschwanz gebundenen Haare, die orangefarbene Weste mit königlicher Krone auf dem Rücken.

Sie wollte gerade aufsteigen, als sich aus der Tür des frisch renovierten Nachbarhauses eine Gestalt löste. Es war der neue Eigentümer, ein gutaussehender schlanker Mann. Zu seinen Jeans trug er ein knalliges hellgrünes Sakko, die braunen Haare waren fast kindlich verwuschelt. Mitte vierzig, schätzte Daphne.

«Mrs. Penrose? Einen Moment!»

Eigentlich hatte sie keine Zeit mehr. Da er aber lächelnd am Zaun entlang auf sie zueilte, blieb sie mit dem Rad zwischen den Beinen stehen und wartete ab. Er hatte eine Sonnenbrille in die Haare geklemmt, die nackten Füße steckten in teuren Todds.

«Ich will mich nur kurz vorstellen. Jason Morris. Wir sind jetzt Nachbarn.» Seine Stimme klang angenehm.

«Freut mich», sagte Daphne. «Willkommen in Fowey, Mr. Morris.»

«Nein, bitte sagen Sie Jason.»

«Daphne. Mein Mann heißt Francis.» Während sie sich die Hände schüttelten, deutete Daphne mit dem Kopf auf sein zweistöckiges Haus. «Sieht aus, als hätten sie eine Menge rumgebastelt.»

«Das war auch nötig. Ich bin immer noch nicht ganz fertig. Die Bäder und die Böden neu, moderne Leitungen, zwei Wanddurchbrüche ...» Er lächelte jungenhaft. «Was man eben so macht, wenn man neben Embly Hall nicht unangenehm auffallen will.»

Sie lächelte zurück. «Keine Sorge, wir veranstalten in Fowey keinen Wettbewerb.» Er schien eitel zu sein, aber so richtig konnte sie ihn noch nicht einschätzen. Sein weißes Hemd mit den Initialen saß maßgeschneidert. «Gärtnern Sie?»

«Sagen wir mal so – ich mache erste erfolgreiche Versuche», meinte Jason Morris charmant. «Dürfte ich mir im Herbst vielleicht ein paar Ableger von ihren Lilien holen?»

«Aber gern», sagte Daphne. «Sie kommen aus London?»

«South Bank. Dort sitzt auch meine kleine Firma, die *London Poster Company*.» Jason lächelte smart und gewinnend. «Wenn Sie mal in die Gegend kommen – wir haben eine hübsche Lounge über der Themse. Sie ist auch für nette Nachbarn geöffnet.»

Eine eigene Firma, eine Gästelounge ... Es war ein Muster, das Daphne schon kannte. Meistens glaubte sie nur die Hälfte. Großstädter, die sich in Cornwall niederließen, taten sich gerne wichtig, weil sie die Bedeutung ihrer Jobs überschätzten. Hier auf dem Land, dreihundert Meilen von London entfernt, zählten andere Dinge. Pünktlich die Post auszuliefern, beispielsweise.

Um nicht unhöflich zu wirken, fragte sie: «Soll ich Ihre Post in den alten Briefkasten werfen? Oder wird es einen neuen geben?»

«Keine Ahnung», sagte Jason Morris überraschend ehrlich. «Es ist ja mein erstes Haus. Was meinen Sie?»

Daphne musste sich eingestehen, dass seine Hilflosigkeit sympathisch wirkte. Vielleicht war er doch nicht so übel. Bei den übrigen Nachbarn würde er sich allerdings noch beweisen müssen. Wenn er klug war, gab er noch in diesem Sommer eine Gartenparty.

«Lassen Sie sich Zeit mit dem Briefkasten», riet sie ihm. «Passende Briefkästen haben ein Gesicht.»

«Ein kluger Satz.»

«Nur Erfahrung. Also dann – gutes Eingewöhnen, Jason!»

«Danke! Grüße an Francis!»

Winkend strampelte Daphne los, hinein in Foweys verwinkelte Gassen. Sie war gespannt, wie Francis auf den neuen Nachbarn reagieren würde. Er war nicht unbedingt mit Businessleuten kompatibel, aber vielleicht konnte er sich ja mit Jasons jungenhafter Art anfreunden.

Mit dem Blick auf die Bucht und die grünen Hügel auf der anderen Seite bog Daphne auf die gepflasterte Straße ein, die zum Hafenplatz hinunterführte. Links davon befand sich das Postlager. Wie jeden Morgen genoss sie es, an den weiß verputzten Mauern der pittoresken Fischerhäuser vorbeizugleiten, einen kurzen Blick in Mrs. Wackfords winzigen Rosengarten zu werfen («Nur achtzehn Büsche, Mrs. Penrose, aber alles alte englische Sorten!») und die Möwen von den bekleckerten grauen Dächern auffliegen zu sehen. Hunderte alter Schornsteinrohre erinnerten daran, dass die Häuser in Fowey seit dem 19. Jahrhundert nur innen modernisiert worden waren. Die Gassen waren eng und abschüssig geblieben, sodass überall zwei, drei schräge Stufen zu den Eingängen emporführten.

Im Hof der Royal Mail angekommen, hievte Bertie, das Faktotum des Postlagers, den Behälter mit den Briefen auf Daphnes Rad. Sein langsames Schlurfen war ein Markenzeichen, das jeder in Fowey kannte. Daphne liebte er.

«Los geht's», nuschelte er, während er ihr den letzten Riemen am Rad festschnallte. «Alle warten schon.»

Sie sah Berties Tageszeitung mit dem großen Aufmacher auf einer Kiste liegen: *Fowey in Angst*. Darunter ein heimlich aufgenommenes Foto von Sergeant Burns mit Francis vor Mrs. Hacketts roter Hütte. Auch die anderen Zeitungen werden nicht zurückhaltender gewesen sein, befürchtete Daphne.

«Kein Wort wird man aus meinem Mund über die Morde erfahren», schwor sie Bertie. Dennoch wollte sie vorgewarnt sein. «Wer lauert am meisten?»

«Mr. Lorry, die Mädels im Friseursalon und die Pecklewoods. Nancy Pecklewood hat sogar extra Kuchen für dich gekauft.»

«Gut, dann weiß ich Bescheid.»

Als sie in die Fore Street einbog – Foweys kleine Einkaufsstraße mit dichtgedrängten bunten Läden –, fühlte sie sich wie eine Seglerin, die furchtlos in einen Sturm steuert.

Ihre Postrunde führte sie Gasse für Gasse in höher gelegene Wohngebiete. Aus dem Gebäude der *Reederei Cox* winkten ihr zwei Sekretärinnen zu, Schulfreundinnen von Jenna, in der Hoffnung, dass Daphne doch nach oben kam und von den Morden erzählte. Wo Daphne sonst ein Schwätzchen hielt, berührte sie heute viele Briefkästen nur leise mit den Fingerspitzen, damit es nicht klapperte. Sie hatte den Trick von ihrer Vorgängerin gelernt.

Daphnes Tempo hing auch mit Lady Wickelton zusammen. Sie hatte sich vorgenommen, bei ihr zu klingeln und ihr ein paar tröstende Worte zu sagen. Wenn Dorothy sich dabei zu Mrs. Hackett äußern wollte, würde sie das ganz von selbst tun.

Statt Lady Wickelton öffnete jemand in Polizeiuniform. Es war Mark Ripley, der junge Polizist, der sie schon bei Annabelle empfangen hatte. Als er sie erkannte, trat er höflich einen Schritt zurück. «Mrs. Penrose!»

«Oh Gott, Mark – alles in Ordnung mit Lady Wickelton?»

Er lächelte entspannt. «Alles okay.»

«Dann bin ich beruhigt.»

Daphnes Blick entging nicht, dass auf Lady Wickeltons Jugendstilkommode noch das Aluminiumpulver der Spurensicherung zu sehen war. Am Boden daneben standen drei Boxen aus Kunststoff, an der Front beklebt mit dem Polizeisiegel. Offenbar wurden hier immer noch Beweismittel abtransportiert.

«Seit heute Morgen ist jemand vom Pflegedienst da», erklärte Mark. «Sie müssen sich also keine Sorgen machen, Ma'am.» Es klang ungewohnt, dass Mark, den sie seit seiner Kinderzeit kannte, plötzlich *Ma'am* zu ihr sagte. Aber so hatte er es auf der Polizeischule gelernt.

«Könnte ich wohl kurz mit Lady Wickelton sprechen?», fragte Daphne höflich. «Nur fünf Minuten?»

«Kein Problem», erwiderte Mark freundlich. «Gehen Sie einfach durch, sie sitzt in ihrem Sessel.»

«Danke!»

Daphne ging an dem Stapel der Beweismittel vorbei. Dabei fiel ihr auf, dass sich in einem der Kunststoffbehälter Silbergegenstände befanden. Ihr kam ein Verdacht. Sie drehte sich zu Mark um und zeigte auf die Box. «War das auch in der Hütte? Francis hatte mir von Silber in einer Tüte erzählt.»

Mark Ripley nickte und antwortete leise: «Ja. Sie muss geklaut haben wie eine Elster, meint Sergeant Burns.»

Daphne wollte ihn nicht länger in Bedrängnis bringen und verabschiedete sich. Dann betrat sie den Wohnraum, den Dorothy Wickelton seit jeher *ihren Salon* genannt hatte. Erstaunlicherweise gab es hier fast nichts mehr, was auf die Arbeit der Spurensicherung hinwies, alle Möbel und Kunstobjekte befanden sich an ihrem angestammten Platz, nirgendwo glänzte Aluminiumpulver ... Nur zwei der gerahmten Zeichnungen an der Wand hingen ein wenig schief, alle anderen Graphiken sowie die modernen Gemälde schienen unberührt zu sein. Selbst die Gegenstände auf dem hellen Intarsien-Schreibtisch an der Wand standen in Reih und Glied – Lady Wickeltons historisches Tintenfass aus dem 17. Jahrhundert, ihre Sammlung origineller Brieföffner und der schützende Glaskasten über der wertvollen alten Bibel. Die lange hohe Bücherwand voller Erstausgaben der englischen Literatur schien über das Ensemble zu wachen. Auch diesmal spürte Daphne fast körperlich, wie außergewöhnlich und anregend die Atmosphäre in der Villa Wickelton war.

Erstaunt stellte sie fest, dass Dorothy gar nicht in ihrem Ohrensessel, sondern auf der halbrunden gepolsterten Fensterbank im Erker saß, angelehnt an den Fensterrahmen. Heute trug sie einen zartgrünen Kimono. Ihren Gehstock hatte sie neben sich gelegt, auf ihrem Schoß lag ein aufgeklappter Bildband. Sie schaute so intensiv darauf, dass sie Daphne gar nicht bemerkte.

«Guten Morgen, Dorothy.»

Lady Wickelton blickte überrascht auf. «Daphne!» Sie legte ihr Buch beiseite. «Ich hab dich gar nicht kommen hören. Bei mir sollte man sich jetzt mit Böllerschüssen anmelden.»

«Unsinn, ich hätte nur lauter rufen müssen.»

«Lass dich drücken!» Lady Wickelton streckte ihre Arme aus, Daphne beugte sich zu ihr und umschlang sie für ein paar Sekunden. Die kraftlosen Finger der alten Dame lagen wie Vögelchen auf Daphnes Schulter. Sie bemerkte, wie nach der Umarmung ein zarter Lavendelduft auf ihr zurückblieb.

«Sitzt du gut hier?»

Dorothy versuchte, sich etwas aufzurichten, aber ihr krummer Rücken schien nicht ganz mitzumachen. Unter Schmerzen verzog sie das Gesicht. «Ich dachte, ich müsste den Sessel mal verlassen, aber das bringt nicht viel.» Sie klopfte zweimal mit ihrer stark geäderten Hand neben sich auf die Fensterbank. «Setz dich hierher.»

Daphne gehorchte, erschrocken, wie blass und schmal Lady Wickelton in den vergangenen Tagen geworden war. Um ihre Sorge zu überspielen, reichte sie Dorothy die beiden Briefe, die sie für sie mitgebracht hatte. «Hier, deine Post.»

Dorothy winkte desinteressiert ab. «Leg sie da hin. Als ob es jetzt noch auf Briefe ankäme.»

«Wie geht's dir? War es schlimm?»

«Nichts für Angsthasen, würde ich sagen. Wie man sich eben fühlt, wenn einen jemand hintergangen hat.»

Mit leiser Stimme begann sie zu erzählen, wie Francis und die Polizisten ihr die Nachricht von Mrs. Hacketts Tod beigebracht hatten. Erst danach waren all die Einzelheiten zum Vorschein gekommen, die Jane Hacketts kriminelle Energie bewiesen. So hatte die Pflegerin Dorothy ganz offensichtlich mit Schlaftabletten ruhiggestellt, um ihre Diebstähle im Haus ungestörter begehen zu können. Da Lady Wickelton jetzt meistens im Ohrensessel saß, hatte sie gar nicht mitbekommen, wie nach und nach Gegenstände aus ihrem Atelier und aus anderen privaten Räumen verschwanden.

«Sergeant Burns vermutet, dass Mrs. Hacketts Exmann mit den Diebstählen zu tun hat», schloss Dorothy ihren Bericht. «Nur der Mörder scheint er nicht zu sein.»

Daphne überlegte, ob sie mit Dorothy auch über den Tod von George Huxton sprechen sollte, doch sie ließ es. Möglicherweise hatte man ihr davon noch gar nichts erzählt. Vermutlich kannte sie Huxton nicht einmal. «Weißt du inzwischen, was gestohlen wurde?», fragte sie stattdessen.

Lady Wickelton verzog den Mund. «Viel zu viel. Drei meiner alten Tagebücher, drei Fotoalben, Autogrammkarten, Bücher, jede Menge Schmuck und meine Tintenvorräte. Mrs. Hackett scheint mit dem Zeug einen wahren Handel betrieben zu haben.»

Daphne wurde hellhörig. «Tinte? Wie viel fehlt von der Tinte?»

«Alle drei Gläser», sagte Dorothy. «Wer braucht denn so was?»

«Deine Fans zum Beispiel», antwortete Daphne, um Lady Wickelton zu beruhigen. «Du bist schließlich eine Legende.»

Dorothy lachte spöttisch auf. «Unsinn! Ein Fossil vielleicht. Meine Zeit ist vorbei.»

«Du weißt, dass das nicht stimmt», widersprach Daphne. «Deine Kinderbücher sind Klassiker.»

«Kann sein, aber auch Bücher verstauben. Wenn ich jung wäre, würde ich heute *graphic novels* schreiben.»

Daphne musste lächeln. «Bestimmt. Trotzdem bringen Dinge aus deinem Eigentum immer noch Geld. Auch die Autogrammkarten.»

«Von mir aus. Aber dafür hätte man Mrs. Hackett nicht umbringen müssen.» Dorothys dunkle Augen funkelten für einen Moment so kämpferisch wie früher. «Nein, dahinter muss mehr stecken. Mir ist heute was eingefallen. Als ich am Sonntagmorgen aufgestanden bin, habe ich hinten am Gartentor einen Jogger stehen sehen. Er hat eine Weile aufs Grundstück geschaut, dann war er wieder weg.»

«Wann war das?»

«Um kurz nach sechs. Es war ja noch dämmrig. Er oder sie hatte eine dieser neumodischen grauen Kapuzenjacken an. Wie heißen sie noch mal?»

«Hoodies.»

Lady Wickelton nickte. «Ja, einen Hoodie. Das Gesicht war nicht zu sehen.» Sie seufzte. «Bin ich froh, dass ich diese Mode nicht mehr tragen muss.»

Für Sekunden stellte Daphne sich vor, wie Lady Wickelton in einem Hoodie aussehen würde, leider war das Thema zu ernst für Späße. «Hast du Sergeant Burns davon erzählt?»

«Noch nicht.»

«Das solltest du tun. Wir könnten es auch gleich Constable Ripley sagen.»

«Machst du das für mich?», bat Dorothy, während sie aus ihrem Kimonoärmel eine große weiße Tablette hervorzauberte, sie in den Mund schob und schnell hinunterschluckte. «Ich will mich nicht mehr aufregen.» Sie blickte Daphne fragend von der Seite an. «Wusstest du, dass sie dachten, ich hätte Mrs. Hackett ermordet?»

«Mach dir nichts draus. Am Anfang ist jeder verdächtig.»

«Natürlich habe ich es nicht getan, aber darum geht es nicht», meinte Lady Wickelton. «Die Frage ist: Hätte ich es tun können, wenn ich früher erfahren hätte, wie lange Mrs. Hackett mich schon betrügt?»

«Und – hättest du?», fragte Daphne gespannt.

«Ich glaube schon», sagte Dorothy. «Aber ich hätte das Tütchen Arsen genommen, das ich im Keller aufbewahre.»

Daphne war überrascht, wie genüsslich Dorothy ihre Überlegungen preisgab. Sie war zwar nie eine Moralistin gewesen, auch als Illustratorin ihrer Kinderbücher nicht, dennoch hatte sie Prinzipien, denen sie immer treu geblieben war.

Als ihr ein südafrikanischer Verlag zur Zeit der Apartheid einen hochdotierten Vertrag über fünf Bilderbücher mit ausschließlich weißen Kindern angeboten hatte, war sie damit unter Protest an die Presse gegangen. Noch vor zehn Jahren hatte sie ein Manifest gegen Tierquälerei und gegen die Tötung von Robben illustriert.

«Hast du in deinen Büchern nicht immer Nachsicht gepredigt?», wollte Daphne wissen. «Stehst du nicht mehr dazu?»

Lady Wickelton lächelte. «Sind wir nicht alle bigott?», fragte sie zurück. «Unser Leben lang bilden wir uns ein, für jede Entscheidung gute Gründe zu haben. Wir machen uns alles passend – unsere Moral, unseren Geschmack, unsere Wahrheiten. In Wirklichkeit sind wir Lügner – der eine mehr, der andere weniger. Und ich vielleicht am meisten.»

«So etwas hast du noch nie gesagt», stellte Daphne verblüfft fest. «Warum sagst du es ausgerechnet jetzt?»

«Weil ich es satthabe, mir etwas vorzumachen. Es ist wie mit einem alten Mantel – du legst ihn weg, wenn du ihn nicht mehr brauchst.»

«Du legst deine Moral weg?»

«Nein, meine Unmoral», antwortete Dorothy, als sei es die selbstverständlichste Sache der Welt. «Ich war eine Blenderin. Der viele Beifall hat mir geschmeichelt. Aber im Alter quellen einem die eigenen Lügen wieder entgegen.»

«Dorothy, ich finde, du solltest so etwas ...»

Doch Dorothy sprach unbeirrt weiter: «Mein Freund Andy Warhol war ein schüchterner Mann, aber er durchschaute die Welt. Er hat mir einmal etwas sehr Kluges gesagt. Es war nach dem Attentat auf ihn, in New York. Wir sprachen darüber, dass jeder Mensch ein verstecktes Geheimnis hat. Er sagte: *Ich habe viele Geheimnisse. Weil ich stark sein wollte, war ich immer zu schwach.* Er hatte recht. Jetzt fühle ich dasselbe.»

Ihre merkwürdige Selbstanklage irritierte Daphne zunehmend. Sie hatte Dorothy immer für eine in jeder Hinsicht integre Lady gehalten. Plötzlich war sie sich da nicht mehr so sicher. Nur weil jemand eine öffentliche Person war, blieb er ja nicht makellos. Dorothys überraschende Reue, Menschen getäuscht zu haben, hing sicher auch mit ihrer körperlichen Schwäche zusammen. Und doch, da war noch etwas anderes – ein Geheimnis, das tiefer saß und auffällig an ihr nagte.

Daphne nahm Dorothys welke Hände. «So ein Unsinn! Das solltest du nicht einmal denken.»

«Doch, weil es Zeit für eine Veränderung wird.» Dorothys Augen wanderten durch den Raum. «Ich werde umziehen, Daphne.»

«Umziehen?» Daphne war erleichtert. Also doch keine Altersdepression. Eigentlich hätte sie sich denken können, dass Dorothy noch einen Plan für ihr restliches Leben hatte, nachdem sie ihre Villa in den Händen des Hafenamtes wusste. Das Thema Seniorenresidenz lag schon länger in der Luft.

«Erzähl mal, du hast sicher etwas Schönes gefunden», sagte Daphne aufmunternd. «Wohin ziehst du? Ist es da auch ruhig genug?»

«Wahnsinnig ruhig», sagte Lady Wickelton trocken. «Es ist der Friedhof von Fowey. In spätestens vier Wochen.»

7

Ich achte nicht auf Vernunft. Die Vernunft empfiehlt immer das, was ein anderer gerne möchte.

Elisabeth Gaskell

Ein splitternackter, winkender Mann am Ufer des River Fowey kam selten vor. Da er von einem Schwarm hübscher Möwen umflattert war, was ihm etwas Adonishaftes verlieh, gab er für das Ausflugsschiff aus Mevagissey ein interessantes Fotomotiv ab. Das Boot hatte fast Schlagseite, so viele Touristen drängten sich an die Reling, um das Naturereignis zu filmen. Erst eine strenge Durchsage des Kapitäns ließ sie wieder zur Vernunft kommen.

Seit dem frühen Morgen war Francis auf dem Fluss unterwegs, um seine Messstellen zu kontrollieren. Er mochte diese Stunden, allein auf dem roten Schlauchboot der Hafenpatrouille. Die Freiheiten, die er als Flussmeister hatte, versuchte er, sooft wie möglich mit seiner Liebe zum River Fowey in Einklang zu bringen. Er war ein Gewässer, das es in sich hatte. Vom lieblichen Ursprung im Bodmin Moor bis zur Mündung bei Fowey in den Ärmelkanal wurde der Fluss zunehmend breiter und mächtiger. Bei Ebbe entzog ihm das Meer sein Wasser. Sechs Stunden waren dann nur feuchter Sand und ein paar Siele im Flussbett zu sehen. Danach kehrte das Wasser zurück und leckte mit harten Wellen am bewaldeten Ufer.

Als Francis den jungen Nackten und die kreischenden

Möwen über seinem Kopf entdeckte, näherte sich bereits das nächste Ausflugsschiff. Er ahnte, was dort am Ufer vor sich ging. Nur wenige Meter hinter dem Wildzaun zwischen Eichenwald und Fluss befanden sich die Nistplätze der Lachmöwen. Der Nacktbader hatte sich den Zorn der Vögel zugezogen. Abgesehen davon, dass es ohnehin sträflich war, Vögel in ihrem Nistgebiet zu stören, war Francis wegen des seltsamen Verhaltens der Möwen in Sorge. Jeder in Fowey stöhnte derzeit darüber. Francis vermutete, dass es mit der verzögerten Brut zusammenhing, die in diesem Jahr aus unerfindlichen Gründen vier Wochen später als sonst begonnen hatte.

Er gab Gas. Im selben Moment klingelte sein Handy. Er fischte es aus seiner Jacke, die neben den Messgeräten lag. Es war Sybil Cox vom Hafensekretariat.

«Nacktalarm», rief sie ins Telefon. «Mein Hörer glüht! Unbekleideter junger Mann im Möwenschutzgebiet.»

«Bin schon auf dem Weg. Wer hat sich beschwert?»

Miss Cox kicherte. «Mrs. Cuthbert mit ihrem Fernrohr auf dem Balkon hat ihn als Erste entdeckt. Sie meinte, er würde sehr athletisch aussehen.»

«Ich glaube, das tut er», meinte Francis. «Wollen Sie noch mehr wissen?»

«Bitte ausgiebig den Tatort fotografieren», sagte Sybil Cox mit frechem Unterton. «Sie kennen doch Captain Steeds Regeln – zwei Großaufnahmen, eine Totale.»

«Von allen Möwen?», fragte Francis mit gespielter Naivität.

Glucksend legte Miss Cox wieder auf. Jeder im Team wusste, dass sie gerne damit kokettierte, wieder auf Männersuche zu sein.

Francis steuerte sein Boot auf den Adonis zu. Er war nicht älter als Mitte zwanzig, fast schmal, aber gut durchtrainiert und am ganzen Körper braun gebrannt, als würde er sich nicht zum ersten Mal blank gezogen in der Sonne aufhalten. Die halblangen Haare wehten im Wind, am nackten Körper klebten Grashalme. Wild mit den Händen fuchtelnd, um die angriffslustigen Möwen zu verscheuchen, rannte er auf den schmalen sandigen Einschnitt in der Böschung zu, um dort Francis zu erwarten. Tatsächlich war es die einzige Stelle, an der das Schlauchboot gegen die starke Strömung sicher anlanden konnte.

Francis ließ das Boot ans Ufer gleiten.

«Schnell, steigen Sie ein! Und hören Sie auf, nach den Möwen zu schlagen!»

«Bin ich froh, dass Sie da sind!»

Der junge Mann griff nach der Gummireling und kletterte in den vorderen Teil des Bootes. Seine rechte Lende war zerschrammt. Francis warf ihm eine Decke zu, in die er sich einwickeln konnte, legte den Rückwärtsgang ein und fuhr in die Strömung zurück. Der Motor röhrte so laut, dass sie beide schreien mussten.

«Wie heißen Sie?»

«Ryan. Bin mit den Surfern aus Cardiff hier.»

Ängstlich hielt Ryan nach den Möwen über ihm Ausschau. Sie waren aber schlau genug, ihre Verfolgung aufzugeben und abzudrehen.

«Okay, Ryan.» Francis zeigte auf das weiße Schild am Ufer, das auf die Schutzzone hinwies. «Auch Surfer sollten lesen können. Die Möwen haben noch Junge. Was, um Himmels willen, machen Sie hier?»

«Tut mir echt leid!», rief Ryan zurück, während er die Decke ein wenig beiseiteschob und vorsichtig seine Schürfwunde betastete. «Ich war mit dem Kajak unterwegs und wollte kurz ins Wasser springen. Dann ist der Kahn abgetrieben.»

Francis drehte das Patrouillenboot Richtung Hafen und

gab erneut Gas. Die Gischt vom Bug spritzte bis nach hinten. «Den Rest kann ich mir denken», rief er Ryan zu. «Sie wollten hinterherschwimmen, sind auf der Sandbank gelandet und schon waren die Möwen da. So läuft es immer ab.» Er wusste, dass die meisten Besucher die Strömung des Flusses unterschätzten. Aber er wusste auch, dass es wenig Sinn machte, den Leuten Standpauken zu halten. Sie mussten ihre Lektionen allein lernen.

«Ich wollte nach dem Lauftraining nur kurz relaxen. Wir laufen jeden Morgen von Fowey bis Lostwithiel, wissen Sie.»

«Wo wohnt ihr?»

«Auf dem Campingplatz. Wir trainieren für die Meisterschaften in St. Ives.» Ryan beobachtete, wie Francis einer plötzlich wendenden Segelyacht auswich, und verzog anerkennend den Mund. «Du bist'n cooler Typ. Auch Surfer?»

«Ja», sagte Francis. «Wenn ich nicht gerade Leute aus dem Wasser fische.»

Ryans Kajak mit den Kleidungsstücken auf dem Sitz fanden sie an der Bordwand eines ankernden Frachters wieder. Während Ryan es an der Leine festhielt und hinter dem Patrouillenboot herzog, steuerte Francis im Schritttempo den Steg an. Dort schlüpfte der Surfer in Hemd und Shorts und schlug Francis lässig auf den Rücken.

«Danke, Kumpel! Bis zum nächsten Mal.»

«Untersteh dich», antwortete Francis grinsend.

Ryan stieg in sein wackeliges Kajak und paddelte in beeindruckendem Tempo los. Amüsiert blickte Francis ihm nach. Auch er hatte sich in diesem Alter als Superman gefühlt, nur weil er schon zwei Ruderwettkämpfe gewonnen hatte.

Hinter sich auf dem Steg hörte Francis Schritte. Als er sich umdrehte, sah er Daphne auf sich zukommen. Sie trug noch immer ihre orangefarbene Royal-Mail-Weste.

«Kannst du kurz mit mir rausfahren?», bat sie. «Ich möchte was mit dir besprechen.»

«Natürlich, steig ein.» Francis machte die Leine wieder los. Er wusste, dass es wenig Sinn hatte, sofort nach dem Grund ihres ernsten Gesichtes zu fragen. Es musste aus ihr selbst kommen.

Daphne nahm neben ihm vor dem Steuerstand Platz. Schweigend wartete sie, bis er abgelegt hatte und sie sich an den bunten Jollen der Segelschule vorbeidrängten. Dort drosselte Francis den Motor und ließ das Boot langsam treiben.

«Erzähl», sagte er.

«Ich war gerade bei Lady Wickelton», begann Daphne seufzend. «Es ist noch schlimmer, als ich dachte. Sie wird bald sterben.»

Francis atmete tief durch. «Deshalb ihre seltsame Stimmung ... Was hat sie?»

«Sie nannte es ihren treuen Familiengeist, das erbliche Lynch-Syndrom. Ein kolorektales Karzinom. Wenn sie es zeichnen müsste, meinte sie, würde sie einen schwarzen bissigen Pudel dafür wählen.»

«Sie hat Darmkrebs? Was für eine Tragik», sagte er kopfschüttelnd. «Ich wette, sie hat es heruntergespielt wie ihren Herzinfarkt damals.» Francis konnte sich gut vorstellen, wie Lady Wickelton ihre Krankheit in selbstironischem Ton bei Daphne bagatellisiert hatte.

«Natürlich. Am Schluss musste ich mit ihr einen Whisky auf den gemütlichen Friedhof von Fowey trinken. Ich hätte heulen können.»

«Das ist ihr schwarzer Humor. So war sie doch schon immer, oder?»

«Ja», sinnierte Daphne. «Trotzdem ist sie jetzt verändert. Sie muss ein Geheimnis haben, das keiner kennt. Ein paarmal hat sie Bemerkungen über Lügen gemacht, die ich nicht verstanden habe.» Sie hob traurig die Schultern. «Aber vielleicht redet man ja so, wenn es dem Ende zugeht ...»

Francis streichelte liebevoll ihren Rücken und wartete, bis sie sich wieder gefangen hatte. «Habt ihr auch über Mrs. Hackett gesprochen?», fragte er leise.

Daphne nickte. «Ja. Sie durchschaut genau, was passiert ist. Und sie will frühmorgens aus ihrem Schlafzimmerfenster einen Jogger am Gartenzaun gesehen haben.»

Für Sekunden schoss Francis durch den Kopf, was Ryan, der Nacktbader, ihm eben von seinem Lauftraining durch Fowey erzählt hatte. Aber das musste ja nichts besagen. Es gab viele Jogger, die morgens am Fluss ihre Runden drehten.

«Warten wir ab, was Sergeant Burns herausgefunden hat. Ich werde ihn nachher sprechen.»

Daphne drückte ihren Rücken fest an die schmale Lehne der blauen Bootsbank und hob den Kopf. «Okay ... Aber jetzt gib Gas, ich will den Wind fühlen.» Es war ihre Art, mit Ängsten umzugehen. Sie wollte die Natur spüren, das Lebendige.

Als sie wenig später die Ausfahrt zum offenen Meer vor sich sahen, wendete Francis, damit sie sich nicht zu weit vom Hafen entfernten, und fuhr wieder flussaufwärts, wo der River Fowey sie an den eng aneinandergebauten Häusern entlangführte. Vor den bunt getünchten Gebäuden, die hier schon vor hundert Jahren standen, schaukelten Kähne. Schmale Leitern führten aus dem Wasser zu kleinen Terrassen und Balkonen. Überall schwappte Wasser an Mauern. Auf einigen Balkonen standen Surfbretter oder lagen Netze. Die Luft roch nach Feuchtigkeit und Algen. Daphne konnte sich gar nicht sattsehen, sie genoss diesen Rest des alten, ursprünglichen Fowey. Nur vom Fluss aus konnte man sich vorstellen, wie hier früher Handelssegler und Fischerboote an den Mauern angelegt hatten.

Gemächlich trieb das Patrouillenboot an den Häusern vorbei. Francis ließ Daphne Zeit, das beruhigende Panorama in sich aufzunehmen. Erst als sie den Fähranleger Bodinnick erreichten, fragte er lächelnd: «Also, was hast du dir ausgedacht?» Er sah ihr an, dass sie bereits einige Ideen zu den Mordermittlungen durchgespielt hatte.

Daphne rutschte an die Backbordseite, damit sie noch besser die Häuserfront sehen konnte, und sagte: «Fahr langsamer. Ich will dir was zeigen.»

Francis stoppte den Motor und ließ das Boot im Leerlauf dahingleiten.

Daphne fuhr mit der Hand die Linie der Uferfront nach. «Was sehen wir? In diesem Teil Foweys wohnen Menschen, die eigene Wassergrundstücke und private Boote besitzen. Viele andere Boote liegen an Ankerbojen, werden also ebenfalls nicht von einem Hafen aus überwacht.»

«Ist mir nicht ganz neu», sagte Francis geduldig. «Was schließt du daraus?»

«DCI Vincent geht davon aus, dass George Huxtons Mörder zu Fuß oder mit dem Auto kam und so auch wieder verschwand. Aber jeder in Fowey weiß, dass man mit dem Boot viel schneller ist. Die Wiese hinter Annabelles und Huxtons Häusern endet unten am Fluss. Was macht ein halbwegs intelligenter Mörder? Er legt nachts am Ufer an, rennt nach oben und führt aus, was er vorhat ...»

Francis dachte laut nach. Der Gedanke war nicht von der Hand zu weisen. «Und warum soll die Polizei nicht selbst darauf gekommen sein?»

«Weil James Vincent aus London stammt», erklärte ihm Daphne. «Auch Sergeant Burns ist nicht von hier. Sie denken anders. James war gestern die ganze Zeit auf ein Auto ohne Nummernschild fixiert, das jemand nachts in Par gesehen haben will.»

Francis begann zu verstehen, was Daphne meinte. Er drehte das Patrouillenboot so, dass sie die ganze Häuserfront vor sich hatten. «Du meinst, der Mörder müsste jemand aus Annabelles Bekanntenkreis sein, der ein Boot besitzt?»

«Wäre das nicht logisch?»

Francis überlegte. «Wenn wir davon absehen, dass man sich auch ein Boot leihen kann.» Doch hätte das Sinn gemacht für den Mörder? Ein Leihboot hinterließ unnötig Zeugen und leichte Schlauchboote oder Paddelboards wären auf der starken Ebbeströmung in der Nacht zum Sonntag viel zu riskant gewesen. Zumal der Mörder ja auch sein Geschenkpapier trocken transportieren wollte ...

«Ich bin schon mal alle Namen, die Annabelle aufgeschrieben hat, durchgegangen. James hatte sie gebeten, ihm ihre Freunde und Bekannten zu nennen», erklärte Daphne.

Sie zog einen gelben Zettel aus der Tasche, eine Liste im Kleinformat. Wenn das Thema nicht so ernst gewesen wäre, hätte Francis sich darüber amüsiert. Die Fähigkeit seiner Frau, in jeder Situation systematisch vorzugehen, war meisterhaft.

Sie ging mit dem Finger die Namen durch. «Erst hatte ich vier Bootskandidaten, jetzt nur noch anderthalb. Pete Rodman von der Garden Society – der Mann, mit dem Annabelle zuletzt ausgegangen ist – hat seine Jolle vor sechs Wochen verkauft, John Altham lässt seine aufgebockt auf einer Wiese hinter seinem Haus vergammeln.»

«Wer bleibt?», fragte Francis gespannt.

«Mellyn Doe und Teddy Shaw. Mellyn ist die halbe Kandidatin.»

«Warum das?»

«Weil sie eine meiner ältesten Freundinnen ist und ich ihr nichts Böses zutraue. Klar, Annabelle hat bei ihr über Huxton geflucht und erzählt, wie die Bank sie hängen lässt. Und Mellyn besitzt auch ein schnelles Ruderboot. Aber seit ihrer Scheidung hat sie es nie mehr benutzt.» Daphne schüttelte den Kopf. «Nein, nicht Mellyn. Mein Hauptkandidat bleibt Teddy Shaw.»

Francis war überrascht. «Der nette Teddy?»

Daphne legte eine Hand über die Augen, um nicht von der Sonne geblendet zu werden, und zeigte auf ein Bürogebäude und mehrere kleine Hallen am Ende der Häuserfront. Dort, auf dem Gelände einer ehemaligen Werft, residierte Teddy Shaws florierender Internetgroßhandel für Kanus, Paddelboards und kleinere Sportboote. «Er ist nicht nur der Einzige, vom dem wir wissen, dass er Annabelle regelrecht verehrt. Er verfügt auch über jede Menge Boote. Und Teddy kann verdammt willensstark sein. Frauen gegenüber hat er das oft sehr charmant ausgespielt.»

«Übertreibst du jetzt nicht?»

«Du bist ein Mann, du kannst nicht wissen, wie er früher gebaggert hat.»

Francis mochte Teddy. Dass Annabelle ihn im vergangenen Jahr abgewiesen hatte, war sicher schwer für den sympathischen Selfmademan gewesen. Daphne gegenüber hatte Annabelle gestanden, dass sie unter anderem ein paar seiner Äußerlichkeiten abtörnend gefunden hätte, zum Beispiel sein lautes Lachen und die seltsame Knubbelnase. Francis hatte sich ratlos gefragt, wie perfekt man heute als Mann sein musste, um bei Frauen anzukommen.

Daphne verzog den Mund. «Ich weiß, eigentlich trauen wir es ihm beide nicht zu …»

«Aber?»

«Er ist immer noch verrückt nach Annabelle und ruft sie ständig an. Und er hasste George Huxton, seit der ihn einmal wegen illegaler Beschäftigung eines irischen Bootsbauers angezeigt hatte. Du weißt, Teddy musste dafür eine hohe Strafe zahlen. Vielleicht hatte Huxton ihm weiteren Ärger angedroht.» Sie hob die Schultern. «Also ist er doch der perfekte Verdächtige.»

Wie Daphne sah auch Francis dieses Gespräch als Gelegenheit, sich dem schwierigen Thema aus einer gewissen Distanz zu nähern. Gestern, im Sturm der Ereignisse, wäre keiner von ihnen dazu in der Lage gewesen. Ihm fiel ein zweiter Name ein, der sicher noch nicht auf Daphnes Liste stand.

«Was ist mit Sally Inch, der Möwenforscherin? Eddie Fernbroke hat sie erwähnt. Angeblich hatte sie ein Verhältnis mit Huxton.»

Daphne lachte ungläubig auf. «Sally und Huxton? Soll das ein Witz sein? Und woher will Eddie das wissen?»

«Von seiner Schwester.» Francis zeigte auf ein weißes Gebäude am Ufer. An der Plattform vor Sallys Haus dümpelte ein robuster Aluminiumkahn mit Außenborder. «Da liegt Sallys Boot. Sie hat es im Frühjahr von Teddy Shaw gekauft.»

Daphne achtete nicht auf das Boot, sondern sah Francis irritiert an. «Das verstehe ich nicht», sagte sie. «Sally kennt doch meine Cousine und ihre Probleme mit Huxton. Wie konnte sie da heimlich mit George ...» Sie brach ab und hob entschlossen die Kopf. «Gut, ich werde mit ihr reden. Wer könnte Huxton sonst noch gut gekannt haben? Es muss doch noch andere geben.»

Francis fiel niemand ein. Ein Misanthrop, der so abweisend gewirkt hatte wie Annabelles Nachbar, konnte kaum Freunde gehabt haben. «Wie heißt es in deiner Familie?», fragte er tröstend. «Mit dem ersten Schritt fängt das Wandern an ... Ich helfe dir ja, sei nicht so ungeduldig.»

«Der Spruch geht zwar ein bisschen anders», antwortete Daphne amüsiert. «Aber ich weiß schon, was du meinst.»

Francis schob den Gashebel nach vorne und steuerte das Boot zum belebten Hauptquay zurück. Im Hafenamt begann in zwanzig Minuten seine Sitzung mit dem Reederverband. Als er ein Lotsenboot überholte und in dessen Heckwelle geriet, hielt Daphne sich an seinen Beinen fest. Dabei grübelte sie weiter, den Blick wie abwesend zum Ufer gerichtet.

Kaum glitt das Boot wieder ruhig dahin, verwandelte sich ihr Gesichtsausdruck plötzlich in ein Strahlen. Triumphierend rief sie Francis gegen den Motorlärm zu: «Jetzt weiß ich, wen ich nach Huxton fragen muss! Dass ich nicht früher darauf gekommen bin!»

«Wer soll das sein?»

«Die einzige Frau, die Huxton so oft in die Nase gebissen hat, dass er das Haus nicht mehr verlassen wollte!», verkündete Daphne mit frechem Grinsen.

8

*Jeder ist ein Mond und hat eine dunkle Seite,
die er niemandem zeigt.*

Mark Twain

In der Geschäftsgasse hinter dem Pub drängten sich die Urlauber. An den Straßenlampen hingen Schalen mit bunten Blumen. Im Hafen sollte nachmittags ein historischer Dreimaster anlegen, bis dahin wurde eifrig geshoppt. Daphne hatte Mühe, sich mit ihrem roten Fahrrad durch die Menschenmenge zu drängen. Zum Glück lag Pippa McPrides Angel- und Surfgeschäft gleich am Anfang der Gasse.

Der Laden war eine Institution in Cornwall. Gegründet hatte ihn Pippas Vater, einer der ersten Windsurfing-Meister Großbritanniens. Pippa selbst feierte seit Jahren Erfolge als Kanutin. Nebenbei unterrichtete sie Apnoe-Tauchen. Da sie Humor besaß, hatte sie stets eine gute Antwort parat, wenn Kinder sie fragten, wie sie zum extremen Luftanhalten gekommen war. «Meine Tante betrieb einen Käseladen», erzählte sie dann. «Da konnten wir Kids nur mit angehaltenem Atem durchrennen. Wer es am häufigsten schaffte, hatte gewonnen.» Sie war klug genug zu betonen, dass es sich ausschließlich um französischen Käse gehandelt hatte.

Als Daphne den Laden mit dem blauen hölzernen Delfin über der Eingangstür betrat, klingelte eine altmodische Glocke. Den Durchgang zur Kasse bildete eine schmale Bresche zwischen aufgestellten Angelruten, Surfbrettern und Regalen voller Blinker und Gummiköder. Gleich vier Kunden bevölkerten den engen Laden, über ihnen hingen aufgespannte grüne Sardinennetze.

Mitten im Gewühl stand die stämmige Pippa, mit kurzen blonden Haaren, aufgekrempelten Pulliärmeln und breitbeinig wie ein Seemann. Daphne kannte sie seit Kindertagen, wie so viele andere Leute in Fowey. Pippa war aus unerfindlichen Gründen das bissigste Kind zwischen Land's End und Plymouth gewesen, mit extrem scharfen Schneidezähnen. Auch an den Mann, den sie gerade bediente, erinnerte Daphne sich aus der Schulzeit. Nur seinen Namen wusste sie nicht mehr – Jamie Sowieso, Sohn eines Fischers und der letzte Bettnässer ihres gemeinsamen Grundschuljahrgangs. Später war er Chirurg in Truro geworden, und sie hatten sich aus den Augen verloren.

Manchmal hasste Daphne ihre detailfreudigen Erinnerungen. Warum dachte sie nicht einfach nur daran, dass Jamie Sowieso ihrer Freundin Mellyn Doe am Strand von Polkerris das Knutschen beigebracht hatte?

Nachdem der Chirurg zur Kasse weitergegangen war, kam Pippa gut gelaunt auf Daphne zugeschossen. «Hi! Heute keine Post für mich?»

«Nein!» Daphne hob ihre Hände, um zu zeigen, dass sie postalisch unbewaffnet war. «Weder Rechnungen noch Mahnungen ... Scheint dein Glückstag zu sein.»

Pippa strahlte. «Na wunderbar! Schon der zweite in Folge.»

«Wieso das denn?»

«Na, wir sind George Huxton los. Ist das vielleicht nichts?» Pippa sagte es so dahin, während sie ein umgekipptes Surfbrett aufhob und es wieder zu den anderen stellte. «Willst du einen Tee?»

«Gerne. Und eigentlich bin ich gerade wegen Huxton hier ...»

Pippa schlug sich auf den Mund. «Oh, Entschuldigung! Natürlich ... deine Cousine ...»

Daphne folgte ihr in das kleine Büro hinter der Kasse. Auf dem Weg dahin raunte Pippa ihrem jungen Mitarbeiter zu, dass sie für einen Augenblick nicht gestört werden wollte.

Der Raum war klein, mit einem Fenster zum Hof und einer Klimaanlage, die oben an der Wand rauschte. Überall hingen Sportfotos von Pippas Vater sowie Werbeplakate für Fliegenruten. Im Regal neben der Tür reihten sich bunte Aktenordner und Verkaufsprospekte aneinander. Auf dem untersten Fach stand ein kleiner Monitor, der stumm das Geschehen im Laden übertrug. Irgendwo über der Kasse musste also eine Überwachungskamera hängen.

Daphne ließ sich auf die abgewetzte grüne Samtcouch unter dem Fenster fallen, während Pippa vor ihrem originellen Schreibtisch Platz nahm. Es war ein ausrangiertes Surfboard mit angeschraubten Metallbeinen. Auf einem Wandfach über dem Schreibtisch standen zwei Porzellanbecher, die Pippa herunternahm und Tee aus einer Kanne eingoss. Einen Becher reichte sie Daphne.

«Erzähl», sagte sie. «Was willst du wissen?»

Es war typisch für sie, dass sie einfach drauflos plapperte. Ihre boshafte Bemerkung über George Huxton musste nicht viel bedeuten, denn sie war immer so geradeaus, wie sie dachte. Und mit George war sie nun einmal oft genug im Leben aneinandergeraten.

Daphne trank einen Schluck, um zu überlegen, wie sie am besten anfangen sollte. Es war Jasmintee, frisch gebrüht und deshalb noch kein Geschmacksopfer der Thermoskanne. «Annabelle und ich fragen uns, was George Huxton wohl für ein Leben geführt hat, bevor er nach Fowey zurückkam», begann sie. «Und warum war er bloß so feindselig?» Sie versuchte ein kleines Lächeln. «Hast du ihn als Kind zu oft gebissen?»

«Dafür hat er getreten wie ein Pferd», konterte Pippa schlagfertig. «Seine Nase war das Einzige, was er schlecht verteidigen konnte. Und als er wegen seiner Schläge aus der Kindergruppe flog, kam sein Vater und hat Krawall gemacht. So waren die Huxtons nun mal.»

Pippas Worte klangen spöttisch. Auch als sie erzählte, wie George Huxtons Kindheit verlaufen war, spürte Daphne, wie wenig Sympathie sie für den Ermordeten hegte. Ihre Eltern waren unmittelbare Nachbarn der Huxtons gewesen. Vater Jeremy Huxton hatte sein Geld als Hilfsarbeiter in der Kaolin-Grube St. Austell verdient, die Mutter war selten zu Hause. Im Alter von sechs Jahren hatte man den schwierigen George ins Kinderheim *Schwestern von St. Jude* nach Tywardreath gegeben, wo er auch unterrichtet wurde. Drei Jahre später kehrte er von dort zurück, ein großes Stück gewachsen, aber stotternd. Die verbleibenden gemeinsamen Monate in der Grundschule von Fowey – wenn auch in unterschiedlichen Klassen – war die einzige Zeit, in der Pippa und George sich einigermaßen vertrugen. Ab da trennten sich ihre Wege, George wechselte zur Gesamtschule, Pippa besuchte ein Privatinstitut in St. Austell. Über seine Monate im Kinderheim erzählte George nur Gutes, also konnte das Stottern nicht damit zusammenhängen. Kurz vor Beginn des Sommers war das Stottern mit einem Schlag verschwunden, angeblich nachdem George von einem Baum gefallen war und eine Gehirnerschütterung auskuriert hatte. In Cornwall liebte man solche geheimnisvollen Erklärungen nach keltischer Art, die jeder gerne glaubte. Danach verloren sie sich immer mehr aus den Augen, zumal Pippas Familie in die Stadtmitte von Fowey gezogen war. Pippa wusste aber noch, dass George sich später als großes Krickettalent entpuppte und schließlich mit einem Stipendium auf einem Kricket-Internat in Leicester gelandet war. Damit verschwand er von ihrer Bildfläche. Seine Eltern starben – der Vater am Alkohol, die Mutter bei einem Autounfall – und seine Schwester heiratete einen Farmer.

«Er hat eine Schwester?», fragte Daphne überrascht. «Es hieß doch immer, er habe keine Verwandten.»

«Morwenna ist seine Halbschwester», erklärte Pippa. «Soweit ich weiß, hatten sie nie mehr Kontakt zueinander. Ich kenne nicht mal ihren jetzigen Nachnamen.»

«Und hast du George je wiedergetroffen?»

Pippa umfasste ihren Teebecher mit beiden Händen, als müsste sie sich die Hände daran wärmen. Ihr Gesicht wurde traurig. «Es war bei einem Kanuturnier auf der Themse, in Shillingford. Zwei betrunkene Studenten hatten unsere Boote mit Farbe beschmiert, und die Polizei wurde gerufen. Als der Streifenwagen kam, stieg zu meiner Überraschung George Huxton aus – als junger Constable, ganz schlank, Anfang zwanzig, so wie ich.»

Daphne konnte es kaum glauben. «Er war Polizist geworden?»

«Ja, er war Constable im zweiten Jahr. Wir hatten keine Zeit zu reden, er knöpfte sich sofort die Studenten vor. Als einer von denen im Suff die Hand hob, schlug er gleich zu. Vielleicht wollte er vor mir angeben, ich weiß es nicht. Die Leute um uns herum regten sich auf. Ein zweiter Polizist wurde geholt, Personalien wurden aufgenommen … Am schrecklichsten war, dass George so aggressiv blieb, selbst als ich ihn zu beruhigen versuchte.»

Das Nächste, was Pippa über ihn hörte, war, dass er aus dem Polizeidienst entlassen worden war und in Leeds für eine Spedition arbeitete. Aus einem spontanen Bedürfnis heraus schrieb sie ihm einen Brief, in dem sie ihm anbot, bei ihr vorbeizuschauen, falls er einmal nach Fowey käme. Irgendwie tat er ihr leid. Einen Monat nach dem Brief schickte Huxton ihr eine unfreundliche, geradezu hässliche Antwort, in der er sie aufforderte, ihn nie wieder zu kontaktieren. Schon als Kind sei sie egoistisch gewesen, und auch bei dem Vorfall an der Themse sei sie in keiner Weise für ihn eingesprungen.

Pippa lehnte sich zurück. Ihre Stimme klang ungewohnt nachdenklich. «Na ja, und dann kam er doch nach Fowey zurück und kaufte das Haus neben deiner Cousine. Ich konnte es nicht glauben. Angeblich hatte man ihn in Leeds frühpensioniert. Kaum war er hier, ging's los – keiner machte es ihm recht, jedem drohte er mit Anzeigen, auch mir. Zweimal kamen Briefe von seinem Anwalt, ich hätte ihm minderwertige Angeln verkauft. Er drohte, mich wegen Betrugs an die Öffentlichkeit zu zerren, wenn ich ihm nicht ein neues Angelset geben würde ... Am Ende hatte er bei mir Ladenverbot. Ich glaube, dass er nicht ganz richtig im Kopf war, wenn du mich fragst.»

«Wieso glaubst du das?», fragte Daphne.

«Warum?» Pippa sprang auf. «Weil er mir vor drei Wochen hier im Laden eine Szene hingelegt hat, die alles in den Schatten stellte.» Sie trat vor den Monitor und nahm die Fernbedienung aus dem Regal. «Ich kann es dir zeigen. Danny, mein Verkäufer, hat es extra gespeichert.» Sie schaltete die Aufzeichnung ein.

Das Bild der Überwachungskamera zeigte eine Totale des leeren Ladens.

Die Tür fliegt auf, und wie eine Furie stürmt George Huxton herein.

«Pippa!»

Erst kurz vor der Kasse bleibt er stehen, neben ihm das Regal mit den Blinkern und Gummiködern. Sein kantiges Gesicht unrasiert, die braunen Haare militärisch kurz geschnitten, seine grüne Barbourjacke verblasst. Trotz der Jacke sieht man seiner stämmigen Figur an, dass er früher Kricketspieler gewesen war.

«RAUS!», schreit Pippa energisch und kommt von vorne ins Bild gelaufen. «Du hast Ladenverbot. Ich hab dir in den letzten anderthalb Jahren zwei Angeln und eine Spinnrolle ersetzt. Versuch's nicht noch mal!»

Huxton verzieht spöttisch den Mund. «Du wirst mir noch viel mehr ersetzen», sagt er und knallt einen Brief auf das Regal neben ihm. «Hier, ein Schreiben von meinem Anwalt. Für meinen Sturz über das verdammte Surfbrett neben deiner Tür verklage ich dich auf fünftausend Pfund.»

Pippa erstarrt. «Was redest du, George!? Du bist mit deiner Jacke dran hängen geblieben. Und nur leicht gestolpert! Du hast dir nicht mal weh getan!»

«Wie kannst du das beurteilen?» Aggressiv schiebt Huxton mit dem Fuß eine Anglerbox aus Kunststoff beiseite. «Ich hatte blaue Flecke. Wenn du nicht ordentlich einen Laden führen kannst, dann lass es.» Er schlägt mit der flachen Hand auf das Schreiben. «Alles Weitere steht hier!»

«Sei nicht so bockig, George», versucht Pippa es in versöhnlichem Ton. «Wir sind in Cornwall und nicht in London, wo man sich gegenseitig Anwälte auf den Hals hetzt.»

«Du redest schon wie meine Nachbarin», antwortet Huxton schlecht gelaunt. «Ich will mein Recht. Mein Recht und mein Schmerzensgeld.»

In diesem Moment beginnt er zu wanken. Erst in letzter Sekunde kann er sich am Regal festhalten.

«Alles okay, George?», fragt Pippa besorgt. «Du bist ja ganz weiß.»

Er hält sich mit der freien Hand den Schädel, als wäre ihm schwindelig. Dabei blickt er sie aus halbgeschlossenen Augenlidern an. «Frag nicht so dumm. Das ist nur Migräne.»

«Soll ich dir ein Glas Wasser bringen?»

Sein Nein kommt knapp und unhöflich. Dann strafft er sich wieder, als sei nichts weiter gewesen, und geht mit unsicherem Gang zur Ladentür zurück. Während er sie öffnet, dreht er sich noch einmal um. «Wir sehen uns vor Gericht!»

«George, bitte! Sei kein Idiot!», ruft Pippa ihm nach.

Doch Huxton ist schon draußen.

Pippa stoppte die Aufnahme und ließ wieder das aktuelle Bild aus dem Laden laufen. «Und, was sagst du? Für mich sah er in diesem Moment aus wie ein ...» Sie überlegte. «... wie ein lebender Totenkopf.»

«Ja.» Daphne ließ sich schockiert gegen die Rückenlehne der Couch fallen. «Wie schrecklich! Er muss wirklich krank gewesen sein.»

Die Bürotür ging auf, und der junge Verkäufer streckte seinen Kopf ins Zimmer. «Pippa, die Vertreter von FishRack wären jetzt da.»

«Ich komme, Danny.»

Daphne trank den Rest ihres Tees aus und stand auf, um Pippa nicht länger in Beschlag zu nehmen. «Danke, du hast mir sehr geholfen.»

«Inwiefern?», fragte Pippa. «Weil du jetzt weißt, dass Annabelle nicht seine einzige Zielscheibe war?»

«Das auch», sagte Daphne. «Aber vor allem, weil ich jetzt ein besseres Bild von ihm habe und einiges zu verstehen beginne.»

Pippa schaute sie prüfend an. So burschikos und fröhlich sie sich gab, so skeptisch konnte sie blicken, wenn sie bei einer Sache Verdacht schöpfte. Ihre Materialkontrollen bei Wettkämpfen waren gefürchtet. «Warte mal! Dich schickt doch hoffentlich nicht dieser DCI aus Bodmin? Hattest du nicht mal was mit ihm? Kurz nach Eröffnung der ersten Disco in Fowey?»

Daphne bereute, nicht sofort gegangen zu sein. In ihrer Jugend waren Pippa und sie intensiver befreundet gewesen, aber Pippa hatte sich bald als *Freundesdiebin* entpuppt. Kaum stellte man ihr seinen Bekanntenkreis vor, begann sie, darin zu wildern. Irgendwann kam einem dann zu Ohren, dass sie all diese Leute zum Abendessen eingeladen hatte, nur einen selber nicht. Für Daphne und ihre echten Freundinnen war ein solches Verhalten unsozial und das Verabscheuungswürdigste überhaupt.

Was den Mord an George Huxton betraf, so hatte Pippa tatsächlich allen Grund, der Polizei aus dem Weg zu gehen. Immerhin gehörte sie zum Personenkreis derer, die mit Huxton mehrfach aneinandergeraten waren. Wer weiß, ob sie wirklich alles über ihren letzten Streit erzählt hatte?

Daphne ging in die Offensive. «DCI Vincent und ich würden nicht mal zusammen eine Drehtür betreten», sagte sie so überzeugend wie möglich. «Trotzdem könnte er irgendwann bei dir auftauchen. Sogar Annabelle hatte er in Verdacht.»

Pippa hob die Mundwinkel. «Der kann ruhig kommen. Ich war am Samstagabend bei der Preisverleihung des Segelclubs in Charlestown.»

Sie umarmten sich kurz und verließen gemeinsam das kleine Büro. Binnen Sekunden verwandelte Pippa sich wieder in eine Geschäftsfrau und ging souverän lächelnd auf die beiden Vertreter zu, die neben der Kasse auf sie warteten.

Als Daphne auf die Straße trat, schwirrte das Stichwort Charlestown durch ihren Kopf. Jeder Segler wusste, dass die Preisverleihung in einem großen Zelt stattgefunden hatte. Von dort dürfte es leicht gewesen sein, unbemerkt für eine Stunde zu verschwinden und sich kurz vor Fowey in ein Kanu zu setzen ...

Aber warum sollte ich ausgerechnet Pippa verdächtigen?, fragte sich Daphne.

War sie nicht die Einzige, die George Huxton ihr Leben lang mit offenem Visier Paroli geboten hatte?

9

Wir würden viel weniger Streit in der Welt haben, nähme man die Worte für das, was sie sind – lediglich die Zeichen unserer Ideen und nicht die Dinge selbst.

John Locke

Zum großen Vergnügen ihrer Nachbarn brachte Daphne auch sich selbst Post.
Sie machte es jeden Tag gleich: Erst nachdem sie pflichtbewusst zu allen anderen Häusern in der Straße geradelt war, steuerte sie ihren eigenen Briefkasten an. Dort warf sie ein, was einzuwerfen war. Sie tat es aus reiner Bequemlichkeit, sonst hätte sie ihre persönlichen Briefe oder kleinen Päckchen bis Dienstschluss mitschleppen müssen. Das Einzige, was sie sich gönnte, war ein erster schneller Blick auf die Absender ihrer Briefe, damit sie wusste, was sie nach Feierabend erwartete.

Was sie heute erwartete, als sie von Pippa nach Hause kam, wusste sie bereits. Es war ein Brief ihrer Tochter, im gelben Umschlag, mit krakeliger Schrift.

Es passierte nicht oft, dass Jenna ihnen schrieb. Seit sie als Ärztin in der Kinderchirurgie des Royal Hospital in London arbeitete, blieb ihr nicht viel private Zeit. Bis vor einem halben Jahr war sie alle vier Wochen mit ihrem Exfreund Nicholas nach Fowey gekommen, doch das war jetzt vorbei. Auf Nicholas war ein Polospieler aus Oxford gefolgt, einmal geschieden, furchtbar beschäftigt.

Daphne setzte sich mit dem Briefumschlag an den Küchentisch, öffnete ihn und begann zu lesen. Eigentlich wollte sie dabei ihren Obstquark löffeln, aber dazu kam sie nicht.

Was Jenna mitzuteilen hatte, war so unvernünftig, dass Daphne der Hunger schnell verging. Wie immer, wenn ihre Tochter eine spontane Idee ausgebrütet hatte, scheute sie Telefongespräche, in denen man ihr unangenehme Fragen stellen konnte. Stattdessen brachte sie ihre Pläne kurz und knapp zu Papier. Diesmal ging es um ihre Karriere. Jenna informierte ihre Eltern darüber, dass sie ihrer neuen großen Liebe wegen – ein gewisser Joseph Dunhill jr. – ab November nach Oxford ziehen wollte. Da sie dort vorerst keine feste Krankenhausstelle bekommen konnte, müsste sie bis auf weiteres in Teilzeit arbeiten. Sie hoffte, dass Daphne und Francis Verständnis für diesen Schritt zeigten ...

Daphne war entsetzt. Für so naiv hatte sie Jenna nicht gehalten. Hatten sie deshalb so oft über Emanzipation diskutiert? Es dauerte keine drei Minuten, bis sie die Handynummer ihrer Tochter gewählt hatte, es viermal durchklingeln hörte und Jenna tatsächlich abnahm.

«Ma?»

«Oh ja, das bin ich! Noch ganz beseelt von deinem wunderbaren Brief!»

Jenna klang geknickt. «Das kann ich mir denken. Aber ich wusste nicht, wie ich es euch sonst sagen sollte ...»

«Ach nein?» Daphne nahm sich zusammen, um nicht zu sehr wie ihre eigene Mutter zu klingen. «Wie wäre es denn von Mund zu Ohr? Ganz einfach durchs Telefon?»

«Ich weiß. Aber hättest du mir zugehört?»

«Natürlich. Jeder von uns kennt ein Dilemma aus Liebe. Aber wegen eines Polospielers, den du erst seit sechs Wochen triffst ...»

«Acht Wochen, Ma ...»

«... wegen einer Acht-Wochen-Affäre gleich seine Stelle aufzugeben, das ist schon eine besondere Idee!»

Jenna reagierte gereizt. «Ich habe keine Affären, sondern ernsthafte Beziehungen.»

Daphne spürte, dass ihre Tochter recht hatte. Sie musste mit solchen Urteilen vorsichtiger sein. Diese Generation nahm alles sehr ernst. Sie lenkte ein. «Hör zu, Jenna, natürlich ist das deine Entscheidung. Aber durch deinen Brief ziehst du uns mit rein, obwohl wir Joseph Dunhill jr. nicht mal kennen.»

«Ich weiß», antwortete Jenna bedauernd. «Aber sein Poloteam ist nun mal ständig unterwegs. Auch wir sehen uns nur alle paar Tage. Genau deshalb möchte ich ja nach Oxford ziehen, in die Nähe seiner Stallungen. Und ich würde mir wünschen, dass ihr ihm etwas Sympathie entgegenbringt.» Sie überlegte. «Ich wüsste übrigens, wo ihr ihn sehen könntet. Er reitet am Mittwoch auf dem Poloturnier in St. Ives. Ich habe blöderweise Dienst, aber wenn ihr Lust hättet?»

Daphne spürte, dass sie jetzt aufpassen musste. Erst wollte sie mit Francis darüber sprechen. «Lass mich die Sache deinem Dad beibringen», schlug sie diplomatisch vor. «Und sag deinem Freund nichts. Wir stecken hier gerade in ziemlichen Problemen. Es hat zwei Morde gegeben.»

Daphne konnte hören, wie ihre Tochter ein klirrendes Glas abstellte. «Morde?»

«Ja. Einer der Toten lag vor Tante Annabelles Haus.»

Jenna wollte es nicht glauben. Daphne erzählte ihr in groben Zügen, was passiert war. Da Jenna seit vorgestern keine News im Internet angeschaut hatte, war sie ahnungslos. Sie brauchte aber nicht lange, um zu begreifen, dass ihre Mutter bereits wieder als Detektivin auf der Lauer lag.

«Ihr wollt euch doch hoffentlich nicht einmischen, Ma?», fragte sie streng.

«Einmischen wäre zu viel gesagt», antwortet Daphne ausweichend. «Wir halten nur ein bisschen die Augen auf ... Ich denke, dass sind wir deiner Tante schuldig.» Ihr fiel etwas ein. «Apropos Augen aufhalten. Wir haben einen neuen Nachbarn. Er heißt Jason Morris. Angeblich hat er eine Plakatfirma in London. Vielleicht kennst du zufällig jemanden, der ihn kennt. Oder der jemanden kennt, der ihn kennt.»

Sie mussten beide lachen. Jenna versprach, sich zu erkundigen, und Daphne, dass sie Francis Jennas Brief erst zeigen würde, wenn seine Stimmung dafür geeignet war.

Nachdem sie sich voneinander verabschiedet hatten, legte Daphne erleichtert auf. Die Krise war gebannt. Bis Jenna wirklich nach Oxford ging, blieb ihnen genügend Zeit zum Reden.

Jetzt hatte sie doch Hunger auf ihren Obstquark. Während sie ihn löffelte und dabei durch das Küchenfenster den verglasten Wintergarten von Embly Hall sah, bekam sie Lust, hinüberzugehen und drüben ihre entliehenen Bücher einzuräumen. Francis legte großen Wert darauf, dass die wertvolle Buchsammlung der Wemsleys ungefleddert blieb.

Die schwere Eichentür, hinter der der Laufgang lag, befand sich im Flur. Voller Vorfreude knipste Daphne das Licht an und betrat den gefliesten Tunnel. Es war wie der Wechsel in eine andere Welt. Jedes Mal, wenn sie drüben in der Halle neben dem steinernen Kamin ankam, empfand sie Ehrfurcht. Als sie jung war, hatte sie sich nie für Häuser interessiert. Jetzt spürte sie, dass intakte Gemäuer mit langer Geschichte wie Überlebende waren, die alles erfolgreich abgewehrt hatten – Angriffe, Zumutungen, Verlockungen. Der Salon mit der grünen Täfelung, die Chintzsessel neben dem zierlichen Teetisch, Vitrinen voller Chinavasen aus dem Besitz des 2. Earl of Wemsley, die hohen verzierten Stuckdecken, die wertvollen alten Teppiche – nichts davon war je in Frage gestellt worden.

Jeder Schritt auf dem glänzenden Parkett machte Daphne Freude. Sie ging in den Salon und hob die Bücher auf, die sie neulich auf dem Teetisch abgelegt hatte. Es waren Ausgaben von Autoren, die ebenso zur Landschaft gehörten wie die alten Häuser. William Golding, Mary Wesley, Winston Graham mit seinem Klassiker *Poldark*, Arthur Quiller-Couch ... Sogar ein signiertes Exemplar von Mrs. du Mauriers *Mein Cornwall* befand sich im Stapel.

Daphne trug die Bücher in die Bibliothek zurück. Vor der hohen Bücherwand standen Ledersessel, schwere Klötze, rissig und porös wie alte Landkarten. Während sie begann, die Bücher einzusortieren, entströmte den Folianten in den Regalen die Wehmut vergangener Tabakabende.

Am Ende lag nur noch *Mein Cornwall* auf einem der Sessel, Mrs. du Mauriers Saga einer Landschaft. Daphne setzte sich und blätterte das Buch durch. Im Kapitel über die Wildnis von Land's End und die Zinnmine Botallack hatte sie beim Lesen einen kleinen Zettel zwischen die Seiten gelegt.

Botallack, bei Cape Cornwall in West Penwith, auf einer Felsspitze, an deren Fuß der Ozean schäumt. Hier erstreckten sich in alten Zeiten die unterirdischen Arbeiten sogar unter den Boden des Meeres, mehrere Faden tief, und obgleich sich nie ein Drama ereignete, war es den Bergleuten dauernd bewusst, dass über ihnen der Ozean rauschte, dass sich die Wellen dumpf an den fernen Klippen brachen ...

Wie recht Mrs. du Maurier hatte, dachte Daphne, während sie dem Buch einen Schubs ins Regal gab. Kein Ort ist wie Land's End – ein Tor in die Tiefe, ein Ende und ein Anfang.

Hinter ihr erklangen Schritte in der Halle.

«Daphne?»

Es war Francis, früher da als sonst. In der Hand hielt er Jennas Brief, Daphne hatte ihn aus Versehen auf dem Küchentisch liegen lassen. Lächelnd versuchte sie, den Brief zu übersehen.

«Francis? Ich hab noch gar nicht mit dir gerechnet.»

Er schien ganz entspannt zu sein. «Mein Boot ist defekt. Wir haben die Uferkontrollen verschoben.» Er hob Jennas Nachricht hoch. «Ich hab den Brief schon gelesen. Unglaublich, was unsere Tochter wieder aushelt.»

Daphne stutzte, Francis hatte es fast amüsiert gesagt. «Findest du das etwa in Ordnung?»

Er zuckte mit den Schultern. «In Ordnung nicht, aber Jenna weiß, was sie will. Wir sollten ihr da nicht reinreden.»

«Ach, sollten wir nicht?» Daphne ahnte, worauf dieses Gespräch hinauslief. Der stolze Vater hielt seine Tochter für ziemlich fehlerlos. Er war einfach zu nachsichtig. Das war schon immer so gewesen. An Daphne dagegen war seit jeher die Aufgabe hängen geblieben, pädagogisch richtig zu reagieren.

«Höre ich da einen gereizten Ton?», fragte er. «Mir würde auch nicht gefallen, wenn Jenna das Royal Hospital verlässt, aber offenbar ist ihr der Polospieler das wert.» Er berührte Daphne friedensstiftend an der Schulter. «Sie ist alt genug, Liebling.»

Aber sie wollte noch keinen Frieden. Sie wollte, dass Francis sie unterstützte. Ihr war selbst nicht klar, warum sie Jennas neue Beziehung für fragwürdig hielt. Vielleicht, weil

Jenna mit ihrem Polospieler erst ein paarmal in acht mickrigen Wochen zusammen gewesen war, wie sie selbst schrieb. Oder meine Nerven liegen blank, nach allem, was ich seit gestern erlebt habe, dachte Daphne selbstkritisch.

«Also gut», sagte sie so gelangweilt wie möglich. «Wenn du Joseph Dunhill jr. kennenlernen willst, werden wir am Mittwoch zum Poloturnier nach St. Ives fahren.»

«Das sollten wir tun», meinte Francis. «Das Turnier findet im Park von *Treloy House* statt, während der Gartenausstellung. Frag Annabelle, sie wird dort sicher mit ihrer Firma vertreten sein.»

Damit war das Thema beendet. Zumindest oberflächlich gesehen. Francis reparierte die klemmende Tür zur Speisekammer von Embly Hall, Daphne schloss alle Fenster, die sie zum Lüften geöffnet hatte. Nachts sollte es schwere Gewitter geben. Dennoch spürten sie, dass ihre Stimmung für den Rest des Abends mit einer Frostschicht überzogen war. Nicht durch falsche Worte, sondern durch falsches Schweigen. Eigentlich hatte Daphne mit Francis über ihren Besuch bei Pippa McPride sprechen wollen, aber sie ließ es lieber.

Nachdem Francis zu Bett gegangen war, rief spätabends noch ein Constable an. Mit beamtenhafter Strenge überbrachte er eine Nachricht von Chief Inspector Vincent. Es gäbe Neuigkeiten, Daphne solle sich bitte morgen Mittag im Büro des DCI im Hafenamt einfinden. Es hatte wie die Vorbereitung zur Exekution geklungen ...

Daphne setzte sie sich noch eine halbe Stunde an den Schreibtisch, um ihre Gedanken zu sortieren und ihr Tagebuch zu führen. Sehr viel unkonzentrierter also sonst räsonierte sie über Lady Wickeltons merkwürdige Andeutungen und über George Huxtons asoziales Verhalten. Richtig zufrieden war sie mit dem Tagebucheintrag nicht.

Am Schluss drängte es sie, wenigstens noch drei Sätze zu ihrer Auseinandersetzung mit Francis zu formulieren. Sie gerieten emotionaler, als sie eigentlich wollte.

> Unter dem Strich war es ein überflüssiger Streit. Wir wollen doch beide das Gleiche – Jennas Zufriedenheit und Glück.
> > Und sein Glück bestimmt immer noch jeder selber! Punkt!!

So klang eine souveräne Mutter.

Nachdem sie das Tagebuch zugeklappt und sich anschließend im Bad für die Nacht fertig gemacht hatte, tapste sie ins Schlafzimmer. Francis hatte zwar schon das Licht gedimmt, schlief aber noch nicht. Müde hob er die Augenlider, als Daphne ins Bett schlüpfte und die Lampe ausschaltete.

Sie zählte bis zehn. Wenn sie sich in Francis nicht getäuscht hatte, würde er sich noch mal zu Wort melden.

«Was für ein blöder Streit», brummte er verschlafen.

So klang ein souveräner Ehemann.

10

In jedem von uns ist in Wahrheit das Ideal der Großen Möwe.
Durchbrecht die Beschränktheit eures Denkens ...

Richard Bach

Francis stand wie festgefroren vor dem Küchenfenster, als Daphne am nächsten Morgen die Treppe herunterkam. Er beachtete sie kaum.

Da sein Patrouillenboot erst gegen neun Uhr repariert war, hätte er eigentlich ausgiebig seine geliebten fluffigen Rühreier machen und in Ruhe frühstücken können. Stattdessen starrte er ununterbrochen zum Nachbarhaus hinüber. Daphne sah beim Hereinkommen, dass die Buchenhecke auf dem Grundstück von Jason Morris frisch geschnitten war, sogar erschreckend niedrig. Vielleicht war es das, was Francis störte.

Sie trat zu ihm ans Fenster und gab ihm einen zarten Kuss auf die Wange. «Morgen, Schatz. Alles in Ordnung?»

«Ich hätte wetten können, da stand gerade Arnold Schwarzenegger», sagte er beim Weiterstarren. «Im weißen Jogginganzug.»

«Schwarzenegger?»

Francis wirkte irritiert. «Ja. Er kam kurz raus und hat Hanteltraining gemacht ...»

Daphne beugte sich vor und folgte seinem Blick über die Hecke. Statt Arnold Schwarzenegger sah sie jedoch nur ihren neuen Nachbarn im weißen Leinenanzug. Mit einer nostalgisch anmutenden grünen Heckenschere, die in London vermutlich eine Stange Geld gekostet hatte, schnippelte er am Terrassenrand einen Rosenstock ins Pflanzenunglück. So stellten sich die Großstädter also das Landleben in Cornwall vor.

«Nein, definitiv kein Arnie», entschied sie.

Was war das gerade? Musste sie sich Sorgen um Francis machen?

«Herrgott, Daphne! Ich weiß doch, was ich gesehen habe!»

Daphne zog ihn lächelnd zum Frühstückstisch. Wenigstens hatte Francis ihn schon gedeckt. «Wir sind beide noch verschlafen, Schatz. Das ist nur Jason Morris, unser neuer Nachbar. Er hat sich übrigens sehr nett bei mir vorgestellt. Vielleicht solltest du ihn mal zum Grillen einladen, damit wir uns beschnuppern können.»

Sie erzählte ihm, dass Jason eine kleine Firma besaß und wie alle Londoner wichtiger tat, als er vermutlich war. Alles in allem wirke er jedoch unkompliziert und leger.

Francis nahm widerwillig Platz und griff nach einem Toast. «Ehrlich gesagt, ich muss niemanden beschnuppern, der mir ungefragt die Hecke halbiert. Auch wenn du ihn interessant zu finden scheinst.»

«Sag bloß, du bist eifersüchtig?», neckte sie ihn.

«Warum sollte ich?»

«Vielleicht, weil sich Jason zuerst mir vorgestellt hat?»

«Unsinn.» Er öffnete das Glas Orangenmarmelade. «Aber bitte, laden wir ihn mal ein.» Er verzog das Gesicht wie nach einer Pleite. «Auch wenn er keinen Arnold Schwarzenegger im Garten hat.»

Daphne lächelte weise. Sie war klug genug, Francis nicht damit aufzuziehen. War nicht jeder schon mal auf optische Täuschungen reingefallen?

Als sie eine Stunde später im Postlager ankam, begann der Morgen für sie mit einer interessanten Entdeckung. In ihrem Zustellkorb steckte ein dickes Einschreiben für Sally Inch, die Möwenforscherin. Jetzt war das Klingeln bei ihr beruflich erlaubt.

Daphne konnte es kaum erwarten. Wenn Sally tatsächlich eng mit George Huxton befreundet gewesen war, konnte sie eine Schlüsselfigur im Mordfall sein. Offensichtlich wusste die Polizei noch nichts davon, sonst hätte Daphne es über Foweys wichtigstes telefonisches Netzwerk – Mrs. Huddersrock, Mr. Gaffel von der Tankstelle sowie Mrs. Hopson – brühwarm erfahren.

Sallys Haus lag in der holperig gepflasterten Falcon Lane, gut versteckt hinter Foweys ehrwürdigem Gotteshaus. Von dort aus war das Fahrradfahren eine Qual, sodass Daphne freiwillig schob. Als sie am quadratischen Turm von St. Fimbarrus vorbeikam, spielte im Inneren der Kirche jemand Orgel. Es klang nach einer lebhaften Fuge von Bach.

Sallys historisches Reetdachhaus war schon vom Kirchplatz aus zu sehen, weiß getüncht und mit eiserner Windfahne auf dem Dach. Es lag direkt am Fluss. Bis zum 19. Jahrhundert hatte sich auf dem Wassergrundstück eine Falknerei befunden, später abgelöst durch Lagerräume, die Sally zu einem Wohnhaus umgebaut hatte.

Daphne lehnte das Rad an die Hauswand und drückte kräftig auf die Klingel. Durch das zweiflügelige Holztor drang Sallys Stimme. «Bitte reinkommen!»

Daphne schob den rechten Torflügel auf und stand in einer Eingangshalle, die wie der Showroom eines zoologischen Museums wirkte. Sie war lange nicht mehr hier gewesen. An den Wänden hingen jetzt Schaukästen mit Informationen über den Lebenszyklus der Möwen sowie Stangen, auf denen ausgestopfte Vögel saßen. Unterhalb der Schautafeln führten zwei Türen in die privaten Räume der Wissenschaftlerin, sodass die Halle zum Zentrum des Hauses geworden war. Bis zum Dach war alles offen, nur getragen durch alte Balken. Auf der hinteren Seite der Halle konnte man durch hohe Eisenfenster bis zum Fluss blicken. Davor – unter freiem Himmel und auf einer großen Holzterrasse – standen die Volieren der Möwen, die Sally das ganze Jahr über rettete und wieder gesund pflegte. Auch einen Sitzplatz gab es, hinter dem ein angebundener Kahn auf dem Wasser schaukelte.

Sally kam von draußen herein, in den Händen ein flauschiges Möwenbündel. Ihr marineblauer Pulli konnte den weißen Kotfleck auf den Shorts darunter kaum verbergen. Aber das gehörte zu ihrem Alltag.

«Hi, Daphne!», rief sie. «Post für mich?»

«Ein Einschreiben.»

«Sekunde, ich muss nur schnell meinen Schreihals loswerden.»

Sie trat noch einmal auf die Terrasse, setzte das Möwenjunge in eine der Volieren und kam dann mit schlaksigem Gang zurück. Obwohl sie jünger als Daphne war, machte der lieblos geschnittene dunkelblonde Haarschopf den Eindruck, als sei es Sally egal, wie sie äußerlich wirkte. Vermutlich griff sie hin und wieder selbst zur Schere.

Daphne übergab das Einschreiben. «Glückwunsch, ist toll geworden, dein Umbau!», lobte sie.

«Danke.» Sally quittierte den Brief. «Ab nächstem Sommer will ich hier Tutorien abhalten. Zum Glück gab's dafür Fördergelder.»

«Das freut mich», sagte Daphne und meinte es ehrlich. «Dann werden Foweys Silbermöwen noch berühmter.»

«Im Moment machen sie vor allem Ärger», antwortete Sally. «Ständig greifen sie jemanden an.»

«Was vermutest du dahinter? Francis lässt dir übrigens sagen, dass auch er ziemlich ratlos ist.»

«Ich sehe zwei Gründe: die zu späte Brutzeit und zu viel Dope.»

«Dope?», fragte Daphne. «Was heißt das?»

«Wenn Möwen zu viele fliegende Ameisen fressen, macht die Ameisensäure sie stupide. Manche rasen in diesem Zustand gegen Mauern oder in Fensterscheiben. In diesem Jahr sind die Ameisen extrem spät und besonders intensiv geschwärmt, kein Mensch weiß, warum.»

«Und man kann nichts dagegen tun?»

«Höchstens die Ameisen verbieten», sagte Sally kurz und knapp. «Die Naturschutzbehörde kriegt gerade Empfehlungen von mir. Ich schicke Francis eine Kopie.»

«Danke, das wäre nett.»

Daphne spürte, dass Sally keine Lust hatte, länger auf dieses Thema einzugehen. Noch während Daphne nach den richtigen Worten suchte, um das Thema Annabelle und den Mord an George Huxton anzuschneiden, zog Sally drei ausgeschnittene Zeitungsartikel aus einer Schublade und legte sie auf den Tisch, der in der Halle stand. Sie presste die Lippen zusammen.

«Ich habe alles gelesen. Es ist schrecklich. Auch was Annabelle als Nachbarin von George durchmachen musste.»

«Ja, sie ist am Boden zerstört», sagte Daphne. «Sie versteht es nicht!»

Sally schloss wie unter Schmerzen die Augen. «Das kann man auch nicht begreifen. Ich will nachher mal zu ihr fahren, sobald ich hier wegkomme.»

Die Helligkeit von draußen warf einen schmalen Schatten

auf die gefurchte Stirn der Forscherin. Daphne fand, dass es Zeit war, die Sache beim Namen zu nennen.

«Sally ...», begann sie vorsichtig, «ich weiß, dass du George Huxton gut gekannt hast. Und zwar weit besser, als Annabelle ahnt.»

Sally nahm noch einmal das Einschreiben in die Hand, legte es dann aber an dieselbe Stelle zurück.

«Wer hat es dir gesagt?», fragte sie betont ruhig.

Daphne merkte, dass sie sich ihre Überraschung nicht anmerken lassen wollte. «Das spielt keine Rolle.»

«Für mich schon.» Es schien Sally peinlich zu sein. Verlegen schob sie sich eine Haarsträhne aus dem Gesicht. «Okay, ja ... er hat mir öfter bei den Käfigen geholfen und Einkäufe für mich gemacht, wenn ich keine Zeit hatte. Ich wollte es Annabelle nicht erzählen, weil sie ihn nicht leiden konnte.»

«Was ja wohl verständlich war», betonte Daphne.

«Meinst du, ich habe ihr das gerne verschwiegen? Kannst du dir nicht denken, in welcher Zwickmühle ich war?»

«Mein Gott, du hast sie jede Woche beim Yoga gesehen, Sally! Huxton zerrt sie vor Gericht, wir alle – auch du – trösten sie, aber du arbeitest heimlich mit ihm zusammen. Das ist unfair! Warum tust du so was?»

«Ich hatte meine Gründe.»

Sally schwieg und starrte aus dem Fenster. Draußen landete flügelschwingend eine Dohle auf der Terrasse und pickte etwas auf. Das schlagartig einsetzende Möwengeschrei aus den Volieren vertrieb sie wieder.

Daphne glaubte, Sallys auffallend verkapselten Blick richtig zu interpretieren. «Du hattest ein Verhältnis mit ihm.»

Sally zögerte kurz, dann nickte sie ertappt. «Ja ... Im Frühjahr.»

«Ach, Sally ...»

«Mein Gott, es ist nun mal passiert.»

Sally wirkte trotzig, doch auch eine Spur erleichtert. Es musste hart für sie gewesen sein, vom Tod Huxtons zu hören und zu wissen, dass sie zum Schweigen verdammt war, wenn sie nicht in die Mordermittlungen verwickelt werden wollte. Ihre Augen zeigten zwar keine Tränen, aber den unübersehbaren Ausdruck von Bedauern und Scham.

Leise sagte sie: «Das letzte Jahr war schrecklich für mich. Ein abgesagter Forschungsauftrag, eine Bisswunde am Arm, die nicht abheilen wollte, der Tod meiner Mutter in Birmingham – es war ein Scheißjahr!»

«Wir alle hätten dir zur Seite gestanden, wenn wir davon gewusst hätten», sagte Daphne. «In vorderster Reihe sicher Annabelle. Warum also ausgerechnet Huxton?»

«Das verstehst du nicht. Er war im richtigen Moment da und ... Er konnte ganz anders sein als der George, den ihr kanntet.»

Daphne stöhnte innerlich auf. Wie oft hatte sie diesen Satz schon gehört? Dass ausgerechnet die selbstbewusste Sally Inch ihn jetzt anwenden würde, war seltsam. Wie waren die beiden überhaupt zusammengekommen? Wie Daphne wusste, hatte selbst Annabelle, die Sally gut kannte, seit diese vor acht Jahren nach Fowey gezogen war, noch nie einen Mann im Leben der Möwenforscherin kennengelernt, nur Studienkolleginnen, mit denen sie gelegentlich auf Reisen ging.

«Nein, das verstehe ich nicht, Sally», gestand Daphne. «Natürlich ist das deine Privatsache, aber ... Huxton war doch ein zerrissener Charakter. Er hat anderen geschadet, wo er nur konnte. Das musst du doch gemerkt haben.»

Sally straffte sich und zeigte zur offenen Glastür. Seufzend sagte sie: «Komm mit nach draußen, ich erklär's dir.»

Daphne folgte ihr auf die Terrasse. Sallys staksige Beine

in den grauen Shorts waren gebräunt. An der Rückseite der Oberschenkel hatte sie frische Kratzer, genau wie am rechten Arm. Die Arbeit mit renitenten Silbermöwen hinterließ Spuren.

Als sie draußen standen, setzte das zeternde Möwengeschrei erneut ein. Sally kannte jede Nuance im Verhalten ihrer Vögel. «Schluss!», rief sie mit kräftiger Stimme. «Noch gibt es kein Futter.»

Die meisten Tiere waren ausgewachsen. Daphne wusste, dass sie über sechzig Zentimeter groß werden konnten, mit gewaltigen Flügelspannweiten. Jetzt beobachtete sie, wie Sally mit den Fingern an den Gittern der Volieren entlangfuhr, ein antrainiertes Beruhigungssignal für die Vögel. Augenblicklich ließ der Lärm nach. Mit katzenartigem Miauen wandten die Möwen sich wieder ihren Beschäftigungen zu. Das größte Exemplar hackte auf einen Apfel ein.

Sallys Sitzplatz auf den Planken vor dem Fluss bestand aus einem rustikalen Tisch und zwei Bänken. Daphne setzte sich. Neben ihr glitten zwei Vierer-Ruderboote vorbei und verursachten rollende Wellen. Schwappend schlugen sie an Sallys Eisenleiter.

Sally nahm gegenüber Daphne Platz. Nachdem sie ihre Hände flach vor sich auf den Tisch gelegt hatte, begann sie zu erzählen.

«Dass ich George Huxton kennengelernt habe, hat mit meinem Bruder Ben zu tun», erklärte sie. «Ben und George waren Arbeitskollegen bei der Spedition in Leeds. Auch nachdem George vor drei Jahren frühpensioniert worden war und sich das Haus in Fowey gekauft hatte, blieben die beiden in Kontakt. Anfang des Jahres rief mich Ben an und fragte, ob ich nichts für George tun könnte, der dringend ein paar Nebenbeschäftigungen suchte.»

«Und dann hast du George zu dir kommen lassen?» Daphne erinnerte sich daran, was Annabelle über ihren neuen Nachbarn gesagt hatte. *Wenn Huxton etwas von dir will, kann er richtig charmant sein.*

Sally nickte. «Er kam, brachte sein Handwerkszeug mit und reparierte mir die losen Terrassenbretter. Von da an war er jede Woche hier. Ich zeigte ihm, wie er mit den Möwen umgehen musste, wenn man die Volieren reinigt. Es machte ihm sichtlich Spaß zu helfen.»

Nachdem es an einem regnerischen Samstagnachmittag zum ersten Mal zwischen ihnen passiert war, kamen sie überein, nicht über Annabelle zu reden. George hatte begriffen, dass er Sally sonst in eine schwierige Lage gebracht hätte. Dennoch blieb er fest davon überzeugt, dass Annabelle ihn in seinen Nachbarschaftsrechten beschneiden wollte. Seine krankhafte Rechthaberei war nicht auszurotten.

«Ich hab's zum Glück schnell gemerkt», gestand Sally. «Wenn etwas auf unser Verhältnis zutrifft, dann das Wort *Affäre*. Er wollte mich zum Beispiel überreden, die Gemeinde zu verklagen, weil sie den Schwimmsteg am Fluss angeblich zu dicht vor mein Grundstück gesetzt hat. So was machte mir Angst. Plötzlich verstand ich Annabelle.»

«Hast du ihn vor die Tür gesetzt, oder ist er von selbst gegangen?», wollte Daphne wissen,

«Ich war es, die Schluss gemacht hat. Vor vier Wochen hat er noch mal Sturm geklingelt, dann hat er aufgegeben.»

Daphne sah Sally mit gerunzelter Stirn an. «Ist dir klar, dass du ein Tatmotiv hast? Falls er dich doch weiter bedrängt hatte.»

Sally erschrak. «Unsinn! Ich habe unsere Wochen durchaus genossen. Er war ein begeisterter Fischer. Zweimal haben wir im Bodmin Moor zusammen Karpfen geangelt. Sogar zu seiner Halbschwester wollte er mich mitnehmen, die hat er sonst keinem vorgeführt ...»

Daphne unterbrach sie überrascht. Sie musste an Pippas Satz denken, die Huxtons schlechte Beziehung zur Familie erwähnt hatte. «Du meinst, er stand in Kontakt mit seiner Schwester? Wo lebt sie denn?»

«In Constantine Bay, auf einer Farm», sagte Sally. Ihr Gesicht wurde eine Spur heiterer. «Morwenna Longfellow – fällt dir dazu was ein?»

Daphnes Gehirn klickte so laut, dass sie glaubte, es hören zu können. «Natürlich, Schweine-Morwenna!», rief sie aus.

Morwenna war eine Berühmtheit in Cornwall. Mit Hilfe ihrer zwei riesigen schwarzen Cornwall-Schweine hatte sie vor ein paar Jahren bei laufender BBC-Kamera einen Journalisten vom Hof gejagt. Dabei war dem Mann nicht anderes vorzuwerfen gewesen, als dass er darüber berichten wollte, wie sie als Letzte ihrer Art Seealgen vom Strand erntete, um sie als Dünger zu verkaufen. Außerdem züchtete sie alte Apfelsorten. Wer sie kannte, behauptete, Morwenna sei die eigenwilligste Farmerin an der kornischen Nordküste. Und das wollte etwas heißen. Bekanntlich lebten zwischen St. Ives und Tintagel ohnehin keine Plaudertaschen.

«George hat oft am Strand von Constantine Bay gefischt», fuhr Sally fort. «Morwenna besitzt dort ein zerfallenes Strandhaus, in dem er gelegentlich übernachtet hat.»

«Was weißt du noch über Huxton?»

Sally überlegte. «Einmal hab ich rausgefunden, womit er sich Geld dazuverdiente. Gelegentlich übernahm er für Leute Ermittlungen. Da er mal Polizist war, wusste er, worauf es dabei ankommt.»

«Kennst du Namen seiner Auftraggeber?»

Sally schüttelte den Kopf. «Nein.» Sie holte tief Luft. «Hör zu, Daphne, ich hab dir mehr erzählt, als ich eigentlich wollte. Versprich mir, dass du nichts davon Annabelle sagst.»

«Wirst du es ihr irgendwann selbst erzählen?»

«Ja. Ich schwör's.»

Daphne konnte ihr ansehen, dass sie sich nichts mehr wünschte, als George Huxton endgültig zu vergessen.

Aus den Volieren rechts und links neben der Terrasse erscholl erneut Lärm, am lautesten aus einem der kleineren Käfige. Daphne erkannte, dass dort ein Jungvogel auf dem Sandboden hockte und schrie.

Sally sprang auf. «Ach, du Armer! Hast du dir wieder weh getan!»

Daphne folgte ihr zum Käfig. «Was ist passiert?»

«Er wurde angefahren», erklärte Sally. «Einer von denjenigen, die high waren.»

«Wie furchtbar!» Voller Mitleid ging Daphne vor der Voliere in die Hocke, hob einen Rest trockenes Brot vom Boden auf und steckte es durch das Gitter. Wie eine Furie reckte die Möwe blitzschnell den Hals und hieb ihren scharfen Schnabel in Daphnes Daumen. Erschrocken sprang sie auf, Blut tropfte in ihre Handfläche.

«Mist!», rief Sally. «Bist du gegen Tetanus geimpft?»

«Ja, bin ich.» Es war weniger schlimm war, als es aussah. Daphne drückte ein Papiertaschentuch auf die kleine, aber tiefe Wunde. «Ich hätte es eigentlich wissen müssen.» Sie zeigte auf Sallys gelben Bauhelm, der am Käfig hing. «Hat ja seinen Grund, dass du den trägst.»

«Ich hol dir schnell ein Pflaster», meinte Sally und rannte ins Haus.

Daphnes Taschentuch war rot getränkt, aber das Blut wurde schon weniger. Vorsichtig fummelte sie ein neues Papiertuch aus der Hose, öffnete den Metalldeckel des Mülleimers, der neben den Volieren stand, und warf das benutzte Tuch hinein. Zu ihrer Überraschung landete das Papiertaschentuch auf einem zerrissenen Foto. Von einer Fotohälfte lachte ihr George Huxton in Badehose entgegen. Sally hatte offenbar mit ihrer Vergangenheit aufgeräumt. Daphne zögerte kurz, dann griff sie mit der unverletzten Hand in den Eimer und zog zwei weitere Huxton-Fotos hervor. Eines war ein *Smile Selfie* von Sally und Huxton. Das andere zeigte George mit Angelrute vor einem windschiefen weißen Holzgebäude, umgeben von Dünen. War das das Strandhaus seiner Halbschwester Morwenna? Die Haare waren Huxton in die Stirn geweht, was ihn ungewohnt verwegen aussehen ließ, zudem grinste er zufrieden. Vielleicht hatte er sich dort besonders wohl gefühlt? Über der schiefen Tür stand der Name des Strandhauses. Daphne glaubte, so etwas wie *Drift* lesen zu können. Sollte das Drift House oder Drift Cottage heißen?

Hinter Daphne klappte eine Tür. Geistesgegenwärtig stopfte sie die Fotos zurück in den Eimer und drückte ihr Taschentuch wieder fester auf den verletzten Daumen.

Sally kam mit einer Sprühdose und einem großen Pflaster zurück. «Wir sollten das desinfizieren. Lass mal sehen.»

Daphne hielt ihr den Daumen hin. Vorsichtig reinigte Sally ihn, bevor sie das Pflaster auf die Wunde klebte. «Fertig», sagte sie mit halbem Lächeln. «Ich hoffe, du bist jetzt nicht zu schockiert. Meistens ist es hier ruhig und nett.»

«Nein», antwortete Daphne, «im Gegenteil, ich habe viel gelernt.»

Es sah so aus, als wollte Sally ihr zum Abschied die Hand reichen, ihre Finger bewegten sich schon. Doch dann breitete sie spontan die Arme aus und drückte Daphne. «Und jetzt lass uns nie wieder über die Geschichte sprechen, ja? Ich bitte dich darum.»

«Abgemacht», antwortete Daphne ein wenig gerührt.

Ihr kam es so vor, als hätte Sally die Wahrheit gesagt. Aber aus ihrer Lektüre in der Hängematte wusste sie, dass es in der Kriminalistik bis zum Schluss blinde Flecke gab. Jetzt konnte sie nur noch hoffen, dass nicht zu viele verschiedene Wahrheiten über George Huxton kursierten.

11

*Der Segen der Begeisterung ist ihre Fähigkeit,
einen freundlich zu betrügen.*

Derek Tangye

Um zehn Uhr zwanzig erreichte Francis im Hafenamt der Anruf eines Schleppers.
«Schlaft ihr?», brüllte Jack Gregory ins Telefon. Wie alle Schlepperkapitäne gehörte er zu den harten Jungs, und was er meldete, war nie ein leichter Zwischenfall. Jetzt trieb kurz vor der Buchtmündung im Meer eine unbemannte Segelyacht, die sich von ihrem Liegeplatz losgerissen hatte. Führerlos driftete sie mitten in der Fahrrinne. Es war die *Escapade*, so Jack, das vierzehn Meter lange Schiff von Teddy Shaw. Weil Teddy angesichts seiner beengten Werft keinen Platz für diese große Yacht hatte, lag sie schon seit einem Jahr schräg gegenüber in Pont Pill, einem kurzem Nebenarm des Flusses.

Francis rannte aus dem Büro, seine Rettungsweste mit Spezialzubehör über dem Arm. Es kam auf jede Minute an. Die Fahrrinne der Bucht war stark befahren, jede Kollision konnte katastrophale Folgen haben. Erst im März hatten sie einen steuerlosen Großkatamaran bergen müssen, der mit einem Lotsenboot zusammengestoßen war.

Unten am Empfang gab er Sybil Cox noch ein paar Anweisungen, dann sprintete er zum Schwimmsteg hinunter. Auf dem Parkplatz musste er Chief Inspector Vincent ausweichen, der mit zusammengekniffenen Augen den Einzug seiner Leute ins Hafenamt dirigierte.

Am Stegende wartete das Schlauchboot der Hafenpatrouille auf seinen Einsatz. Francis startete den Motor, legte mit einer weiten Kurve ab und zog dabei mit der freien Hand eine Wurfleine unter dem Sitz hervor. Als er die Weste anlegen wollte, riss die Naht unter dem Verschluss. Es war zu befürchten gewesen. Captain Steed hatte den Ersatz der betagten Sicherheitsbekleidung seiner Mannschaft unbedingt um zwei Jahre aufschieben wollen. Verärgert pfefferte Francis das Ding neben die Bordkiste. Das Wasser in der Bucht hatte zwar nur 15 Grad, aber das war notfalls zu überstehen.

Drei Minuten später vermeldete Sybil über Handy, dass sie den fassungslosen Teddy Shaw erreicht hatte. Er wollte sich sofort mit einem Beiboot auf den Weg machen.

Francis musste nur auf das gegenüberliegende Polruan zusteuern, um auf die Höhe von Pont Pill zu gelangen. Dort schaukelten Dutzende von Yachten an ihren Ankerbojen. Viel Platz war nicht in der Bucht. Knapp hundert Meter dahinter fuhr ununterbrochen die kleine Fähre zwischen Fowey und Polruan hin und her. Das nächste Schiff würde sich von Fowey aus in wenigen Minuten auf den Weg machen. Wenn Francis es bis dahin nicht schaffte, die Yacht aus der Gefahrenzone zu bergen, musste er die Fähre stoppen lassen.

Er entdeckte die *Escapade* rechtzeitig. Sie war auffallend schlank, mit blauem Rumpf, hohem Mast, schmal wirkenden Aufbauten und langem Fensterband. Ruhig und scheinbar harmlos dümpelte sie in der Fahrrinne dahin. Francis fuhr näher heran. Er machte sich bereits Hoffnung, sie relativ leicht einfangen zu können, als sie sich plötzlich wie ein Pferd aufbäumte und sich in der Strömung um die eigene Achse drehte.

Hinter ihr näherte sich ein Ausflugsboot mit Passagieren. Francis hielt den Atem an, alles sah nach einer Kollision aus. Doch der junge Kapitän reagierte schnell. Nur wenige Zentimeter von der Schiffswand der *Escapade* entfernt, rauschte die Barkasse vorbei. Warnend ertönte ihr Schiffshorn, an Bord schrien Leute auf.

Francis entschied, die Yacht von der Steuerbordseite aus zu stoppen. Jetzt durfte er keinen Fehler machen. Die Leine in seinen Händen war so gelegt, dass er sie wie ein Lasso werfen konnte.

Das Manöver begann. Genauso langsam, wie die Yacht unterwegs war, steuerte Francis an die Seite der *Escapade*, bis beide Schiffe Wange an Wange lagen. Dann warf er die Leine. Mit hartem Ruck legte sie sich um eine Klampe der Yacht und verband das Segelschiff mit dem Patrouillenboot. Damit hatte Francis die Gewalt über beide Bootskörper.

Bis zum Liegeplatz der *Escapade* war es nicht weit. Mit der Motorkraft des Patrouillenbootes schleppte Francis sie zurück nach Pont Pill und befestigte sie wieder an ihrer Ankerboje. Nun musste er nur noch auf Teddy Shaw warten, um ihm gründlich die Leviten zu lesen.

In der Zwischenzeit kletterte er an Bord. Vielleicht hatten sich ja Schiffseinbrecher hier umgesehen und aus Bosheit die Leinen gelöst. Solche Typen waren ein Problem für viele Häfen.

Francis staunte, wie hochwertig Teddy seinen Liebling ausgestattet hatte. Nach ihrer Jungfernfahrt hatte der Bootshändler die Yacht ein Mal von den Offizieren des Hafenamtes besichtigen lassen, danach war Francis nie mehr an Deck gewesen.

Die Kajüte war ordentlich verschlossen, auch sonst deutete nichts auf Einbruch oder Vandalismus hin. Im Gegenteil, alles war akribisch aufgeräumt. Nur auf der gerundeten Sitzbank des hinteren Freibords hatte der Eigner ein paar kleine Dinge liegen lassen. Dort lagen ein Stapel alter Yachtzeitschriften und glänzende Papiere – Hochglanzfotos, zusammengehalten mit einer Klemme. Im Teakholzfach darunter befanden sich ein abgenutzter Südwester und eine blaue Regenjacke.

Francis wollte gerade zum Bug der *Escapade* gehen, um die vordere Decksluke zu kontrollieren, als ihm etwas auffiel. Das oberste Foto zeigte eine Frau unter Bäumen. Francis konnte nicht widerstehen. Neugierig trat er näher und nahm die Fotos in die Hand.

Er war nur schwer zu überraschen, vor allem nicht im Job. Jetzt aber blieb ihm der Mund offen stehen.

Verwirrt starrte er auf eine Fotografie Annabelles. Sie stand unter einem Apfelbaum, schnitt Äste und hatte offensichtlich nicht bemerkt, wie sie mit Weitwinkel fotografiert wurde. Ähnlich die beiden anderen Bilder: Annabelle allein und sinnierend im Gras, den Sommerrock bis zu den Oberschenkeln hochgezogen, sowie Annabelle vor einem blühenden Ginsterbusch, die Gartenschere in der Hand. Alle drei Fotos wirkten auf ihre Weise indiskret.

Als Francis die erste Fotografie umdrehte, fand er auf der Rückseite ein Datum: *14. Juli.* Es war mit lila Tinte geschrieben.

Neben der Yacht plätscherte es. Schockiert steckte Francis die Fotos zurück in die Klemme, legte sie auf die Bank und ging dann zur Backbordseite hinüber, auf die Teddy Shaw mit einem Elektromotor an seinem Dingi zusteuerte. In dem schlichten schmalen Boot hatten seine langen Beine nur mit angezogenen Knien Platz. Als er am Heck der *Escapade* angekommen war, wo sich die Badeplattform mit der Leiter befand, warf er Francis seine Leine zu, kletterte aus dem Boot und hievte sich an Bord. Er war barfuß, die Beine der gelben Jeans hatte er aufgekrempelt. Als er Francis die Hand reichte, wirkte er zerknirscht.

«Danke, Francis!» Von seinen nackten Füßen tropfte Wasser. «Ich bin entsetzt. Keine Ahnung, wie das passieren konnte.»

«Du hattest Glück.» Francis beschloss, ihm den scharfen Vortrag zu ersparen. Shaw war lange genug Segler, um zu wissen, was Nachlässigkeit bedeutete. «Nur so viel: Um ein Haar hätte es eine Kollision gegeben.»

«Verdammte Flut.» Shaw ging zum Steuerrad. Kopfschüttelnd legte er seine blaue Golfkappe auf das Teakholzbord und wischte sich über die verschwitzte Stirn. «Trotzdem, wie konnte das passieren? Ich kann es mir nicht erklären.»

Den Kragen des ebenfalls blauen Poloshirts hatte er gegen die Sonne aufgestellt. Es wirkte eitel, aber Teddy war alles andere als das. Wie er auf andere wirkte, spielte für ihn keine Rolle, solange er mit seinen achtundvierzig Jahren Dinge nachhaltig in Bewegung setzen konnte. Er war der Sohn eines Bootsbauers aus Polruan. Von seiner durch einen Reitunfall entstandenen kleinen Narbe auf der Stirn lenkte die knubbelige Nase ab, auf die jeder zuerst schaute. Dennoch blieb Teddy ein interessanter Mann. Er liebte den sportlichen Wettkampf und hielt sich bei St. Ives Polopferde.

«Wann warst du zuletzt an Bord deiner Yacht?», fragte Francis.

Shaw überlegte. «Am Sonntagmorgen, nachdem ich die Nacht auf See verbracht hatte. Du weißt schon, wo ich immer Anker werfe … Ich hab sie festgemacht, bin noch eine Runde joggen gegangen und danach zu meinen Pferden gefahren. Übrigens, morgen ist das Turnier. Falls ihr Lust habt …»

«Wir werden da sein», sagte Francis knapp. Er erinnerte sich ungern an seinen überflüssigen Streit mit Daphne.

Sie wandten sich der Kajüte zu. Übervorsichtig kontrollierte Teddy, ob die Tür wirklich verschlossen war. Sie war es, auch den Riegel hatte niemand manipuliert. Danach wartete Francis geduldig, bis Teddy die wertvollen technischen Einbauten am Steuerstand überprüft hatte. Auch hier fehlte nichts. Kopfschüttelnd ließ er sich auf der Heckbank nieder. Francis setzte sich neben ihn.

«Wahrscheinlich hast du recht», gab Teddy zu. «Ich sehe Gespenster. Nach der Sache mit Annabelle und George Huxton muss man ja den Glauben an das Gute verlieren.» Seine Knubbelnase war von der Sonne gerötet. Er blickte Francis mit sorgenvoller Miene an. «Wie nimmt es Annabelle auf?»

«Inzwischen mit Fassung. Einfach ist es nicht.»

«Dabei sollte sie erleichtert sein. Ich denke, das Schicksal hat es gut mit ihr gemeint. Sag ihr das.»

«Was meinst du?», fragte Francis, obwohl er ahnte, was Teddy andeuten wollte.

Teddy verzog den Mund. «Huxton hat sie geärgert, wo er nur konnte. Einer meiner Poloschläger wäre das Mindeste gewesen, was er abgekriegt hätte, wenn Annabelle und ich ...» Er brach ab und wischte mit den Händen durch die Luft. «Ach, das Thema macht mich wütend.»

Francis blickte ihn von der Seite an. «Was ist los, Teddy? Muss ich was wissen?»

«Nichts, was ihr nicht schon von Annabelle wüsstet. Wir sind immer noch Freunde.»

Vielleicht ist es naiv, was ich jetzt tue, dachte Francis. Aber darüber schweigen wollte er auch nicht. Er griff zu den Zeitschriften auf der Bank und zog die drei Fotografien hervor. «Sammelst du deshalb Fotos von ihr?»

«Wo hast du die her?»

«Sie lagen bei den Zeitschriften. Weiß Annabelle davon?»

Ohne etwas zu sagen, blätterte Teddy die Hochglanzfotos durch. Etwas in seinem Gesicht veränderte sich. Zuletzt nahm er das Bild in die Hand, auf dem Annabelle vor dem blühenden Ginster stand. Shaw wirkte auf einmal so leidend, als hätte man ihm einen schweren Schlag versetzt. Seine Stimme war leise. «Die sind nicht von mir, Francis. Die muss jemand da hingelegt haben. Genauso, wie er mein Boot losgemacht hat.»

«Ich mache dir ja keine Vorwürfe ...»

Teddy reagierte gereizt, weil Francis nicht auf ihn einging. «Hörst du nicht, was ich sage? Jemand muss an Bord gewesen sein, verdammt noch mal!» Erregt knallte er die Fotos auf die Bank. «Glaubst du mir jetzt endlich?»

«Und du hast auch nicht das Datum auf dieses Bild geschrieben?», wollte Francis wissen. Er nahm das entsprechende Foto noch einmal zur Hand und zeigte auf den *14. Juli.*

«Nein! Ich hab in meinem Leben noch nie so eine alberne lila Tinte besessen!»

Neben den bunten Jollen der Segelschule tauchte mit Blaulicht die *Kittiwake* auf, das Polizeischiff des Hafens. Es hatte etwa die Größe der *Escapade.* An Bord saßen drei Männer. Francis stellte sich auf die Erhöhung vor den Mast, um Ausschau zu halten, wohin das Schiff raste. Teddy Shaw folgte ihm. Um einen besseren Blick zu haben, schob er die Takelage beiseite.

«Was ist los?»

«Keine Ahnung», sagte Francis. «Sie scheinen hierherkommen zu wollen.»

Tatsächlich durchquerte das Schiff die Fahrrinne auf Pont Pill zu. Es war schnell. Erschrocken flatterten Stockenten auf, um sich hinter der Heckwelle sofort wieder auf dem Wasser niederzulassen.

«Fender raus», befahl Francis. Mehr musste er nicht sagen, Teddy Shaw begriff auch so, dass die Polizei seine Yacht ansteuerte.

Während das Polizeischiff andockte, erhoben sich zwei Männer auf der *Kittiwake*. Es waren der junge Sergeant Burns und ein Kollege von der Spurensicherung. Francis hatte ihn gestern in Wickelton House kennengelernt. Beide stiegen zur Yacht hinüber.

«Sind Sie Mr. Shaw?», vergewisserte sich Sergeant Burns.

Gleichzeitig warf der Polizist am Steuer Teddy seine Leine zu.

«Ja, der bin ich», bestätigte Teddy, während er die Leine an Deck der *Escapade* festzurrte. «Hab ich was falsch gemacht?»

«Das werden wir sehen», antwortete Sergeant Burns höflich. Er zog ein zweimal gestempeltes Dokument aus seiner Jacke und hielt es Shaw entgegen. «Es geht um die beiden Morde. Wir haben eine Durchsuchungsanordnung für Ihr Schiff, Mr. Shaw. Anschließend fahren wir zu Ihnen nach Hause und in die Firma.»

Hinter ihnen ertönte das Horn eines Frachtschiffes. Wie versteinert, doch mit fester Stimme fragte Teddy: «Was werfen Sie mir vor?»

Der Sergeant streifte Francis mit einem flüchtigen Blick. «Da Mr. Penrose ohnehin in beide Fällen eingeweiht ist, sage ich es Ihnen gerne, wenn Sie das wünschen.»

«Ja, ich wünsche es», beharrte Teddy Shaw bockig.

«Hinter George Huxtons Haus wurde ein weißer Seglerpullover gefunden. Wir gehen davon aus, dass der Täter ihn in der Eile verloren hat.» Er öffnete das Display seines Handys und zeigte Teddy ein Foto. Der Pulli war in die dünne Folie der Spurensicherung eingeschweißt. Auf seiner Vorderseite prangte ein ovales grünes Emblem: *Sea Dreamer*.

«Ist das Ihrer? Der Kollege wird auch eine DNA-Probe bei Ihnen nehmen, wenn Sie einverstanden sind.»

«Ja, er gehört mir.»

Es war offensichtlich, dass Teddy erst jetzt begriff, wie groß und tief der Schlund war, in den die Ermittler ihn ziehen wollten. Er zeigte vehement auf das Fach mit der Regenjacke. «Er lag da drin! Aber irgendwann letzte Woche ist er mir gestohlen worden. Es muss im Hafen passiert sein, als die Schiffsschraube repariert wurde.» Seine Stimme wurde lauter. «Deswegen kann man mich doch jetzt nicht mit einem Mordfall in Verbindung bringen!»

Der Sergeant gab sich weiter höflich. «Ich verstehe. Alle anderen Fragen, wie die nach Ihrem Alibi und warum Ihre frühe Joggingrunde am Sonntagmorgen ausgerechnet dreihundert Meter von Wickelton House entfernt von der Videoüberwachung am Hafen festgehalten werden konnte, wird der Chief Inspector mit Ihnen besprechen.»

Burns gab dem Mitarbeiter von der Spurensicherung ein Zeichen. Der begann, das Fach leerzuräumen und die Yachthefte und Fotos einzupacken.

Plötzlich hatte Francis das Bedürfnis, Teddy Mut zu machen, ganz egal, ob die Verdächtigungen berechtigt waren oder nicht. Teddy war in Fowey nie arrogant oder vermessen aufgetreten. In seiner Firma hatte er sogar eine psychologische Beratungsstelle eingerichtet, die sich um die Sorgen seiner Mitarbeiter und Mitarbeiterinnen kümmerte. Francis fand, dass ihm jetzt Aufmunterung zustand. Er ging zu ihm und klopfte ihm so warmherzig wie möglich auf die Schulter. «Nimm dir sofort einen Anwalt.» Er hielt seinen Kopf dicht an Teddys Ohr. «Und halte dich an Sergeant Burns. Er ist immer fair!»

«Danke, Francis.»

Als Francis über die Reling in sein eigenes Boot zurückkletterte, die Leine löste und den Motor startete, winkte Teddy ihm noch einmal tapfer lächelnd zu. Kurz darauf hatte Francis die Fahrrinne durchquert und hielt auf den Hafen von Fowey zu. Er spürte ein merkwürdiges Gefühl von Zerrissenheit.

Es stimmte, Teddy war in der Nacht zum Sonntag und am folgenden Morgen in dichter Nähe zu beiden Tatorten gewesen. Gleichzeitig war allgemein bekannt, dass er während des Sommers seine Nächte oft allein auf dem Wasser verbrachte und meist quasi um die Ecke vor der Küste von Menabilly ankerte. Manchmal hatte er auch sein Beiboot mit dem Elektromotor im Schlepptau. Damit hätte er von Menabilly bis zum Ufer hinter George Huxtons Haus nicht mehr als fünfzehn Minuten gebraucht. Auch dass Teddy am folgenden Morgen in der Nähe von Wickelton House joggen war, ließ sich nicht einfach beiseiteschieben. Gleichzeitig war Francis sicher, dass Teddy bei seiner Konfrontation mit den Fotos und der lila Schrift vollkommen ahnungslos gewirkt hatte. Vielleicht lag er doch richtig mit seinem Verdacht, dass jemand an Bord gewesen war und anschließend die Leinen gelöst hatte. Auch der Fund seines weißen Seglerpullovers am Tatort schien ihn überrascht und schockiert zu haben.

Oder war Teddy nur ein guter Schauspieler?

Francis musste an einen Satz denken, den Daphne gesagt hatte, als sie aus einer Shakespeare-Aufführung der brillanten *St. Austell Players* gekommen waren: *Auf die eine oder andere Art frisst das Drama am Ende seine Figuren.*

Es könnte stimmen.

12

Ohne Spekulation gibt es keine neue Beobachtung.

Charles Darwin

Dass DCI Vincent sie unbedingt mittags treffen wollte, hätte Daphne skeptisch machen müssen. Natürlich war ihr klar, dass sie für ihn wie ein lästiger Dorn im Fuß war. Aber dass er sie in eine Falle locken würde, hätte sie nicht gedacht.

Er wartete am Eingang auf sie. Im Kommen und Gehen der Bootsleute, die ihre Schiffe im Hafenbüro anmelden mussten, wirkte er wie ein steifer Modeständer. Heute hatte er ein blaues Leinensakko mit Einstecktuch gewählt, dazu ein weißes Hemd und eine beigefarbene Krawatte. Auch gegen die schwarzen Lederschuhe war nichts zu sagen. In Daphnes Augen machte er sich jedoch der Überheblichkeit schuldig, wenn er seinen teuren Geschmack ausgerechnet an dem Tag zur Schau stellte, an dem seine jungen Mitarbeiter schwitzend die provisorische Polizeifiliale Fowey ausstatteten und nebenbei noch Alibis abfragen mussten.

Als sie ihr Postfahrrad abstellte, kam er ihr entgegen. Sie begrüßten sich kurz. Daphne hatte bei jedem Wiedersehen das Gefühl, dass er trotz seiner hochgezogenen Augenbrauen insgeheim einen *ex-friend-kiss* erwartete. Aber eher würde es im Londoner Tower keine Raben mehr geben, als dass sie das tat.

Zu ihrer Überraschung führte er sie zu einem blauen Van in der hintersten Ecke des Parkplatzes. Die Scheiben waren außen verdunkelt, von innen konnte man gut nach draußen sehen. James ließ sie auf der Rückbank Platz nehmen, wo sie mehr Platz hatten, dann setzte er sich neben sie.

«Was wird das?», fragte sie leicht spöttisch. «Spielst du jetzt MI6 und George Smiley?»

James wusste, wie sehr sie die Geheimdienst-Thriller von John le Carré liebte, der nahe Land's End in St. Buryan gewohnt hatte. Doch er reagierte heute nicht auf Ironie. Stattdessen kam er ohne Umschweife auf ihr unfreiwilliges Zusammentreffen bei Annabelle zu sprechen. Der Chief Inspector in ihm wirkte immer noch beleidigt.

«Lass mich damit beginnen, was mich am meisten ärgert», sagte James. «Was du gestern getan hast, war Nötigung. Ich möchte, dass du das weißt.»

Sie glaubte, nicht richtig zu hören. «Nötigung? Ich weiß nur, dass du Annabelle behandelt hast wie eine Massenmörderin. Obwohl sie ein Alibi hat.»

«Sie hat mir Beweise vorenthalten. Ist das etwa nichts?»

Daphne lächelte wissend. «Beweise für ihre Unschuld.»

«Bleib bei deinen Briefkästen, Daphne. Mord ist eine finstere Sache. Ich habe nichts dagegen, dass du uns hin und wieder einen Tipp gibst, den Rest überlass gefälligst mir.»

Es kribbelte in ihr. Er hätte ebenso gut sagen können *Bleib bei deinen Kochtöpfen*, es hätte nicht weniger abwertend geklungen.

Sie funkelte ihn böse an. «Hör zu, DCI Vincent. Hier geht es um meine Cousine, die mir viel bedeutet. Und du kennst mich – je mehr man mich bedrängt, desto bockiger werde ich. Glückwunsch, jetzt hast du es wieder geschafft.»

«Was geschafft?», fragte er.

«Dass mein Interesse geweckt ist. Die Lieferung einer Leiche frei Haus samt Begleitschreiben mit unautorisiertem Postaufkleber sehe ich als Fall der Royal Mail an. Jemand hat uns um das Porto betrogen.»

Er lachte gequält auf. «Dieser Unsinn ist doch nicht dein Ernst!»

Sie blieb unbeeindruckt. «Nach Paragraph 34 der internen Royal-Mail-Regeln ist der Postbote befugt, bei Unregelmäßigkeiten in Zusammenhang mit der Postware eigene Recherchen anzustellen. Das kannst du gerne nachprüfen.»

«Mich interessieren eure Regeln nicht.» Er tat verächtlich, einen kleinen Zweifel hatte sie dennoch in ihm gesät, wie Daphne zufrieden feststellte. Er räusperte sich. «Also bitte – lass uns endlich vernünftig über die Fälle reden. Es gibt neue Fakten.»

«Ich höre», antwortete Daphne selbstbewusst. Die erste Schlacht hatte sie gewonnen. Nicht der Wind, sondern das Segel bestimmt die Richtung, hatte es bei ihren kornischen Vorfahren geheißen. Und die waren auf dem Meer weit herumgekommen.

«Ich dachte, dich könnte interessieren, was die Tintenanalyse ergeben hat», sagte James und zog ein ausgedrucktes Blatt Papier aus der Tasche.

«Natürlich interessiert mich das.»

«Tatsächlich wurden beide Karten an deine Cousine mit der japanischen Tinte Irohikami geschrieben. Sie ist selten und extrem teuer. Uns wurde gesagt, dass es in ganz England nur ein Dutzend Kunden dafür gibt. In Cornwall nur eine einzige Person ...»

«Lady Wickelton», sagte Daphne.

Er nickte, ohne seine Überraschung über ihr Wissen zu zeigen.

«Und die Einladung an Francis?»

«Dieselbe Tinte. Lady Wickelton hat sich inzwischen erinnert, dass sie diese Einladung nie geschrieben hat. Sie wollte erst nächste Woche mit deinem Mann über das Schiffsmuseum reden.»

Daphne dachte nach. «Also muss ihr jemand die Tinte und eine ihrer blanko unterschriebenen Karten entwendet haben. Darf ich raten, wer? Ihre Haushälterin, Mrs. Hackett.»

«Richtig.»

«Darf ich weiter raten? Vermutlich hat Jane Hackett sogar einen schwunghaften Handel mit Dingen aus Lady Wickeltons Haushalt betrieben. Als Francis ihre Leiche fand, lag eine Tüte mit silbernen Gegenständen auf dem Tisch.»

Es tat gut, James verblüffen zu können. In Wahrheit brauchte Daphne nur eins und eins zusammenzuzählen, nachdem Constable Ripley ihr verraten hatte, dass die Haushälterin diebisch wie eine Elster gewesen war.

Wie immer schien es den DCI zu ärgern, dass sie so viel wusste. Während er einen goldenen Stift mit seinem eingravierten Namen unter dem hellen Einstecktuch hervorzog und damit zu spielen begann, sagte er ein wenig gequält: «Also gut, ja – aber das muss unter uns bleiben. Wie wir jetzt wissen, hatte Mrs. Hackett sich auf das Bestehlen alter Leute spezialisiert und suchte sich ihre Jobs über Anzeigen. In Wickelton House war sie erst seit einem halben Jahr.»

«Wie hat sie die gestohlenen Dinge verkauft?»

«Unterschriebene Autogrammkarten und zwei kleine Zeichnungen von Lady Wickelton via Internet. Silber und Schmuck über ihren Exmann, einen Antiquitätenhändler. Die beiden sind ein eingespieltes Team.»

Daphne war schockiert. «Wie kann man nur so dreist sein?»

James zuckte mit den Schultern. «Sie wusste ja, dass Lady

Wickelton nur noch selten in ihr Atelier kam. Kleinere Dinge wie Malfedern und sicher auch die Tinte hat sie an Leute aus Fowey verkauft. Angeblich wollte Lady Wickelton ihr Atelier auflösen, so ihre Erklärung.»

«Kannten Mrs. Hackett und George Huxton sich eigentlich?»

«Sie müssen sich gekannt haben. Es gibt Hinweise darauf.» Er machte eine unwillige Bewegung mit der Hand. «Was immer das nun bedeutet.»

Daphne spürte, dass er schon wieder in seinen alten Fehler verfiel und die komplizierten Zusammenhänge zwischen Menschen, Lebensumständen und ländlicher Kommunikation in einem kornischen Küstenort wie Fowey unterschätzte. Er war aus London hergekommen, wo er zuletzt im Rang eines Inspectors als Verbindungsmann der Polizei zur Presse eingesetzt worden war. Cornwall mit seinen unübersichtlichen Strukturen schien ihm nach wie vor ein Gräuel zu sein. Er wollte immer schnelle Ergebnisse, weil ihn die Presse nur dann ernst nahm.

Auch bei Daphne wollte er Flagge zeigen. Zu gut konnte sie sich vorstellen, dass er sie nur deshalb an seinen Fortschritten schnuppern ließ, damit sie endlich aufgab, eigene Fragen zu stellen.

«Und auch das ist jetzt bewiesen», hörte sie ihn sagen. «Huxton und Mrs. Hackett wurden von derselben Person ermordet. Das hat die Spurenanalyse ergeben. Unsere nicht gerade üppigen DNA-Funde werden zwar leider erst Ende der Woche ausgewertet sein, trotzdem haben wir bereits einen Hauptverdächtigen festgenommen.»

«Und wer ist es?»

James lächelte süffisant. «Verrätst du mir deine Postgeheimnisse?»

«Reden wir heute offen miteinander oder nicht?», gab Daphne ungehalten zurück.

«Also gut. Es ist Teddy Shaw. Sergeant Burns hat ihn vorhin von seiner Yacht geholt.»

Daphne war weniger überrascht, als sie gerne gewesen wäre. Schließlich stand Teddy auch auf ihrer Verdächtigenliste. Jetzt konnte sie nur hoffen, dass James verantwortungsvoll und ohne Vorurteile weiterermittelte.

«Was ist mit Annabelles anderen Bekannten? Habt ihr schon ihre Alibis überprüft?»

«Ja. Sie sind so felsenfest wie euer Küstenwachturm in Polruan.» James schien es witzig zu finden, mit seinem neuen Wissen über die Gegend zu spielen. «Familienfeste, Entlassung aus dem Krankenhaus, eine Einladung beim Chef, ein Ruderturnier mit anschließendem Besäufnis ... Euer Leben hier draußen scheint bunt zu sein.»

Noch bevor Daphne ihm eine passende Antwort geben konnte, klingelte sein Handy. Früher hatte er Jagdhörner als Klingelton gehabt, jetzt waren es Dudelsäcke. Er schmückte sich damit, dass ein schottischer Vorfahr Hofjäger bei den Macdougalls, einem bekannten schottischen Clan, gewesen war.

«Ja?», blaffte James ins Telefon. «Sind Sie so weit? Gut, dann sagen Sie den beiden jetzt, sie dürfen gehen. Sie sollen aber noch auf dem Parkplatz warten, bevor der Streifenwagen sie nach Plymouth zurückbringt.»

Er stellte das Handy aus und räusperte sich mit seltsam gequältem Blick. Verlegen fuhr er sich mit den Fingern durch die Haare. Daphne wusste, dass sie wieder mal bis zehn zählen konnte, bis er irgendetwas von ihr forderte. Sie kannte den Gesichtsausdruck. So hatte er sie auch angeschaut, als sie zweiundzwanzig war und er sie gedrängt hatte, seinem reichen Vater gegenüber zu verschweigen, dass Daphnes Mutter bei Leuten wie Mrs. du Maurier als Haushaltshilfe arbeitete.

... sechs, sieben, acht, neun ...

«Da wär noch was», begann er. «Ein kleiner Anschlag. Wir bräuchten dich ausnahmsweise zum Lippenlesen ...»

Daphne wollte es nicht glauben. Er konnte unmöglich vergessen haben, wie strikt sie immer wieder abgelehnt hatte, ihre besondere Fähigkeit in seinen Dienst zu stellen. Schon mehrmals war sie bedrängt worden, heimlich Verdächtige zu belauschen, die die Polizei auf öffentlichen Plätzen im Visier hatte. Das Lippenlesen war ihr ganz persönliches Kindheitstrauma – und er wusste es.

«Nein, James, das werde ich nicht tun!»

«Hör zu, Daphne, nur dieses eine Mal ...!»

«NEIN!»

Als kleines Kind hatte sie durch eine Fehlbehandlung den größten Teil ihres Gehörs verloren. Erst als sie elf war, konnte man ihr mit einer Operation helfen. Bis dahin war ihr kindlicher Leidensweg von miserablen Hörgeräten und ständigem Lippenlesen begleitet gewesen.

James legte flehend die Hände zusammen. «Ich bitte dich! Es geht nicht um irgendjemanden! Es geht um den Exmann von Mrs. Hackett.»

Daphne holte tief Luft. Das war also der Köder, den sie schlucken sollte. Warum tat er ihr das an? «Was hast du vor?», fragte sie genervt. Es sollte so unkooperativ wie möglich klingen.

«Wir haben David Hackett und seinen Mitarbeiter gerade vernommen», erklärte er. «Sie betreiben einen schmuddeligen Antiquitätenladen in Truro und leugnen jede Beteiligung an Mrs. Hacketts Diebstählen.»

«Kommt Hackett auch als Mörder in Frage?»

«Nein, beide haben sichere Alibis. Trotzdem ... Bisher haben wir nur eine Halskette von Lady Wickelton in Hacketts Laden gefunden, aber da muss noch mehr sein. Wir lassen die zwei jetzt laufen. Bitte sag mir, worüber sie reden, während sie hier auf den Wagen warten.»

Daphne musste sich eingestehen, dass sein Plan durchaus raffiniert war. Näher als jetzt konnte die Polizei nicht an David Hackett herankommen.

Sie seufzte. «Also gut. Aber ich schwör dir, James – nur dieses eine Mal!»

«Danke», sagte der DCI erleichtert und sein Dank klang überraschend ehrlich.

Eine Minute später traten zwei Männer aus der Tür des Hafenamtes. Der größere, etwa fünfzig, schien das Sagen zu haben, eine bullige Gestalt mit strohblonden, ungepflegten Haaren. Er ging voraus. Ihm folgte ein dürrer junger Mann im T-Shirt, die Arme bis zu den Handgelenken tätowiert. James erklärte, dass der ältere David Hackett sei, eindeutig der Boss des Duos.

«Wie heißt der zweite Mann?», fragte Daphne.

«Wiggam.» Plötzlich sprach James leiser, als könnten die Männer ihn hören. Er machte sich ganz schmal, damit Daphne besser an ihm vorbeiblicken konnte. David Hackett zog seinen Begleiter zum Rand des Parkplatzes, wo sie ungestört waren. Dort begannen sie sich zu unterhalten, immer wieder einen sichernden Blick zum Hafenamt werfend, um zu prüfen, ob auch wirklich keiner der Ermittler in Hörweite war. Zu Daphnes Erleichterung standen beide mit dem Gesicht zu ihr.

Sie brauchte einen Moment, um sich wieder daran zu gewöhnen, auf die Lippenbewegungen anderer Menschen zu achten. Als benachteiligtes Kind war ihr das Lippenlesen wie das Aufsammeln einzelner Brocken vorgekommen. Was sie sich mühsam zusammenreimen musste, stand allen anderen als Ganzes und sofort zur Verfügung.

David Hacketts breiter Mund wirkte abstoßend, trotzdem überwand sich Daphne und beobachtete ihn konzentriert. Einmal starrte der Antiquitätenhändler sekundenlang den Van an, doch da die dunklen Scheiben uneinsehbar waren, hatte er wahrscheinlich nur zufällig in ihre Richtung geguckt.

«Worüber sprechen sie?», flüsterte James ungeduldig.

«Hackett beschwert sich darüber, dass ihr ihn nicht in Truro vernommen habt», erklärte Daphne. «Er überlegt, ob er nicht einen Anwalt einschalten soll. Wiggam rät ihm davon ab, weil es zu viel Wirbel machen würde. Hackett stimmt ihm zu. Er ist erleichtert, dass man in seinem Außenlager in Redruth keine Hausdurchsuchung durchgeführt hat ...»

«Redruth, also», unterbrach James sie zufrieden. «Hat er gesagt, was er da lagert?»

«Nein, aber es klang nach Dingen, die ihr nicht finden sollt.»

«Wir *werden* sie finden», betonte James grimmig.

Plötzlich wurden David Hacketts Gesten erregter. Daphne beschrieb James, wie der Antiquitätenhändler sich darüber aufregte, dass seine Exfrau ausgerechnet bei Lady Wickelton arbeiten wollte, die so berühmt war, dass sogar Magazine über sie schrieben. Wiggam versuchte erneut, ihn zu beruhigen. Die Vernehmung im Hafenamt sei doch gut gelaufen, sie müssten jetzt nur noch eine Weile stillhalten. Außerdem hätte ihnen Jane doch ein paar gute Stücke geliefert ...

Daphne ruckelte auf ihrem Sitz hin und her, das Lippenlesen strengte sie an.

James warf einen Blick nach draußen und konnte selbst feststellen, dass die Unterhaltung verebbte. Die Männer hielten offensichtlich nach dem versprochenen Wagen Ausschau.

James atmete hörbar auf. «Immerhin», sagte er. «Das war doch schon mal was.» Er zog einen kleinen Schreibblock aus der Tasche und begann, sich geschäftig Notizen zu machen.

Auch Daphne erwartete nichts mehr. Der junge Wiggam hatte sich zum Hafen umgedreht, die Hände auf die eiserne Reling des Stegs gestützt. Hackett wandte sein Gesicht noch einmal Richtung Van, dabei schien er auf eine Frage Wiggams zu antworten, denn wieder bewegten sich seine Lippen. Daphne konnte jedes einzelne Wort *verstehen*.

«Keine Ahnung», sagte Hackett. «Ich weiß nur, dass Jane von George Huxton einen Haufen Geld dafür gekriegt hat, dass sie für ihn alte Tagebücher der Lady klaut. Warum musste dieses Miststück auch dauernd eigene Geschäfte machen?»

Das ist es also, dachte Daphne aufgeregt. Huxton hatte Lady Wickeltons Vergangenheit ausforschen wollen. Aber warum? Gab es im Hintergrund einen Auftraggeber? Sie erinnerte sich, dass Sally Inch davon gesprochen hatte, dass er sich gelegentlich als Privatdetektiv etwas dazu verdiente. Das Schnüffeln passte zu ihm. Wer das wusste, konnte ihn wie einen Jagdhund auf Beute loslassen ...

James war immer noch dabei, auf seinen Block zu kritzeln. Er blickte kurz auf. «Gibt's noch was Neues draußen?»

«Nein», sagte Daphne gespielt ruhig, während in Wirklichkeit ihr Kreislauf zu kollabieren drohte. «Nur dummes Gerede.»

13

Nichts kommt dem Landleben gleich. Es vermittelt mehr echte Freuden als irgendeine andere Lebensweise.

Katherine Mansfield

Als Daphne nach dem Ende ihrer Royal-Mail-Tour zu Hause ankam und ihr Fahrrad in die Garage schob, hatte sie einen verwegenen Plan ausgetüftelt. Jetzt musste sie nur noch Francis einweihen. Doch genau darin lag das Problem. DCI Vincent hätte ihre kleine Idee als Plan für einen Einbruch bezeichnet, während sie darin eher die Besichtigung eines interessanten Bauwerkes in den Dünen von Constantine Bay sah.

Und Francis? Wie brachte sie ein intelligentes, zuverlässiges Dressurpferd wie ihn dazu, einfach über einen fremden Zaun zu springen und loszugaloppieren?

Kaum im Haus, rief sie ihn auf seinem Handy im Büro an. Als Erstes schilderte sie, wie ihr Besuch in der Möwenstation verlaufen war. Francis hörte geduldig zu, obwohl im Hintergrund ständig das Telefon auf seinem Schreibtisch läutete.

Dann zündete sie vorsichtig die nächste Stufe. «Erinnerst du dich an Morwenna Longfellow, genannt Schweine-Morwenna?»

«Na klar», sagte Francis. «Die aus Constantine Bay.»

«Morwenna ist George Huxtons Halbschwester, auch wenn die beiden das nie an die große Glocke gehängt haben», verriet Daphne. «Sie besitzt ein altes Strandhaus, in dem Huxton sich öfter für seine Angeltouren aufgehalten hat. Was sagst du jetzt?»

«Ich staune. Und beginne zu ahnen, warum du bei mir anrufst.»

«Die Hütte scheint in den Dünen zu stehen. Ich dachte, wenn er wirklich so oft dort war, könnte es sein, dass er da auch ein paar persönliche Sachen ...»

Francis unterbrach sie ungläubig. «Du willst dich dort umsehen?»

«Ja», gestand sie und nahm es als gutes Zeichen, dass er nicht gleich das schreckliche Wort *einbrechen* benutzte. «Natürlich nur mit einem starken Mann an meiner Seite.»

«Warum bin ich bloß ans Handy gegangen?», stöhnte Francis. Seltsamerweise klang sein Stöhnen wie ein gut kaschiertes Vergnügen an ihrer Hartnäckigkeit. Nach einer weiteren Portion Zureden hatte sie ihn schließlich so weit. Er willigte ein, sich den Nachmittag freizunehmen.

Das Dressurpferd schnupperte die verlockende Luft der Prärie.

Francis war schneller daheim, als sie gedacht hatte. Bereits eine halbe Stunde später saßen sie am großen Esstisch im Torhaus, vor sich eine ausgebreitete Landkarte. Constantine Bay lag an der Atlantikküste, mit Padstow und Port Isaac in der Nähe. Dort gab es Strände und Dünen, aber auch fruchtbare Felder. Wo der Wind nicht allzu sehr blies, bauten einige Landwirte Äpfel an.

Das Stichwort *Äpfel* brachte Daphne auf eine Idee. «Das ist es doch!», rief sie plötzlich. «Unsere Rettung ist Eddie Fernbroke!»

Ihr Vogelfreund mochte als *birdspotter* zwar sonderbar

sein, als Hersteller von erstklassigem Apfelsaft und kornischem Cider galt er als umtriebiger, aufgeschlossener Geschäftsmann. Die Äpfel für seine Mosterei stammten aus ganz Cornwall. Daphne hätte schwören können, dass er auch Morwenna Longfellow kannte.

«Aber können wir ihm trauen?», fragte Francis. Sie würden ihn in ihre Pläne einweihen müssen und damit einen Mitwisser haben.

«Wir kennen doch seine Meinung über George Huxton», erinnerte ihn Daphne. «Eddie gehört zu den Guten.»

Gespannt wählten sie Eddies Nummer. Und hatten Glück, er saß im Büro. So sachlich wie möglich schilderte Francis ihm die Situation. Eddie schien auf Anhieb Vergnügen an ihrem Vorhaben zu finden.

«Donnerwetter», sagte er amüsiert. «Ihr traut euch was!»

Tatsächlich machte er seit vielen Jahren Geschäfte mit Morwenna Longfellow, auch wenn er keine Ahnung gehabt hatte, dass sie die Halbschwester von Stinkstiefel George Huxton war. Da Morwennas Apfelbäume der Sorte *Primrose* auf bestem Boden wuchsen, waren sie zum Mosten perfekt geeignet: saftig und angenehm süß. Dafür nahm Eddie sogar seit Jahren die launische Art der Farmerin in Kauf.

Daphne schob ihren Kopf an Francis vorbei Richtung Telefonhörer. «Wie ist Morwenna denn so?», fragte sie laut.

«Hast du schon mal deinen Finger in einen Tigerkäfig gesteckt?», gab Eddie lachend zurück. «Etwa so.»

Er erklärte ihnen, dass sie nur Leuten vertraute, die sie kannte. Selbst wenn sie an den Stränden Seealgen sammelte, reagierte sie auf Störungen mit wütendem Brabbeln. Bis auf die Abnehmer von der Düngemittelfirma sowie die Käufer ihrer Äpfel und Kartoffeln ließ sie niemanden auf den Hof. Menschenliebe schien auch bei ihr nicht in den Genen zu liegen. Dennoch versprach Eddie, ihnen zu helfen. In gewisser Weise fühlte er sich ebenfalls als Detektiv, auch wenn er nur Vögeln nachstellte.

«Ich werde mit Morwenna sprechen», versprach er. «Ihr könntet in meinem Auftrag Äpfel bei ihr abholen.»

Das klang plausibel, sie stimmten zu.

Zehn Minuten später rief er zurück. «Es klappt. Macht euch fertig. Ich bin in einer halben Stunde mit dem Traktor bei euch.»

«Moment», rief Daphne. «Hast du keinen Lieferwagen?»

Doch Francis hatte das Gespräch bereits weggedrückt. «Vertrau Eddie. Von Tarnung versteht er was.»

Aufgeregt rannte Daphne nach oben ins Schlafzimmer und öffnete den Kleiderschrank. Jetzt kam es darauf an, authentisch auszusehen. Sie kannte Eddie Fernbrokes Apfelarbeiter und die Frauen an den Mostmaschinen vom fröhlichen Feierabendbier im Pub. Die meisten trugen Overalls.

Tatsächlich hatte sie ihren noch, auch wenn er eine Spur strammer saß als früher. Er war beigefarben und stammte aus den späten neunziger Jahren. Der blaue Overall von Francis hing ohnehin immer für den Einsatz bereit. Francis trug ihn jedes Mal, wenn er an seinem alten Jaguar in der Garage herumschraubte.

Bereit und ein wenig angespannt warteten sie draußen auf Eddie. Er war pünktlich. Laut tuckernd kroch der Traktor die Straße hoch und zog einen Anhänger hinter sich her. Als Eddie die Wartenden entdeckte, drückte er grinsend die heisere Hupe, hielt direkt vor ihren Füßen und kletterte bei laufendem Motor vom Sitz.

«Meine Mostarbeiter!», rief er vergnügt in den Motorlärm. «Ich würde euch sofort einstellen.»

«Hoffen wir, dass Morwenna Longfellow das auch so

sieht», antwortete Francis. «Wie viele Äpfel sollen wir mitbringen?»

«Eine halbe Tonne wäre gut.» Eddie ging nach hinten und kontrollierte noch einmal die Anhängerkupplung. «Sagt ihr, den Rest hole ich nächste Woche.»

Daphne musste kurz schlucken, als sie sich vorstellte, welchen Berg fünfhundert Kilo Äpfel ergaben. Doch irgendeinen Preis mussten sie ja für ihre Aktion zahlen. Eddie überreichte Francis den Ankaufsvertrag und das Bargeld für Morwenna. Francis bot an, Eddie mit dem Traktor zu Hause abzusetzen, doch das war nicht nötig. In wenigen Minuten würde ihn eine Mitarbeiterin mit dem Auto abholen.

Daphne kletterte auf den unbequemen Beifahrersitz. Der Dieselmotor ließ alles unter ihr vibrieren, vom Anhänger wehten Schwaden gärigen Mostgeruchs nach vorne. Erst jetzt wurde ihr klar, dass die vierzig Meilen auf den kurvigen Straßen nach Constantine Bay kein Vergnügen werden würden. Francis dagegen schien die Tour kaum erwarten zu können. Mit fröhlichem Gesicht turnte er über die Trittstange des Traktors nach oben, klemmte sich hinter das Steuer und legte den Gang ein. Als er Gas gab und sich das Gespann ratternd und rumpelnd in Bewegung setzte, winkte ihnen Eddie noch einmal aufmunternd zu.

Fünf Minuten später hatten sie Fowey verlassen und krochen den ersten Hügel hinauf.

Für Francis schien die Reise ein wiedererwachter Jungentraum zu sein. Selbst am Steuer seines Oldtimers hatte Daphne ihn lange nicht mehr so strahlend gesehen. Es verblüffte sie immer wieder, wie schnell Männer zufrieden waren. Ein bisschen Abenteuer, eine Prise Illusion, zwei Prisen Technik – fertig war der gelungene Tag.

Da sie sich wegen der Lautstärke des Motors kaum unterhalten konnten, genoss sie die beschauliche Fahrt auf ihre Art. Mit vielen Orten verband sie persönliche Erinnerungen. In Bodmin am Rande des Moors war sie ein Jahr lang auf dem Internat gewesen. In der von Weizenfeldern und Moorwiesen gemusterten Landschaft rund um Washaway musste sie an den riesigen Park des Herrenhauses *Pencarrow* denken, wo ihre Freundin Mellyn Doe geheiratet hatte. Hier gab es über siebenhundert Rhododendrenarten und Nadelbäume, die Daphne vorher nie gesehen hatte. Wie immer, wenn man sich in Cornwall zum Feiern traf, war die Hochzeit trotz ihres vornehmen Rahmens ein ausuferndes Fest geworden. Irgendwann war der übermütige Bräutigam auf die berühmte Aukarie im Park geklettert, was nicht gut ausging. Nachdem der Landarzt von Washaway ihn ausgiebig untersucht hatte, war er augenzwinkernd auf die heulende Mellyn Doe zugegangen: «Glückwunsch! Die Brautnacht ist gerettet. Er hat nur ein gebrochenes Bein.»

Kurz vor Padstow steuerte Francis den Traktor neben dem Flussbett der Camel-Mündung entlang. Daphne liebte die abwechslungsreiche Landschaft und konnte gar nicht genug von ihr bekommen. Hinter dem River Camel erhoben sich die mittelalterlichen Häuser Padstows. Jetzt war bereits der Atlantik in der Luft zu spüren. Auch Möwen kreisten wieder über ihnen. Francis blickte zu Daphne und rief ihr gegen den Motorlärm zu, dass er ab St. Merryn auf einem landwirtschaftlichen Nebenweg fahren wollte, um den Touristenautos zu entkommen. Sie nickte, nicht ahnend, dass es sich um eine Sandpiste voller Schlaglöcher handelte. Als sie auf dem Boden neben dem Fahrersitz einen löcherigen Jutesack entdeckte, angelte sie sich ihn und legte ihn als Polster unter ihr schmerzendes Hinterteil.

Kurz vor Constantine Bay rissen die Wolken auf. Gleich an

der ersten Wegkreuzung stießen sie auf das hölzerne Schild, das Eddie Fernbroke erwähnt hatte. Es wies auf die Farm Morwennas hin, der blasse Pfeil zeigte in Richtung Dünen.

Die lange Zufahrt zum Hof war ungepflastert und von Holunderbüschen gesäumt. Hinter den Büschen entdeckte Daphne eine verrostete Egge und mit Brennnesseln überwucherte Pflüge, während Francis mitten auf dem holperigen Weg einem verlorenen Sack Kartoffeln ausweichen musste, dessen Inhalt bis an den Straßenrand gekullert war.

Als sie die Farm endlich erreichten, wurde der Eindruck wieder besser. Anders als Daphne erwartet hatte, fuhren sie auf ein Gehöft mit weißen Zäunen und einem Bauerngarten voller Blumen und Gemüse zu. Nur das Unkraut entlang der Hauswand und zwei kaputte Gartenstühle ließen ahnen, dass Morwenna Longfellow etwas überfordert sein könnte. Angeblich lebte sie allein hier. Das Farmhaus selbst – wie überall in der Gegend war es aus Granit errichtet – war zweistöckig und mit überraschend vielen Fenstern versehen, als hätten hier früher mehrere Generationen unter einem Dach gelebt. Daneben war im rechten Winkel ein Stallgebäude angebaut. Auf den windgepeitschten Schieferdächern über beiden Gebäudeteilen wuchs grüngraues Moos.

Seit der sandigen Weggabelung hatte Daphne verstärkt den Geruch von Meer und Strandverwesung geschnuppert. Als Francis vor dem Stallanbau den Motor abstellte und vom Fahrersitz sprang, entdeckte sie, warum es hier so intensiv roch. Auf der Wiese links neben dem Haus befand sich eine gepflasterte Fläche, auf der ein Berg frischer Meeresalgen lagerte. Er war noch feucht, Morwenna Longfellow schien ihn erst kürzlich am Strand geerntet zu haben.

Knarrend öffnete sich die Haustür. Heraus trat eine Frau

Mitte sechzig mit weißen Haaren, rosigem Gesicht und kräftig wie ein Marktweib in einem Charles-Dickens-Roman. Ihr kariertes Wollhemd steckte in einer Arbeitshose, die Füße in schmutzigen Gummistiefeln. Daphne und Francis gingen ihr entgegen. Auf den ersten Blick hätte man die Farmerin für gemütlich halten können, doch gleich der erste Ton ihrer unfreundlichen Stimme zerstörte das Bild.

«Das hat ja lange gedauert», kritisierte sie, ohne eine Begrüßung abzuwarten. Ihre Worte klangen barsch. «Sie kommen doch von Eddie?»

«Ja», sagte Francis und streckte ihr lächelnd die Hand hin. «Ich bin Francis, das ist Daphne.»

Morwenna Longfellow blickte die Hand an, als würde Francis ihr etwas Unzumutbares entgegenhalten. Nehmen wollte sie sie nicht. Auch um Daphne kümmerte sie sich nicht weiter.

«Eddie sagt, Sie sind neu als Vorarbeiter. Hoffe, ich muss nicht alles zweimal erklären.»

«Probezeit», antwortete Francis, während er zum Anhänger ging und die Verriegelungen der hinteren Ladeklappe löste. «Sagen Sie nur, wo die Äpfel sind, alles andere erledigen wir.»

«Gut. Dann los.»

Irgendwo grunzten und quiekten Morwennas berühmte Schweine. Die Geräusche schienen aus einem Unterstand hinter dem Seealgen-Berg zu kommen.

Die Farmerin zog die Haustür hinter sich zu und ging mit strammen Schritten zum Anbau, in dem sich ein großes Rolltor befand. Mit einer Handbewegung, die ein Pferd umgeworfen hätte, schob sie das Tor voller Wucht auf. Überrascht blickte Daphne auf sieben ehemalige Pferdeboxen, die als Apfel- und Kartoffellager dienten. Jede von ihnen war randvoll gefüllt, die vorderen fünf mit Primrose-Äpfeln, die beiden hinteren mit Kartoffeln einer kleinen Sorte. Morwenna Longfellow schien eine gute Ernte hinter sich zu haben.

«Mit welcher Box sollen wir beginnen?», fragte Daphne.

«Mit der hier.» Morwenna zeigte auf die erste. Dann griff sie hinter sich und zog zwei große geflochtene Körbe von einem Wandhaken. Einen Korb drückte sie Francis in die Hand, den anderen Daphne. «Damit tragt ihr die Äpfel raus. Wenn ihr den Korb vollmacht, passen fünfzig Äpfel rein.»

Plötzlich segelte über ihren Köpfen eine zwitschernde Schwalbe durch den Stall und setzte sich auf eine der Trennwände. Mit zornigem Gesicht blickte Morwenna erst zur Decke, dann zu einem offen stehenden Seitenfenster. «Verflucht noch mal, wer hat denn die Schwalbe reingelassen?!» Wütend stapfte sie zum Fenster, um es zu schließen. Das tat sie so bestimmt, dass die Scheibe bedrohlich klirrte.

Daphne nutzte die Gelegenheit, um Francis zuzuflüstern: «Können wir die Äpfel nicht anders raustragen?»

«Nein», gab er ebenso leise zurück. «Das ist das alte Maß für Primrose-Äpfel.» Eddie hatte ihm genau erklärt, wie viele Äpfel sie brauchten, damit die Ladung stimmte. «Lass mich das machen. Überleg dir lieber, wie du unauffällig in den Dünen nach dem Strandhaus suchst.»

Er stellte sich vor die Box und fing mit der Arbeit an. Die Farmerin kam schlecht gelaunt vom anderen Ende des Stalles zurück. «Also dann, Beeilung. Ich will nachher die Schweine in den Hof lassen.»

Daphne fragte sich, ob diese Art von Aggressivität bei ihr und ihrem Bruder angeboren war. Vermutlich lag der Ursprung aber eher in ihrer schwierigen Kindheit. Und vielleicht übte Morwenna sich auch nur in der alten kornischen Kunst, ablehnend zu sein, um Distanz zu halten. Die Farm war laut Eddie Fernbroke der Familienhof ihres Mannes gewesen, der vor acht Jahren an einem Herzinfarkt gestorben war. Sicher hatte Morwenna seitdem mächtig kämpfen müssen.

Daphne versuchte es mit Lob. Mit gespielter Bewunderung blickte sie über die Reihe der sieben Holzboxen. «Ein schöner Stall», sagte sie, «bewirtschaften Sie das alles allein?»

«Ja», knurrte Morwenna. «Nur der alte Harris hilft mir manchmal. Vor allem, wenn Seetang-Zeit ist.»

«Eddie Fernbroke sagt, Sie machen Dünger daraus.»

«Jetzt gibt es sogar Idioten, die den Seetang essen wollen.» Sie blickte auf die verstaubte Stalluhr an der Wand. «Hören Sie, ich hab keine Zeit für lange Blökerei. Gleich kommt jemand von der Polizei, der mich was fragen will.»

Daphne zuckte erschrocken zusammen. Aus den Augenwinkeln sah sie, wie Francis vor Überraschung aufhörte, Äpfel einzusammeln. Damit Morwenna nichts davon mitbekam, fragte Daphne schnell: «Hoffentlich nichts Schlimmes?»

«Nichts, das euch was angehen würde. Nur Ärger wegen meinem toten Bruder.» Mit zusammengekniffenem Mund, die Hände wie zum Kampf geballt, marschierte sie auf den Hof zurück. Dort drehte sie sich noch einmal um. «Und wartet gefälligst hier, bis ich wiederkomme!»

Sie hatte kaum ihre Haustür erreicht, als in einer Staubwolke ein Streifenwagen auf den Hof donnerte. Am Steuer saß Detective Sergeant Burns, der meistens zu schnell fuhr, weil er privat an seinen Alfa Romeo gewöhnt war. Ohne auf den Traktor und den Anhänger zu achten, die er vermutlich für Hofinventar hielt, parkte der Sergeant direkt vor dem Hauseingang und stieg aus. Er war allein gekommen. Nachdem er einen Stapel Papiere vom Rücksitz genommen hatte, begrüßte er Morwenna Longfellow. Dann verschwanden die beiden im Haus.

«Mist», sagte Daphne. «Was machen wir jetzt?»

Francis stellte den halb gefüllten Korb zur Seite, an den Ärmeln seines Overalls hingen Apfelblätter. «Er wird Morwennas Alibi überprüfen. Hoffen wir, dass ihn hier sonst nichts interessiert.»

«Ich werde mich beeilen», versprach Daphne. Viel Zeit blieb ihr nicht, falls Burns nur ein paar Fragen loswerden und danach noch das Farmgelände inspizieren wollte. Sie vermutete, dass der kürzeste Weg zu den Dünen durch die kleine Tür an der Rückseite des Stalls führte, hinter den Apfelboxen. Ihr Handy hatte sie dabei.

«Ruf mich an, falls du mich warnen willst», bat sie Francis.

Er wünschte ihr viel Glück und sortierte schnell weiter, als wollte er sich nicht anmerken lassen, dass er doch besorgt war. Außerdem hatte er einen guten Ruf zu verlieren.

Daphne griff nach dem staubigen Strohhut, der auf dem Fenstersims neben ihr lag, und setzte ihn Francis auf den Kopf. Jetzt war sein Gesicht durch die breite Krempe von weitem kaum noch zu erkennen.

Ihr Schritt nach draußen war ein Schritt in die windige, von Brandung und Sand geprägte Atmosphäre des nahen Atlantiks. Vor ihr lag das Dünengebiet von Constantine Bay. Der rechte Teil davon gehörte zu einem Golfplatz, links vor den Dünen lag eine kleine Weide, auf der Morwenna Longfellow vier Schafe hielt. Daphne musste nur noch einen schmalen Wiesenstreifen überqueren, bevor sie auf den Trampelpfad zum langen Strand einbiegen konnte.

Die Dünen waren mit Heidekraut bewachsen, nur hier und da bogen sich Rispen von Strandhafer im Wind. Da Daphne unter Zeitdruck stand, nahm sie den Strand dahinter nur flüchtig wahr. Im flachen Wasser standen Angler und warfen ihre langen Ruten aus. So musste auch George Huxton hier stundenlang ausgeharrt haben.

Sie brauchte nicht lange, um das windschiefe Strandhaus in den Dünen zu entdecken, das einzige weit und breit. Auch zu ihm führte ein sandiger Pfad, quer durch ein Dünental. Erst als Daphne näher kam, sah sie, wie zerfallen es war. Die Hütte konnte kaum mehr als zwei Räume enthalten und durfte vermutlich nicht renoviert werden, nachdem die Naturschutzgesetze verschärft worden waren. Von den beiden Fenstern zeigte eines zum Wasser, das andere zu den hinteren Dünenhügeln. Das niedrige Dach war mit dunkler, rissiger Dachpappe belegt. Dass die Außenfassade zuletzt gestrichen worden war, musste lange her sein. Nicht nur, dass die weiße Farbe abblätterte, an einigen Stellen waren die Bretter auch morsch und hatten Löcher. Erleichtert las Daphne den aufgemalten Namen: *Drift Cottage*.

Sie hätte jubeln können, doch leider war die Eingangstür abgeschlossen. Für einen Moment dachte sie daran, das Fenster neben der Tür mit einem Stock aufzuhebeln, dann fiel ihr etwas auf. Die obere Türangel war locker. Mit viel Glück ließ sich das Türblatt so weit anheben und kippen, dass es von allein aus dem Schloss rutschte.

Gleich beim zweiten Versuch klappte es, die Tür sprang auf.

Beklommen trat Daphne ein. Hinter der Tür lagen Glasscherben auf dem Boden und es roch muffig. Wie vermutet, bestand das Cottage lediglich aus zwei Räumen. Der größere war das quadratische Wohnzimmer, in dem sie stand, ausgestattet mit einer Eckbank und einem Tisch. Außerdem gab es hier ein weißes Schränkchen mit drei Schubladen. An der Holzwand gegenüber wies ein großer heller Fleck darauf hin, dass hier früher ein Bett oder eine Couch gestanden haben musste. Falls George Huxton sich tatsächlich regelmäßig hier aufgehalten hatte, stammten die zwei zusammengesteckten

Angelruten, die auf dem Schränkchen lagen, wohl von ihm. Daneben entdeckte Daphne einen Kescher, einen Klappstuhl und eine Kunststoffbox voller Haken und Schwimmer. Außerdem lag eine halb aufgeblasene Luftmatratze auf dem Boden.

Neugierig warf sie einen Blick in den zweiten Raum, schreckte aber sofort zurück. Hier gab es eine Toilette, die reichlich archaisch wirkte: ein stinkendes, ausgetrocknetes Plumpsklo. Zudem hing ein schiefes Waschbecken an der Wand.

Während sie zurück in den Wohnraum flüchtete, fiel Daphne wieder ein, wie wenig Zeit sie hatte. Eilig riss sie die drei Schubladen auf, um nachzusehen, ob es hier etwas Persönliches von George Huxton gab. In der ersten Schublade rollten zwei ungeöffnete Bierbüchsen hin und her, die zweite war leer und in der dritten lag ein zerfledderter Katalog für Angelzubehör.

Daphne seufzte tief. Sie warf einen letzten Blick in den Raum, konnte aber weder weitere Schränke noch Behältnisse ausmachen, in denen sich etwas von Huxton befinden könnte. Enttäuscht ging sie zum Eingang zurück.

Hier war nichts mehr aufzustöbern.

Jetzt sah sie auch, woher die Scherben stammten. Neben der Tür war eine der beiden gläsernen Leuchten von der Wand gefallen, ein Teil lag halb unter der Eckbank. Reflexartig bückte Daphne sich, um einen Blick auf das eigentlich hübsche Gestell zu werfen. Und entdeckte eine weiße Plastiktüte.

Aufgeregt schob sie die Glasscherben mit dem Fuß beiseite, ging in die Hocke und zog die Tüte hervor. Vorsichtig legte sie ihren Fund auf den grob gezimmerten Tisch, setzte sich auf die wackelige Bank und griff vorsichtig in die Tüte.

Als Erstes kam ein Ordner mit Briefen zum Vorschein. Es

schienen Unterlagen zu sein, die Huxton entweder nicht zu Hause aufheben oder hier in Ruhe bearbeiten wollte. Beim ersten Durchblättern entdeckte Daphne Betreff-Sätze wie *Meine Ermittlungen zu Ihrer Scheidung* oder *Überprüfung Ihrer Nachbarn, neun Arbeitsstunden*. Dreimal war von einem Anwalt namens Ian Johnston die Rede. Daphne wusste, dass Johnston vor einem halben Jahr verstorben war. Vielleicht war er es gewesen, der George Huxton solche Detektivjobs vermittelt hatte.

Sie legte den Ordner zur Seite und zog den Rest aus der Plastiktüte. Es handelte sich um drei Klarsichthüllen und einen Notizblock.

Schon der Inhalt der ersten Klarsichthülle bestätigte Daphnes Eindruck, dass Huxton hier zeitweilig wie in einem Büro gearbeitet hatte. Als sie das zweiseitige Papier mit der Aufschrift *Truro County Court* herauszog, hatte sie einen Gerichtsbrief an ihn in der Hand. Darin wurde er gebeten, seine Anzeige gegen Annabelle Carlyon wegen unbefugten Errichtens eines Gewächshauses durch weitere Begründungen zu untermauern, da dem Gericht die bisherigen Fakten nicht ausreichten...

Bevor Daphne weiterlesen konnte, schreckte sie hoch. Was war das?

Durch ihren Augenwinkel huschte eine Bewegung. Betont langsam hob sie den Kopf. Wurde sie beobachtet? Sie stand auf, versuchte, mit einer Hand den Dreck von der Scheibe zu wischen, und blickte angespannt hinaus. Nichts. Keine Bewegung, kein Geräusch Noch einmal schaute sie durch das alte Glas, doch nichts tat sich. Vielleicht war es nur eine Wolke Dünensand gewesen.

Sie kehrte an den Tisch zurück und machte konzentriert weiter. Die zweite Hülle enthielt die Kopie einer polizeilichen

Anzeige gegen einen Internethändler aus Birmingham, der George angeblich minderwertige Angelhaken verkauft hatte. Am unteren Rand des Blattes hatte er handschriftlich vermerkt: *Lt. Polizei in Truro Klage nur nach Nicht-Umtausch möglich! Armes England!*

In derselben krakeligen Handschrift hatte sich Huxton auf dem Schreibblock Notizen gemacht. Daphne wollte schon aufgeben, denn vieles war gar nicht lesbar, doch dann hatte er auf einmal mit Druckschrift weitergeschrieben:

NEUE KAUFLISTE BEI JANE HACKETT ABLIEFERN/
   NACH RÜCKSPRACHE
SPINNROLLE ANGEL ABHOLEN
SCHWESTER AGATHE ZUM JUBILÄUM BESUCHEN
RÜCKSPRACHETERMIN AUF FREITAG VERSCHIEBEN

Vereinbarte man Rücksprachetermine nicht mit Chefs oder Geschäftspartnern? Und wer war Schwester Agathe?

Plötzlich fiel Daphne ein, dass die Schwestern von St. Jude, bei denen George Huxton einen Teil seiner Kindheit verbracht hatte, kürzlich ein Jubiläum gefeiert hatten. Immerhin schien Huxton noch so viel Gefühl zu besitzen, dass er daran gedacht hatte ...

Enttäuscht darüber, dass diese Notizen so wenig ergiebig waren, zog Daphne die Papiere der dritten Hülle heraus. Trotz ihres Zeitdrucks wollte sie wenigstens einen kurzen Blick darauf werfen.

Als Erstes rutschte ihr eine Art Titelblatt entgegen. Darauf hatte Huxton notiert: DER FALL BLÜTE. Offenbar hatte er erneut als Privatdetektiv gearbeitet. Der Begriff *Fall* schien jedenfalls darauf hinzudeuten, dass er etwas verschlüsseln wollte.

Als Daphne die nächsten drei Seiten in die Hand nahm – die einzigen, die mit dem Computer ausgedruckt waren –, glaubte sie im ersten Moment, falsch gelesen zu haben. Doch es gab keinen Zweifel. Es handelte sich um die Protokolle abgehörter telefonischer Privatgespräche. Fassungslos blätterte sie die Seiten durch. Jede von ihnen war mit dem handschriftlichen Vermerk *Kopie* versehen. Folglich hatte Huxton die Originale jemand anderem überlassen.

Die Überschrift auf Blatt 1 lautete:

Protokoll privater Telefonanschluss von Annabelle Carlyon – Telefonat mit CEO Brian York. Royal Camborne Bank am 28. Juli um 10:25 Uhr.

CARLYON: Aber deswegen können Sie mir doch nicht die Kredite sperren!

YORK: Das müssen wir sogar, Miss Carlyon. Wir wissen, dass Ihnen Ihr Konkurrent Baldwin & Sons bereits dreißig Prozent Ihrer Umsätze abgenommen hat. Ist das etwa eine Lappalie?

CARLYON: Ich habe es Ihnen doch erklärt, Mr. York! Baldwin & Sons sind vorrangig Blumenhändler, machen es aber wie die amerikanischen Kaffeeketten. Sie expandieren so lange, bis der letzte Konkurrent erledigt ist. Dann fahren sie ihre Geschäfte wieder runter und haben den Markt weitgehend für sich. Das ist so unfair! Ich habe in letzter Zeit ... *(unverständlich)* Das bedeutet: Wenn ich nicht meine neue Halle bauen kann und kein Geld für den Geländezukauf habe, kann ich Baldwin nicht Contra bieten. Er quetscht mich tot! *(unklares Geräusch, evtl. leises Weinen)* Ich brauche Ihre Unterstützung, Mr. York. Bitte!

Mehr als arbeiten und neue Ideen präsentieren kann ich doch nicht!

YORK: Das kann schon sein, Miss Carlyon. Und wir würden Ihre Insolvenz auch aufrichtig bedauern. Trotzdem ist es unser Prinzip, schlechtem Geld kein gutes hinterherzuwerfen. Vielleicht sollten Sie an die Baldwins verkaufen. Haben Sie darüber schon mal nachgedacht?

CARLYON: *(schnelles Atmen, dann Geräusch wie Weinen; Hörer aufgelegt)*

Schockiert begriff Daphne, wie verzweifelt Annabelle um die Zukunft ihrer Gartenbaufirma gekämpft hatte und wie kalt die Bank sie dabei im Stich gelassen hatte. Und das alles war heimlich mitgeschnitten worden. Es war zum Heulen.

Sie blätterte weiter.

Auch auf den Seiten 2 und 3 fanden sich Ausschnitte von Telefonaten, die ihre Cousine von zu Hause aus geführt hatte. Das meiste schien ohne größere Bedeutung zu sein, aber vielleicht hatte Huxton das ja anders gesehen. Entsetzt stellte Daphne fest, dass auch ein Anruf dabei war, in dem sie selbst vorkam. Es war vor vier Tagen gewesen. Erst hatten Annabelle und sie sich am Telefon über höchst private Dinge wie Schlafstörungen und Migräne unterhalten, dann hatte Daphne davon berichtet, dass Francis sich demnächst mit Lady Wickelton treffen wollte, weil die Idee des neuen Museums endlich Formen annahm.

Deshalb also wusste der Mörder, wann und wie er Francis nach Wickelton House locken musste, damit er Mrs. Hacketts Leiche fand. Huxton hatte es ihm gesagt!

Daphne wurde heiß und kalt. Dieser Mistkerl! Es gab nur eine Erklärung für diese widerlichen Abhörprotokolle. Huxton musste Annabelles Telefon verwanzt haben.

Daphne schaute auf die Uhr. Sie war schon viel zu lange hier. Eilig fotografierte sie die Papiere Seite für Seite mit dem Handy ab, damit sie das Material später in Ruhe weiter sichten konnte. Dann steckte sie alles in die Hüllen und die Tüte zurück. Um den Aktenordner mit den Briefen tat es ihr leid, aber sie hatte Francis versprochen, nichts aus dem Strandhaus mitgehen zu lassen.

Schweren Herzens schob sie die Tüte wieder unter die Bank. Eine Libelle flog wippend durch den Raum. Sie musste durch die angelehnte Tür hereingekommen sein. In der Öde des Strandhauses wirkte sie wie eine Verschwendung von Schönheit. Daphne öffnete die Eingangstür und entließ das blau flirrende Insekt ins Freie.

Sie erstarrte. Im Sand vor der Tür fanden sich Fußspuren, die eindeutig nicht von ihr selbst stammten. Besonders unter dem Fenster war der Boden zertrampelt. Von dort führten die kräftigen Abdrücke einmal ums Haus. Danach verloren sie sich in den Dünen.

Jemand hatte sie tatsächlich beobachtet. Sie spürte, wie sich eine Gänsehaut auf ihr breitmachte.

Beunruhigt drückte Daphne die Haustür ins Schloss zurück und blickte sich suchend um. Am Rand der hintersten Düne, wo die Felder begannen, schwankten die Spitzen zweier hoher Sträucher hin und her. War da jemand? Oder spielte ihr der Wind Streiche?

Mit einem ungutem Gefühl drehte sie sich um und eilte zurück zur Farm. Vergessen waren der Duft des Meeres und die Schönheit der Landschaft, sie wollte nur noch zu Francis.

Fünf Minuten später hatte sie den Stall erreicht. Francis kehrte gerade mit einem geleerten Korb vom Anhänger zurück. Als er Daphne entdeckte, warf er den Korb schwungvoll in die Box und kam erwartungsvoll auf sie zu. Sein Hemd war nassgeschwitzt.

Im selben Moment tauchte Sergeant Burns auf – und blieb wie angewurzelt stehen.

«Mr. Penrose? Mrs. Penrose? Was machen Sie denn hier?»

Daphne konnte sehen, wie Francis die Luft anhielt. Mit einem theaterreifen Lächeln auf den Lippen griff sie schnell in die Box, schnappte sich einen rotbackigen Primrose und rief erfreut: «Oh, Sergeant Burns!» Fröhlich streckte sie ihm den Apfel entgegen. «Wollen Sie mal probieren? Wir bringen die Äpfel in die Mosterei. Ein Gefallen für unseren Freund Eddie Fernbroke.»

«Danke», sagte Burns überrascht, während er den Apfel nahm und mit der Hand polierte. Fernbrokes Most und seinen Ruhm als Vogelkundler kannte sogar er. «Ist was mit Mr. Fernbroke, dass er Ihre Hilfe braucht?»

Inzwischen hatte sich auch Francis wieder gefasst. Verächtlich verzog er den Mund. «Basstölpel-Woche, Sergeant. Muss ich Ihnen mehr sagen?»

«Oje», stöhnte Burns. «Na dann – weiterhin frohes Schaffen!»

Winkend drehte er sich um und ging zum Auto zurück, die rechte Schuhsohle voller Schafsköttelchen, in die er unbemerkt getreten war. Daphne hatte ihn noch warnen wollen, doch da war es schon zu spät. Sportlich sprang er in den Streifenwagen und brauste vom Hof.

Kurz darauf hatten auch Francis und Daphne ihre Arbeit beendet. Morwenna Longfellow nahm unfreundlich das Geld in Empfang und stapfte danach zu ihren Schweinen.

Während Francis den Traktor vom Gelände steuerte, fiel Daphne ein weißes Auto auf, das am Straßenrand geparkt hatte und jetzt losraste. Das Nummernschild konnte sie nicht erkennen, dafür war das Auto zu weit entfernt. Ob darin wohl die Person saß, die sie im Strandhaus beobachtet hatte?

Ihr Apfeltransport nach Fowey wurde ungewollt zu einem kleinen Triumphzug. Es war ein stattlicher Berg saftiger, reifer Primrose-Früchte, die sie auf ihrem Anhänger in die Mosterei fuhren. Immer wieder hupte jemand bewundernd, der sie auf der Landstraße überholte. Eine Gruppe Radfahrerinnen fragte lachend, ob Daphne ihnen nicht schnell an der nächsten roten Ampel ein paar Äpfel zuwerfen könnte. Sie tat es gerne.

Als Francis hinter Bodmin tanken musste und der Traktor ein paar Minuten lang vor der Zapfsäule stand, kam plötzlich Mellyn Doe auf sie zu. Sie war aus einem weißen Toyota gestiegen, den Daphne noch nicht kannte. In der Hand hielt sie einen Becher mit Orangensaft. Mellyn trug ihren kornischen Vornamen, weil sie seit Geburt strohblondes Haar besaß und Mellyn *Gelbhaar* bedeutete. Zusammen mit ihrer schlanken Figur ließen die auffallenden Haare sie immer noch attraktiv erscheinen.

«Himmel!», rief sie. «Was macht ihr denn mit so vielen Äpfeln?»

Daphne beschloss, auch jetzt nicht von ihrer offiziellen Version abzuweichen. Mellyn war herzensgut, konnte aber geschwätzig sein.

«Wir helfen Eddie Fernbroke», erklärte sie. «Er hat einen personellen Engpass, und wir sind eingesprungen.» Sie zeigte auf Mellyns weißen Wagen. «Ist der neu?»

Mellyn grinste, als hätte Daphne einen guten Witz gemacht. «Der? Ich wünschte, er wäre es! Nein, ich hab ihn meinem Bruder abgekauft.» Ihr Gesicht wurde ernst. «Machst du dir auch Sorgen um Annabelle? Sie kommt mir momentan so verletzlich vor – als müsste man dauernd auf sie aufpassen.»

«Nein, das muss man nicht», antwortete Daphne geduldig. Sie wusste von Annabelle, dass Mellyn ständig bei ihr anrief. «Du weißt doch, Annabelle ist stark.»

«Trotzdem», meinte Mellyn. «Ich werde ein Auge auf sie haben. Ich hab ja seit der Scheidung abends nichts zu tun, deswegen dachte ich, vielleicht würde sie sich freuen, wenn ich sie mal ausführen würde. Ich hab für morgen Konzertkarten ...»

Daphne fasste sich ein Herz und unterbrach den Redefluss, Annabelle zuliebe. «Mellyn, bitte, gönn ihr noch ein bisschen Ruhe! In vier Wochen werden wir dann bestimmt wieder alle zusammen ausgehen.»

«WIR MÜSSEN WEITER!», rief Francis, der schon wieder auf dem Traktor saß.

Aufgeregt machte Mellyn noch ein paar Apfelfotos, um sie auf ihrem neuen Cornwall-Blog einzustellen. Dann umarmte sie Daphne und stieg winkend in ihr Auto.

Während Francis zurück auf die Landstraße fuhr, wurde Daphne klar, wie schwer Mellyn sich tat, nach der Scheidung neu Fuß zu fassen. Kinder hatte sie keine, ihr Job bei einer Versicherung gefiel ihr nicht mehr. Stattdessen stürzte sie sich opferbereit auf vermeintlich einsame Mitmenschen – wie die arme Annabelle, die sie fälschlicherweise für eine Leidensgefährtin hielt.

Am Spätnachmittag hatten sie die Fuhre endlich an Eddies Laderampe abgeliefert. Der Chef selbst war nicht da, doch sein Mitarbeiter lobte die gute Qualität der Früchte. Selbst als Daphne wieder festen Boden unter den Füßen hatte, fühlte sie sich vom Vibrieren des Traktors immer noch so schwankend, als hätte sie gerade eine Bootsfahrt auf hoher See hinter sich. Francis ging es ähnlich. Außerdem waren sie hungrig.

Sie beschlossen, zum Pub zu fahren und dort eine Kleinigkeit zu essen.

Das *Sailor's Inn*, Foweys ältester Pub, lag am Hafenplatz, dem eigentlichen Zentrum des Ortes. Für seine hübsch renovierte Fassade hatte Wirt Andrew sogar die Medaille der Tourismuswirtschaft erhalten. Seine neuen weißen Sprossenfenster, die Blumenkästen und die polierten Eichentische waren schon vom Quai aus zu sehen. Dafür, dass er jetzt auch polierte Preise verlangte, musste er allerdings eine Menge Spott einstecken.

Bei gutem Wetter stellte Andrew gerne zwei Tische mit Bänken nach draußen. Daphne und Francis setzten sich so, dass sie einen freien Blick auf den Platz hatten. Das Treiben vor dem Quai, die ein- und ausfahrenden Schiffe dahinter und die Sommergesichter der Menschen in den Gassen hatten Daphne seit jeher das Gefühl gegeben, an einem besonderen Ort zu leben.

Sie teilten sich eine Portion Fish 'n' Chips, dazu trank jeder von ihnen ein Ale. Als hätte die Möwenwache auf der Dachrinne des Pubs nur auf diese eine Portion Fisch gewartet, begann der erste Angriff. Fuchtelnd vertrieb der Wirt die Vögel.

Jetzt erst fanden sie Zeit, über die Konsequenzen von Daphnes Fund im Strandhaus zu reden. Francis kannte zwar schon die Fotos, die sie von allem gemacht hatte, aber zum Diskutieren war es während der Traktorfahrt zu laut gewesen. Dabei gab es so vieles, was man aus den Unterlagen herauslesen konnte.

Dass George Huxton tatsächlich unter der Hand als Privatdetektiv ohne Lizenz gearbeitet hatte, stellten sie jetzt nicht mehr in Frage. Auch nicht, dass er die arme Annabelle für einen unbekannten Auftraggeber ausgespäht hatte.

«Bei wem auch immer Huxton im Sold stand», überlegte

Daphne. «Er oder sie hatte gleich zwei Interessen. Zum einen meine Cousine vor jedem zu schützen, der ihr etwas Schlechtes will …»

«… und zum anderen interessante Details aus Lady Wickeltons Leben zu erfahren», ergänzte Francis. «Aber warum gerade ihre Tagebücher und Briefe? Soll Dorothy Wickelton erpresst werden? Sie ist noch immer prominent.»

«Sieht fast so aus», sagte Daphne. «Ich kapiere nur nicht, warum der Mörder George Huxton und Mrs. Hackett umgebracht hat, wenn sie ihm so wertvolle Informationen lieferten. Man schlachtet doch nicht die berühmte Kuh, solange sie Milch gibt.»

«Irgendwann hatte er wohl genug erfahren», vermutete Francis. «Die Milch wurde nicht mehr gebraucht.»

Daphne schaute Francis zweifelnd an. «Übernehmen wir uns nicht gerade?» Sie zog eine Schnute. «Wie hieß es früher? Die kleine Daphne möchte aus dem Labyrinth abgeholt werden …»

Francis griff über den Tisch und nahm lächelnd ihre Hand. «Seit wann bist du diejenige, die aufgeben will?»

«Das will ich ja nicht. Aber es wäre leichter für mich, wenn es nicht um meine Cousine ginge.»

Francis blickte an Daphne vorbei Richtung Hafen. «Du bekommst Besuch.»

Sie schaute sich um. Vom Anleger der Fähre nach Mevagissey näherte sich DCI Vincent. Er hatte sie bereits gesehen und wirkte, als wäre er mächtig in Fahrt. Als Daphne sich wieder zu Francis umdrehte, drückte er Andrew gerade das Geld für die Rechnung in die Hand.

«Du willst mich doch jetzt nicht allein lassen?», fragte sie nervös.

Francis grinste frech. «Hafensitzung mit Captain Steed»,

meinte er bedauernd. «Und ich will euch Turteltäubchen doch nicht stören!»

Er gab Daphne noch schnell einen Kuss, winkte James Vincent souverän zu und verschwand eilig Richtung Fore Street.

Die Art und Weise, in der James Vincent an Daphnes Tisch trat, sagte alles. Selbstgefällig baute er sich vor ihr auf, beide Hände auf den Tisch gestützt, das dunkelgrüne Sommersakko offen. Er kam sofort zur Sache und machte nicht einmal den Versuch, das Gespräch höflich zu beginnen.

«Könntest du mir mal erklären, was ihr bei Morwenna Longfellow zu suchen hattet?», fragte er.

«Hallo, James, dir auch einen guten Tag», sagte Daphne lächelnd. «Nett, dass du vorbeischaust. Setz dich doch.»

«Du hast meine Frage gut verstanden.» Seinen Ton wollte er offenbar nicht ändern, aber er nahm tatsächlich Platz. «Damit das klar ist, Daphne – ich sehe das als Affront!»

«Seit wann ist es verboten, für einen Freund Äpfel zu transportieren? Frag Sergeant Burns, er weiß, warum wir Eddie Fernbroke geholfen haben.»

«Burns ist ein naiver, gutmütiger Bursche. Und das weißt du. Mir kannst du solche Märchen nicht auftischen.»

Es ärgerte Daphne, wie abfällig er über einen seiner menschlichsten Mitarbeiter sprach. Als Chef musste er unerträglich sein. Nicht umsonst nannten ihn die Polizisten in Bodmin hinter seinem Rücken *Lord Null*. Ihr fiel wieder die kornische Kunst ein, sich zur rechten Zeit ablehnend zu zeigen. Wozu hatte sie dieses Spiel schon als Kind erlernt, wenn sie es nicht hin und wieder anwendete?

«Ich werde mit dir nicht über mein Privatleben sprechen», antwortete sie scharf. «Eigentlich solltest du auch Besseres zu tun haben.»

«Persönliche Beziehungen zur Schwester eines Ermordeten sind nie Privatsache. Du hast mit Mrs. Longfellow geredet. Warum?»

«Weil du es nicht getan hast», gestand Daphne. Sie hatte es satt, sich zu verstellen. «Ganz abgesehen von Morwennas wunderbaren Äpfeln, den besten in Cornwall.»

«Wie du weißt, hat Sergeant Burns sich mit ihr unterhalten», schnaubte James. «Sie ist störrisch, verhaltensgestört und hat ihren Bruder nur selten gesehen. Also erzähl mir nicht, wie ich zu ermitteln habe.» Er beruhigte sich wieder, griff in seine Sakkotasche und zog eine Notiz hervor. «Hier, das darfst du von mir aus wissen.» Er warf einen Blick darauf. «Die Pathologie in Truro hat herausgefunden, dass George Huxton unter chronisch-traumatischer Enzephalopathie litt. Die berühmte Boxer-Krankheit. Man bekommt sie durch schwere Schläge gegen den Schädel. Er muss sich die Krankheit als Kricketspieler zugezogen haben. Eine hässliche Sache – Kopfschmerzen, Depressionen, Wutausbrüche ...» James steckte den Zettel wieder ein. «Zufrieden? Jetzt dürft ihr Mitleid mit Huxton haben.»

Daphne blickte ihn so unfreundlich an, wie sie konnte. Sie hatte es satt, immer nur Ironie von ihm zu hören. Wenigstens ein Mal musste sie ihm die Wahrheit sagen, auch wenn es vermutlich nicht viel helfen würde. «Hör zu, James», begann sie. «Ich weiß, dass du uns alle für Idioten hältst. Du denkst, es reicht, gelegentlich einen Stein in unseren ländlichen Teich zu werfen, damit alle aufschrecken. Aber du irrst dich! Du verstehst nichts, gar nichts von uns! Eine Farmerin wie Morwenna Longfellow, meine Cousine Annabelle oder all die anderen, die dir bei diesem Fall begegnen – sie alle sind Teil einer Landschaft und eines Geflechtes, das sich über Generationen bewährt hat. Niemand von außen wird das je durchschauen. Schon gar nicht du!»

DCI Vincents Finger spielten gereizt mit einer Papierserviette. «Bist du fertig?», brummte er. «Wie du weißt, mag ich keine Belehrungen.»

«Das ist mir egal.»

Er schwieg ein paar Sekunden, den Mund verkniffen. Dann fuhr er fort: «In einem Punkt hast du allerdings recht ...» Er räusperte sich. «Man kann eine Landschaft nur verstehen, wenn man sich zu ihr bekennt. Genau deshalb werde ich meine Wohnung in Bodmin aufgeben und mich in Fowey niederlassen.»

Daphne hätte vor Schreck fast «Nein!» gerufen, riss sich aber zusammen. James Vincent dauerhaft nach Fowey zu holen, war das Letzte, was sie mit ihrer Wutrede unterstützen wollte.

Vielleicht konnte sie ihn noch von dieser Idee abbringen. Ihr fiel ein, dass sie kürzlich von Annabelles Freundin, der Architektin Eileen Ross, gefragt worden war, ob ihr nicht ein Interessent für eine komfortable Jagdhütte bei Land's End einfallen würde. Einer von Eileens Kunden wollte sie verkaufen. Vielleicht wäre das etwas für einen begeisterten Jäger wie James – mitten in der Einsamkeit und weit genug von Fowey entfernt.

Sie erzählte ihm davon.

«Danke», sagte er mit seltsam triumphierendem Blick, «aber es gibt schon ein anderes Objekt.»

«In Fowey?», fragte Daphne. Als Postbotin kannte sie alles, was auf den Markt kam. In letzter Zeit hatte es definitiv keine Hausangebote gegeben.

«Ja, in Fowey», antwortete James. «Ich habe heute Lady Wickelton ein Angebot für ihre Villa gemacht. Wir wissen ja, dass sie verkaufen will.»

Es war unfassbar. Er ermittelte in einem Fall, in dem eine

wesentliche Rolle spielte, dass die Villa Wickelton als Museum im Gespräch war – und jetzt beabsichtigte er, das Haus für sich selbst zu ergattern! Sein Egoismus kannte keine Grenzen.

Daphne war außer sich. Ungläubig starrte sie James an. «Das ist nicht dein Ernst!» Am Nebentisch drehte sich erschrocken eine Frau um, aber das war Daphne egal. «Du willst dein Wissen gegen das Hafenamt und die Museumsinteressen der Gemeinde ausspielen?»

«Warum regst du dich auf? Ich bin nur ein Bieter, nicht mehr.»

«Du bist der ermittelnde DCI! Das ist unmoralisch! Jedes andere Haus wäre okay, aber doch nicht das!»

James zuckte mit den Schultern. Argumente wie diese wurden offenbar von seinem Gehirn ausgeblendet. «Mein Angebot liegt Lady Wickelton vor. Im hinteren Anbau der Villa würde ich sogar ein kleines Museum zu ihren Ehren eröffnen. Der Gedanke hat ihr gefallen. Was soll daran falsch sein?»

Daphne stand auf und zog ihre Jacke an, die über dem Stuhl hing. Als James ihr helfen wollte, entwand sie sich mit kühlem Blick seinen Händen. Sein Schachzug war mehr, als sie ertragen konnte. Jetzt hatte er eine Grenze überschritten, die ihm auch sonst niemand in Fowey verzeihen würde. Die Gemeinde um das ersehnte Museum bringen zu wollen, war der beste Beweis dafür, dass er nicht hierhergehörte.

Wütend nahm sie sich vor, morgen früh ihre Royal-Mail-Tour mit Wickelton House zu beginnen. Sie betete, dass Dorothy noch so viel Kraft besaß, dieses unmoralische Angebot auszuschlagen.

James hob hilflos die Hände. «Daphne – ich denke, wir sollten ...»

Sie hörte gar nicht mehr hin. Voller Zorn stapfte sie davon.

14

Wo ist die Weisheit, die wir im Wissen verloren haben?
Wo ist das Wissen, das wir in der Information verloren haben?

T. S. Eliot

Erst als sie die unteren Gassen hinter sich gelassen hatte und die steilen Stufen zu ihrer Straße hochgestiegen war, kam Daphne langsam wieder zur Ruhe. Bei allem Ärger über James ging ihr immer noch durch den Kopf, was er über George Huxtons Krankheit zu berichten wusste. Natürlich empfand sie Mitleid, aber seine negative Energie hatte Huxton schon vor der Krankheit gezeigt. Sie spürte, dass dieser verrückte Tag große Bedeutung für ihre Ermittlungen haben würde. Es machte ihr Angst, doch es gab kein Zurück mehr. Jetzt musste sie auch durchziehen, was sie für den Abend geplant hatte.

Kaum war sie daheim, rief sie bei Annabelle an, um ihr zu sagen, dass sie Zeit hätte, heute bei ihr zu übernachten. Ihre Cousine war gerührt vor Freude. Sie hatten es neulich lose verabredet, aber so schnell hatte Annabelle nicht damit gerechnet. Daphne erklärte es damit, dass Francis seinen Pub-Abend mit den *old boys* hätte und sie ohnehin allein gewesen wäre.

In Wirklichkeit war die Übernachtung ein Vorwand. Sie brauchte einen Grund, um unauffällig Annabelles Telefon nach Huxtons Wanze absuchen zu können. Was sie sich ohne weiteres zutraute. Während ihrer Schulung durch die Royal Mail hatte sie sich etliche Vorträge über Datensicherheit und Betriebsspionage anhören müssen. Ein Spezialist des CI5 hatte ihnen verschiedene raffinierte Abhörtechniken vorgestellt. Die Gefahr illegaler Aktivitäten war ganz real.

Genauso wichtig war es Daphne, sich Annabelle in Ruhe widmen zu können. So ein Cousinen-Abend war überfällig. Fest entschlossen, dass sie diesmal nicht wieder wie die Trauerklöße herumsitzen würden, hatte sie Annabelle eine SMS geschickt: *Bin spätestens in anderthalb Stunden da. Bitte Eiskühler bereitstellen!*

Für Francis bereitete sie noch schnell einen Brotpudding zu, damit er nach seiner Rückkehr aus dem Pub einen Gute-Nacht-Gruß von ihr vorfand. Er liebte das Rezept, das von Daphnes Granny stammte.

Fünfzig Minuten später fuhr sie bei Annabelle vor. In ihrer Übernachtungstasche steckten eine gekühlte Flasche Crémant und eine Tüte Wasabinüsse. Doch kaum hatte sie ihren geliehenen Mini Cooper geparkt, rannte Annabelle ihr bereits entgegen. Der gelbe Ordner unter ihrem Arm sah nach Arbeit aus. Trotz der dunklen Ränder unter ihren Augen wirkte sie seltsam erwartungsvoll.

«Bleib sitzen, Daphne, wir müssen noch zu Eileen Ross! Sie hat einen neuen Auftrag für mich.»

«Wolltest du diese Woche nicht kürzertreten?»

«Soll ich dir mal meine Kontoauszüge zeigen?», fragte Annabelle, während sie einstieg und die Autotür zuschlug. «Wenn du wüsstest, wie mich Brian York von der Bank behandelt hat ...»

Daphne verkniff sich eine Antwort. Während sie rückwärts aus der Einfahrt fuhr, fragte sie: «Wohnt Eileen immer noch in Penfall Mill?»

«Ja, jetzt hat sie auch ihr Büro da. Dafür hat Cecil seine Zahnarztpraxis nach St. Austell verlegt.»

Hinter der Kreuzung führte ein ausgebauter Feldweg zur alten Penfall-Mühle. Während Daphne einbog, erzählte ihr Annabelle, dass Eileen Ross gerade dabei war, zwei benachbarte Villen in Falmouth zu einer Anlage mit schicken Terrassenwohnungen umzubauen. Auch ein weitläufiger Garten gehörte zum Areal. Eileens Firma *Penfall Mill Architects* war nicht groß, sie arbeitete nur mit freien Mitarbeitern zusammen und war auf Modernisierungsobjekte spezialisiert. Daphne kannte Eileen vor allem aus dem Royal Yacht Club, wo Francis Mitglied war. Früher war sie ein unruhiger Geist gewesen, ständig auf Reisen und mit architektonischen Ideen unterwegs, die das brave Fowey eher erschreckten. Erst nachdem sie vor sechs Jahren mit dem etwas älteren Cecil Hattingham zusammengezogen war, wurde sie ausgeglichener. Offensichtlich hatte sie eine Vaterfigur an ihrer Seite gebraucht. Beruflich setzte sie seitdem große Segel. Vor allem ihr gläserner Anbau an das Rathaus von Port Penlyn hatte Eileen viel Lob eingebracht. Sie gehörte nun zum Bauausschuss der Gemeinde und engagierte sich darüber hinaus gerne bei Wohltätigkeitsveranstaltungen.

Die sandige Zufahrt nach Penfall Mill war voller Schlaglöcher. Auf den Wiesen hinter Hecken und Mauern weideten mit gesenkten Köpfen Schafe. Während Daphne ihren Mini über die holperige Piste lenkte, öffnete sie ihr Seitenfenster und ließ die würzige Abendluft ins Auto. Über Foweys Zedern links neben ihnen auf einem Hügel senkte sich rötlich die Sonne. Ein Tag voller Rätsel ging zu Ende, dachte Daphne, während sie Annabelle zuhörte, die gerade erzählte, dass sie heute den ganzen Tag im Pflanzenlager gewesen war und sich so unkonzentriert wie noch nie gefühlt hatte. Nur der überraschende Anruf von Eileen Ross versprach Erfreuliches ...

Vor Penfall Mill parkte Daphne auf einem Kiesstreifen am Mühlbach. Eileen Ross und Cecil winkten ihnen aus dem Garten zu, wo sie vor dem angehaltenen, noch tropfenden Mühlrad standen. Cecil trug einen Meterstab in der Hand und hielt ihn prüfend an eine der Wasserschaufeln. Auf der anderen Seite des kleinen Bachs erhob sich das Gebäude aus dem 16. Jahrhundert, gemauert mit grauen Quadern von den Steinbrüchen bei Tregarden. Eileen Ross hatte es selbst umgebaut. Aus den ehemaligen Ladeöffnungen für die Mehlkammern hatte sie zwei riesige quadratische Fenster gemacht, die den grün umrandeten Fenstern im ersten Stock angepasst waren. Sowohl das Haupthaus wie auch das Nebengebäude hinter dem Seerosenteich standen unter Denkmalschutz. Der ganze Umbau war nur durch eine teure Verpflichtung gegenüber dem National Trust möglich gewesen, wie Daphne von Francis wusste. Den romantischen Cottagegarten hatte Annabelle angelegt. Es war ihre erste Arbeit für Eileen gewesen. Ausgehend von dem Gedanken, dass im klassischen Cottagegarten Natürlichkeit vorherrschen sollte, hatte Annabelle farbige Gruppen von Rosen, Lavendel, Rittersporn, Mohn und Wildpflanzen miteinander verbunden. Ergänzt wurden die Büsche durch blühende Küchenkräuter wie Thymian, Salbei und Fenchel.

Während sie ausstiegen, kam Eileen ihnen auf dem grauen Kiesweg entgegen. Sie trug gelbe Gummistiefel, eine in die Stiefel gestopfte blaue Hose und ein weißes Shirt mit silbernen Halbmonden. Ihre Gartenhandschuhe reichten bis zu den Ellenbogen. Cecil Hattingham beschäftigte sich weiter mit dem Mühlrad. Er war ein großer, fast hagerer Mann, dessen asketische Erscheinung durch sein längliches Gesicht und die schmale Goldrandbrille noch verstärkt wurde. Er redete nicht viel und wenn doch, dann sehr konkret und fundiert.

Eileen machte einen großen Schritt über ihr Lavendelbeet, um den Weg abzukürzen. «Entschuldigung, unser Mühlrad streikt wieder.» Sie zog ihre Gartenhandschuhe aus. «Hallo, ihr beiden!» Sie wandte sich an Daphne. «Schön, dass du mitkommen konntest.»

«Hat sich gerade so ergeben. Außerdem war ich lange nicht mehr hier», antwortete Daphne. Sie schaute sich bewundernd um. «Glückwunsch, Eileen. Es ist großartig geworden.»

Die Architektin lächelte stolz. «Danke.» Sie blickte zu Annabelle, ihr Gesicht wurde wieder ernst. «Und du? Hast du alles gut überstanden?»

«Einigermaßen. Ich muss mich nur gut ablenken.»

«Hat die Polizei schon einen Verdächtigen?»

«Ja, Teddy Shaw. Sie haben ihn heute festgenommen.»

«Was? Teddy Shaw?», wiederholte Eileen ungläubig. «In seiner Firma soll er zwar öfter Wutausbrüche kriegen, aber einen Mord begehen?» Sie schüttelte den Kopf. «Eher nicht.»

Sie wandte sich an Daphne. «Wer hat Shaw das angehängt? Der Chief Inspector? Du kennst ihn doch. Ist er wirklich so schlimm?»

«Noch schlimmer», sagte Daphne. Sie sah keinen Grund, James Vincent netter darzustellen, als er war. «Wenn es nach ihm gegangen wäre, säße auch Annabelle jetzt in U-Haft.»

«Der Kerl ist ja unmöglich!» Eileen war sichtlich empört. Sie nannte spontan den Namen eines Anwalts in Truro, den Annabelle nur anzurufen brauchte, falls sie weiter verdächtigt werden sollte. Auch die Architektenkammer ließ sich seit Jahren von ihm vertreten, wenn es Auseinandersetzungen mit Bauherren gab.

Daphne fiel ein, worauf sie Eileen unbedingt ansprechen wollte. «Steht die Jagdhütte noch zum Verkauf, von der du neulich im Yachtclub gesprochen hast?»

Die Architektin nickte. «Ja. Sag bloß, du hast einen Käufer?»

«Den Chief Inspector. Mach ihm die Hütte schmackhaft. Er will sich gerade in Fowey niederlassen.» Daphne setzte ein kleines Grinsen auf. «Ich dachte, bevor er das tut, sollten wir ihn lieber nach Land's End locken.»

Eileen begriff schnell. «Aber mit Vergnügen», sagte sie amüsiert. Ihr kräftiges Kinn ließ sie energiegeladen erscheinen, ein interessanter Gegenpol zur schwarzen Ponyfrisur, die das Gesicht einrahmte. «Er wird das Angebot morgen auf dem Tisch haben.»

Annabelle zog vier grüne Tickets aus ihrer Jacke. «Damit ich es nicht vergesse – eure Tickets für die Gartenausstellung. Der Park von Treloy House ist morgen ab neun geöffnet. Es freut mich, dass ihr kommen wollt.»

«Ehrensache», bestätigte Eileen, während sie und Daphne die Karten im Empfang nahmen. «Dein Dahlienhügel soll ja eine Sensation sein. Cecil hat sich extra den Nachmittag freigenommen, weil er auch das Poloturnier sehen will.»

«Wir machen es genauso», erklärte Daphne. «Wann werdet ihr kommen?»

«So gegen zwei.» Eileen zog die Augenbrauen hoch und blickte dabei Annabelle an. «Weißt du, dass Mellyn Doe morgen ganze Heerscharen von Freunden für dich anschleppen wird?»

«Um Gottes willen!», stöhnte Annabelle. «Bloß das nicht! Ich weiß wirklich nicht, was mit Mellyn los ist. Ich glaube fast, seit ihrer Scheidung ist sie einsam. Gestern hat sie zwei Stunden bei mir im Wohnzimmer gesessen und mich gefragt, ob sie mir Geld leihen soll, weil die Bank mir keins geben will. Ich finde das rührend, aber ...»

«So geht das nicht weiter», entschied Daphne. «Ich werde am Wochenende mit ihr reden.»

«Danke!» Annabelle nickte Daphne erleichtert zu, dann wandte sie sich wieder an Eileen und übergab ihr den gelben Ordner. «Hier ist mein Angebot. Du müsstest mir nur noch sagen, ob es dir recht ist, wenn ich das Rasenniveau anhebe. Auch über die Büsche vor den Terrassen sollten wir reden. Und wenn ich für die Ufergestaltung mitbieten dürfte ...» Sie zögerte. «Habe ich denn Mitbewerber?»

«Ja», sagte Eileen. «Paul Sanderling. Die Bauherren sind vorgewarnt, dass er gerne erst hinterher Verteuerungen aufruft, trotzdem wollen sie ihn weiter im Rennen sehen. Ich wüsste aber, wie wir ihn austricksen könnten ...»

Sie nahmen nebeneinander auf der Gartenmauer vor dem duftenden Lavendel Platz und begannen gemeinsam, im Ordner zu blättern.

Daphne wanderte durch den Garten. Cecil rief ihr zu, sie solle doch zur anderen Seite auf die Terrasse gehen, wo die Gartenmöbel standen. Doch sie lehnte dankend ab. Im Geiste war sie bereits dabei, sich auf ihre Mission in Annabelles Wohnzimmer vorzubereiten.

Während der Rückfahrt saß Annabelle wie aufgedreht im Auto. Selbst ihr Humor kehrte zurück. Als Daphne sich darüber wunderte, warum Eileen Ross und Cecil Hattingham nicht heiraten wollten, antwortete Annabelle amüsiert: «*Lieber nie heiraten als zu früh* lautet Eileens Motto!»

Als sie in Fowey angekommen waren und Annabelle ihre Haustür aufschloss, war die Sonne endgültig verschwunden. Außerdem war es kühl geworden, zu kühl, um den Abend auf der Terrasse zu verbringen. Daphne trug ihre Tasche mit dem Nachtzeug in das kleine Gästezimmer. Dort hatte ihr Annabelle die Liege mit Bettwäsche im stilisierten Blümchenmuster hergerichtet. Sogar eine Schale mit Obst stand auf dem Nachttisch.

Sie hatten verabredet, dass sie sich eine große Portion *Stargazy Pie* zubereiten wollten. Es war ein leckeres Rezept aus dem Fischerdorf Mousehole. Dafür wurden fünf bis acht Sardinen so in den Teig gesteckt, dass sie himmelwärts aus der Kruste schauen, als würden sie die Sterne anstarren. Manche Köche ließen hier und da auch die Schwänze der Fische zum Vorschein kommen, sodass sie durch den Teig zu springen schienen. Was für Fremde wie ein ironischer Scherz nach kornischer Art wirkte, war alles andere als schwarzer Humor. Vielmehr ging es um ein Symbol, das nur diejenigen verstehen konnten, deren Vorfahren Jahr für Jahr um die Rückkehr der Sardinenschwärme bangen mussten. Im 16. Jahrhundert soll der Fischer Tom Bawcock kurz vor Weihnachten mit seinem Fang das Dorf Mousehole vor dem Verhungern gerettet haben. Eine riesige Pastete, gefüllt mit seinen Fischen, hatte die Bewohner überleben lassen.

Nachdem Annabelle und Daphne den Esstisch gedeckt hatten, gingen sie zusammen in die Küche, um die Sardinen und den Teig vorzubereiten. Zwischen Wand und Küchenzeile war es so eng, dass sie sich dauernd im Weg standen. Ständig stießen sie mit Töpfen und Schalen aneinander. Lachend erinnerten sie sich daran, wie eng es früher in Annabelles Elternhaus zugegangen war. Ihr Vater hatte für eine Wasserbaufirma gearbeitet. Die dunkelbraune, zweistöckige Holzhütte mitten im Bodmin Moor war ihm als Dienstwohnung überlassen worden. Einen Keller gab es nicht, schließlich stand die Hütte in einem Moorgebiet, dafür glitzerten an den äußeren

Holzbalken morgens romantische Spinnennetze. Das Leben der Carlyons spielte sich in wenigen Räumen ab. Da Annabelle das einzige Kind war, hatte man ihr das Kinderzimmer in der zugigen Dachkammer trotz Geldmangel so liebevoll wie möglich eingerichtet. Hier standen ein hübsches Stockbett, eine Kiste mit Spielsachen aus dem Gebrauchtwarenladen in Bodmin sowie ein großes Puppenhaus aus Tannenzapfen. John Carlyon hatte es wochenlang für seine Tochter gebastelt. Und obwohl man nachts ständig Mäuse über den Dachboden huschen hörte, waren die Übernachtungen bei ihrer Cousine das Schönste für Daphne gewesen. Aus dem kleinen Dachfenster konnten sie weit über die Heide und die Wasserlöcher des Bodmin Moors blicken und morgens Rehe oder Wildpferde zwischen den Krummeichen entdecken.

Heute war Annabelle der Meinung, dass sie ohne ihre Kindheit in der Wildnis nicht Gartendesignerin geworden wäre. Ihre Eltern waren längst tot, aber noch immer fuhr sie alle paar Wochen nach Bolventor, um von dort aus Wanderungen ins Moor zu unternehmen.

Daphne hatte sich während des Kochens vorgenommen, kein Wort über die Morde zu verlieren. Es machte ihr Freude zu sehen, wie Annabelle konzentriert den Teig knetete und anschließend die gesäuberten Sardinen hineinsteckte. Dabei erzählte sie von ihrer Arbeit als Gartendesignerin. Im Frühjahr hatte sie den Auftrag erhalten, den riesigen Park von Poltrane Castle neu zu gestalten, was eine große Ehre bedeutete. Ihre Pläne durfte sie demnächst sogar in der Zeitschrift *House & Garden* vorstellen. Dort würde sie auch erklären, was im englischen Gartenbau ein *Ha-Ha* bedeutete und wie raffiniert sie es für Poltrane Castle genutzt hatte.

Sie sah auf und bemerkte Daphnes fragenden Blick. «Gib's zu, du weißt auch nicht, was ein Ha-Ha ist?»

«Ich gestehe», sagte Daphne. «Wo könnte ich es schon mal gesehen haben?»

«Zum Beispiel im Garten von Teddy Shaw», antwortete Annabelle, während sie die Backofentür öffnete und den Pie hineinschob. «Auf seiner Geburtstagsparty. Ich habe es letztes Jahr für ihn gebaut. Natürlich ist das nur für große Grundstücke geeignet, zum Beispiel wenn man unauffällig Tiere abhalten will. Es handelt sich um einen gemauerten Graben, wie ein schmaler Burggraben. Mit ihm kann man das Ende des Grundstücks begrenzen und so einen Zaun überflüssig machen. Der Name kommt angeblich vom bewundernden Ausruf *Aha*. Ein Zaun ist optisch immer im Weg, aber über den Graben schaust du bei einiger Entfernung hinweg, als wäre er gar nicht vorhanden und die Wiese würde ins Unendliche weitergehen ...»

Daphne staunte, was Annabelle so alles beruflich zustande brachte. Auch die morgige Gartenausstellung würde zweifellos ein neuer Höhepunkt für sie werden. Die Chefgärtnerin von Ellwood Castle hatte es richtig prophezeit – jetzt, mit Ende vierzig, fiel Annabelle endlich auch landesweit durch ihr Können auf.

Annabelle schien jetzt erst zu bemerken, dass sie eben Teddy Shaw erwähnt hatte. Sie biss sich auf die Unterlippe. «Entschuldige. Ich glaube, ich sollte jetzt nicht über Teddy reden.»

«Nein, lieber nicht», meinte Daphne.

Während sie am Esstisch Platz nahmen und Annabelle den duftenden Stargazy Pie mit seiner goldbraunen Kruste in die Mitte stellte, waren sie zum Glück über das Thema Teddy Shaw hinweg. Die Pastete hätte nicht besser sein können. Als Daphne sie anschnitt und die ersten beiden Sardinen herausholte, musste sie lachen. Wenn sie als kleines Mädchen am rustikalen Tisch der Carlyons Stargazy Pie gegessen hatten, gab Annabelles Mutter allen Sardinen einen Namen. «Polly ist Daphnes Sardine», hatte es dann zum Beispiel geheißen. «Wenn du mit Polly noch ein bisschen spazieren gehen möchtest, Daphne – gerne.»

Und sie hatten alle losgekichert.

Es war albern, aber es tat ihnen gut, an diesem Abend noch einmal an ihre Kindheit denken zu können. Auch Daphnes alleinerziehende Mutter, die nur durch ihre Arbeit bei Mrs. du Maurier finanziell gut über die Runden gekommen war, hatte ihrer Tochter alles zu geben versucht. Viel war es nicht, aber Bücher hatten dazu gehört. Daphnes Talent, in einem Landstrich voller Eigenbrötler emphatisch auf Menschen zugehen zu können, hatte ihr später weitere Türen geöffnet.

Der Crémant bildete eine perfekte Ergänzung zur Fischpastete. Daphne und Francis hatten den Zusammenklang von Fisch und Sekt bei einem französischen Koch schätzen gelernt. Auch Annabelle fand die Mischung passend, sodass sie im Nu die ganze Flasche ausgetrunken hatten. Als sie mit dem Essen fertig waren und die leeren Teller in die Küche trugen, lehnte Annabelle sich an den Küchenschrank, zeigte auf die zehn übrig gebliebenen Sardinenköpfe und sagte angeekelt: «Die hat Huxton immer gesammelt. Kannst du dir das vorstellen? Ein Eimer voller Fischköpfe als Hobby!»

«Was hat er denn damit gemacht?» Daphne nahm es als gutes Zeichen, dass Annabelle nach dem Crémant sogar George Huxton von der heiteren Seite nehmen konnte.

«Was weiß ich ... Ich glaube, sie waren sein Köder, wenn er fischen ging.» Annabelle stutzte. «Ist das nicht verrückt? Ich glaube, er hat Fische lieber gemocht als Menschen. Wie traurig ist das denn?»

«Er hat die Fische *gegessen*», sagte Daphne trocken. «Von Liebhaben kann keine Rede sein.»

«Trotzdem – offenbar war das Angeln sein einziges Hobby. Sergeant Burns hat gesagt, dass sein Haus ziemlich karg eingerichtet war. Er soll von der Sorte BNA gewesen sein.»

«Was ist das denn?»

Annabelle grinste. Sie hatte definitiv zu viel getrunken. «Bloß.Nichts.Aufheben.» Sie bekam einen Schluckauf. «Du liebe Zeit – dein Fläschchen hatte es aber in sich!»

Daphne hielt es für besser, Annabelle nichts von Huxtons erwiesenem Boxertrauma zu erzählen. Jedenfalls nicht, solange sie ein letztes Mal den angesammelten Frust über ihn loswerden wollte. Auch seelischer Müll musste entsorgt sein. Sie dachte an das Dorf, aus dem die Großmutter von Francis stammte. Dort war es üblich gewesen, dem Toten am offenen Grab handfeste Gegenstände aus seinem Leben auf den Sarg zu donnern ... Dabei ging es oft humorvoll zu. Von der Whiskyflasche bis zu alten Schallplatten war vieles dabei.

Was würde man wohl einem George Huxton hinterherwerfen? Ein Bündel seiner Anzeigen und schriftlichen Beleidigungen? Oder Gegenstände aus seiner unglücklichen, verkorksten Kindheit, wenn es solche Erinnerungsstücke überhaupt in seinem leeren Haus gab?

Währenddessen ging Annabelle selig wankend zu ihrer Sitzecke und ließ sich auf das Polster plumpsen. Von dort aus beugte sie sich zur Musikanlage hinüber und drückte den Startknopf. Für sie war der Erinnerungsabend noch nicht zu Ende.

«Jetzt komm, Daphne, *Police* hören. So wie früher.»

Daphne setzte sich geduldig zu ihr. Tatsächlich waren sie damals Fans der Band mit dem jungen blonden Sting gewesen. Als der Song *Message In The Bottle* kam, drehte Annabelle die Musik noch lauter, lehnte den Kopf hinten an und schloss genießerisch die Augen. Daphne fragte sich, ob ihre Cousine bei der Songzeile *I send an SOS to the world* wohl gerade daran dachte, dass sie sich während eines Police-Konzerts in London von ihrer großen Liebe Simon getrennt hatte. Warum, hatte sie Daphne nie erzählt. Nur, dass es der größte Fehler ihres Lebens gewesen war.

Nach zehn Minuten war Annabelle eingeschlafen, die Erschöpfung der vergangenen Tage forderte ihren Preis. Behutsam weckte Daphne sie auf und geleitete sie ins Schlafzimmer zu ihrem Doppelbett, auf dessen linker Hälfte derzeit weder eine zweite Bettdecke noch ein Kissen lagen.

«Danke», murmelte Annabelle müde. «Das werde ich dir nie vergessen.»

Zurück im Wohnzimmer setzte Daphne sich wieder auf die Couch, ließ die Musik weiterlaufen und dachte nach. Sie war noch zu aufgewühlt, um ebenfalls ins Bett zu gehen. Ihr fehlte das Tagebuch, das an diesem Abend zum ersten Mal seit langem verschlossen in ihrem Schreibtisch liegen blieb.

Dass Annabelle so schnell schlappmachte, war untypisch für sie. Ihre Erschöpfung musste größer sein, als sie zugeben wollte. Auch dass sie freiwillig über ihre Ideen als Gartendesignerin reden wollte, dann aber wieder von Selbstzweifeln geplagt wurde, war neu. Als Daphne in der Küche erwähnt hatte, wie wichtig ihr Familie war, konnte sie für Sekunden eine seltsame Traurigkeit in den Augen ihrer Cousine aufflackern sehen. Sie hing vielleicht damit zusammen, dass Annabelle die letzte Carlyon war und sich sehnlichst Geschwister gewünscht hatte.

Das ist es, dachte Daphne plötzlich, Annabelle befand sich mitten in einer Lebenskrise!

Schon vor vier Wochen hatte sie die skeptische Bemerkung fallen lassen, dass sie sich neuerdings fragte, warum und für wen sie sich eigentlich die Last einer eigenen Firma aufbürdete. Daphne wusste, dass Annabelle sich insgeheim nach einem Lebenspartner sehnte. Nur leider hatte sie die Hürden, über die ihr Traumprinz springen sollte, ziemlich hoch gelegt ...

Francis und Daphne hatten den Midlife-Zirkus bereits hinter sich. Francis hatte plötzlich unbedingt nach London umziehen wollen, um wie früher mehr ausgehen zu können. («Aber, Francis, du liegst doch immer als Erster im Bett!») Auch ein schickes Penthouse sollte es dort sein. Daphne hatte ihren Mann kaum bremsen können. Zum Glück war ihm gerade noch rechtzeitig klargeworden, dass er im Londoner Bunker des meereswissenschaftlichen Instituts so unglücklich wäre wie ein Delfin in der Badewanne. Nach Jennas Auszug hatte es dann Daphne erwischt, mit depressiven Phasen und wilden Ideen vom Neuanfang.

Warum hatten sie beide nichts davon realisiert? Weil sie nach nächtelangen Diskussionen begriffen hatten, dass eine neue Wildheit sie nicht glücklicher gemacht hätte. Sie waren glücklich – in Fowey. Keine vier Wochen später war ihre Ehe wieder so wundersam erblüht, als hätte ihr das Leben ein Düngemittel verpasst.

Daphne blickte auf die Uhr. Es war schon spät. Jetzt musste sie endlich das tun, weswegen sie gekommen war.

Sie stand auf und ging zu dem Schränkchen, auf dem das Telefon ihrer Cousine stand. Es war weiß und von der altmodischen Sorte. Annabelle hatte es schon in ihrer letzten Wohnung besessen. Vorsichtig nahm Daphne den Hörer in die Hand und schob seine zwei Hälften auseinander.

Sie stutzte.

Dort, wo sich laut ihres Experten eine eingebaute Wanze befinden müsste, gab es zwei halbe Drähte und einen dritten, noch intakten Draht. An ihm hing die abgebrochene untere Hälfte eines hastig herausgerissenen Kunststoffteils. Jemand musste in Annabelles Haus eingedrungen sein und das Abhörgerät in großer Eile und mit Gewalt entsorgt haben.

War das erst nach George Huxtons Tod geschehen?

Der Gedanke daran, dass jemand durch Annabelles Haus geschlichen war, während sie ahnungslos das Schlimmste hinter sich zu haben glaubte, ließ Daphne schaudern.

15

*Der Künstler produziert zur Befreiung seiner Seele.
Es ist seine Natur, so wie es die Natur des Wassers ist,
den Berg hinunterzufließen.*

W. Somerset Maugham

Als Daphne am frühen Morgen Annabelles Haus verließ, schlief ihre Cousine noch. Sie lag zusammengekauert unter ihrer Bettdecke wie ein verletzliches kleines Mädchen. In der Küche hatte Daphne eine Kanne mit heißem Tee und den fertig gedeckten Frühstückstisch zurückgelassen. Neben dem Teller lag ein Zettel mit ihrem Dank für den harmonischen Abend.

Daphnes Schlaf war nicht besonders erholsam gewesen. Seit fünf Uhr hatte sie immer wieder an DCI Vincents Frechheit denken müssen, sich die Villa Wickelton unter den Nagel reißen zu wollen. Während sie wach lag, hatte sie beschlossen, James so gewaltig in die Parade zu fahren, dass er die Menschen in Fowey endlich respektieren würde.

In solchen Momenten pfiff sie auf ihre gute britische Erziehung. Sie musste sich eingestehen, dass es ihr im reiferen Alter und bei zunehmender Lebenserfahrung immer schwerer fiel, durchgehend *british* zu bleiben. Manchmal war es nicht einfach, höflich *Oh, was für eine interessante Strategie!* zu murmeln, obwohl der Vorschlag des anderen totaler Unsinn war. Ähnlich war es mit Katastrophen, die einem durch andere widerfuhren und die man mit der Bemerkung zu quittieren hatte, man sei darüber *ein kleines bisschen verärgert*. Ihre Nachbarn auf der anderen Seite des Kanals, in der Bretagne, durften wenigstens laut schimpfen. Als Kind, bei den seltenen Reisen der Warings hinüber nach St. Malo, hatte sie die Gesten und emotionalen Ausrufe der lebenslustigen *frogs* geliebt, vor allem, wenn sie dabei das rot angelaufene Gesicht ihres gestrengen Großvaters beobachten konnte.

Daphne hatte vor, ihren Rachefeldzug gegen DCI Vincent dort zu beginnen, wo er am meisten Sinn machte – bei Lady Wickelton. Solange Dorothy sich gegen den Verkauf an James sperrte, konnte er nichts machen. Daphne hoffte inständig, dass die Lady nicht zu geschwächt war, um sich seinen vollmundigen Versprechungen zu widersetzen.

Als sie eine halbe Stunde später den Hof des Postlagers betrat, ließ sie sich von Bertie ein Ersatzfahrrad aus der Royal-Mail-Garage holen. Da sie gestern Abend mit dem Auto zu Annabelle gefahren war, stand ihr Rad in Embly Hall.

Bertie kehrte zu Daphnes Schrecken mit einem Elektrobike zurück. Sie ahnte zwar, dass ihre Arbeit in Foweys steilen Gassen mit einem Motor leichter werden würde, fürchtete sich aber davor, schon wieder ein Kapitel in ihrem Leben schließen zu müssen.

Ihr Handy klingelte, es war Francis. Er war noch zu Hause, seine Stimme klang ungewohnt angespannt. Vielleicht hatte auch er schlecht geschlafen.

«Hallo, Liebling», sagte sie demonstrativ charmant. «Hast du schon gefrühstückt?»

Francis wollte offenbar keinen Charme. Er fiel sofort mit der Tür ins Haus. «Nur damit du nicht denkst, ich spinne», sagte er. «Schwarzenegger ist jetzt wieder da. Ich sehe ihn ganz deutlich. Er hat sogar rübergewunken.»

Daphne wusste nicht recht, was sie dazu sagen sollte. Sie

entschied sich für freundliches Interesse. Die Chance, dass Arnold Schwarzenegger nach Fowey zum Frühstück kam, nachdem er vorgestern in Atlanta einen Orden für sein Lebenswerk erhalten hatte, war sehr gering. Viel größer war die Chance, dass Francis jetzt doch eine Brille brauchte.

«Das freut mich», antwortete sie. «Bitte grüß ihn, falls er dich anspricht. Wann fährst du zum Dienst?»

«Gleich», sagte Francis gereizt. «Und ich hör genau, dass du mir nicht glaubst. Ich wollte es dir ja nur erzählt haben.»

Beleidigt legte er auf. Kopfschüttelnd ging Daphne zur Rampe weiter, um ihren Postkorb zu holen. Sie wollte ihn gerade auf ihr Rad klemmen, als Francis erneut anrief. So aufdringlich kannte sie ihn gar nicht. Was war nur mit ihm los? Bekam er schon wieder eine Midlife-Krise?

«Ich fahr dann jetzt ins Büro», vermeldete er. «Wenn du mittags noch den Fisch abholen würdest ...»

«Ja, so hatten wir es besprochen.» Daphne blieb geduldig. Warum betonte er das so? Wollte er ihr eigentlich etwas ganz anderes mitteilen?

Er räusperte sich. «Ich sag das nur, weil es mich ärgert, dass du mich für verrückt hältst ... Gerade ist auch Jennifer Aniston gekommen. In Jeans und weißer Bluse. Sie hat Schwarzenegger einen Kuss gegeben, und jetzt hören sie ganz laut Musik.»

Daphne erschrak. Konnte er in diesem Zustand überhaupt noch Auto fahren? Francis war immer stolz darauf gewesen, dass seine Augen besonders scharf waren, vielleicht hatte er aber in seiner Eitelkeit nur den *point of no return* der Dioptrien verpasst.

Sie beschloss, ein weibliches Machtwort zu sprechen. «Ich will jetzt nicht mir dir streiten. Ich denke, du weißt selbst, dass die Chance, dass Jennifer Aniston *und* Arnold Schwarzenegger zusammen in unserer Straße Musik hören, gleich null ist. Bitte fahr nachher bei Stacey vorbei, dem Optiker.» Sie machte eine kleine Pause. «Oder hast du Gleichgewichtsstörungen? Du weißt, damit darf man nicht spaßen.»

«Ich bin weder blind noch gestört», antwortete Francis gereizt. «Ich frage mich nur, wann hier die ersten Paparazzi auftauchen, wenn jemand davon erfährt! Ist das so schwer zu verstehen?» Er holte tief Luft wie immer, wenn er ein Friedensangebot für Daphne vorbereitete. «Entschuldige, ich werde dich nicht mehr damit belästigen.»

Sie versuchte ebenfalls, die Wogen zu glätten. «Wer immer diese Leute sind – ich will auch keine Partyszene neben meiner Terrasse, wenn es darauf hinauslaufen sollte.»

«Wir werden sehen», lenkte Francis ein. «Und jetzt Schluss mit dem Thema. Ich muss ins Büro.»

«Ja, *officer*», spottete Daphne liebevoll. «Bis später!»

Bertie kam und hielt ihr das Elektrorad hin. Der Korb mit der Post war bereits darauf befestigt. Jetzt war jeder Widerstand zwecklos.

«Einfach aufsitzen und loslegen», meinte er väterlich. «Du wirst sehen, es macht Spaß.»

Seufzend ließ sie sich von ihm die Technik erklären. Dann stieg sie in der Mitte des Hofes auf und trat in die Pedale. Bereits als sie durch das Tor auf die Straße einbog, begann sie sich zu fragen, warum sie ihren Waden diesen Fortschritt nicht viel früher gegönnt hatte.

Wie immer startete ihre Postrunde am Hafen. Als sie aus Havener's Bar & Grill zurückkam, wo sie fünf Briefe und ein Einschreiben der Brauerei abgeliefert hatte, stand plötzlich Sergeant Burns hinter ihr.

«Guten Morgen, Mrs. Penrose. Darf ich kurz stören?»

Daphne drehte sich um. «Natürlich, Sergeant.»

«Ich erreiche Ihren Mann gerade nicht und muss gleich wieder los. Richten Sie ihm doch bitte aus, dass Teddy Shaw vor einer Stunde aus der Untersuchungshaft entlassen wurde. Es wird ihn interessieren.»

Am liebsten hätte Daphne ihm gesagt, wie sehr es vor allem sie interessierte, aber sie wollte dem netten Sergeant nicht auf die Zehen treten.

«Also ist Teddy unschuldig?»

Burns wiegte den Kopf. «Die Begründung des Richters war, dass ihm die Beweise nicht ausreichen. Deswegen ermittelt der Chief Inspector jetzt mit Hochdruck gegen Shaw weiter. Außerdem gibt es einen zweiten Verdacht. Wie wir von einer Nachbarin der Möwenstation wissen, waren Sie gestern bei Sally Inch?»

«Ja, ich hatte ein Einschreiben abzugeben und wir haben uns ein bisschen unterhalten. Sie kennt auch Annabelle.»

Burns lächelte fein. «Ich frage nur, weil wir einen Zeugen haben, der behauptet, Miss Inch und George Huxton hätten am Samstagnachmittag hinter der Kirche lautstark gestritten. Hat sie Ihnen davon erzählt?»

«Nein», sagte Daphne, «mit keinem Wort.» Es ärgerte sie, dass sie auf Sallys glänzend gespielte Reue reingefallen war und auf ihre Behauptung, nach Huxtons letztem Sturmklingeln vor vier Wochen hätte sie ihn nie wieder gesehen. Das musste der gefährliche *blinde Fleck* sein, vor dem ihr Kriminalistikbuch so eindringlich warnte.

«Danke für Ihre Offenheit, Mrs. Penrose», sagte Sergeant Burns artig.

Sie verabschiedeten sich voneinander, und Burns verschwand in einem Pulk ankommender Bustouristen. Nachdenklich stieg Daphne wieder auf ihr neues Rad.

Leise schnurrend trug es sie die erste steile Gasse hinauf. Normalerweise hätte sie sich jetzt Straße für Straße zur Anhöhe hoch gearbeitet. Diesmal änderte sie ihre Tour und machte gleich in Lady Wickeltons Straße weiter. Als sie vor der Tür der Villa stand und klingelte, hatte sie sich bereits zurechtgelegt, wie sie das Gespräch auf James bringen wollte. Die Tür ging in Zeitlupe auf. Erst einen kleinen Spalt, dann so weit, dass Daphne das blasse Gesicht von Lady Wickelton erkennen konnte. Sie saß in einem Rollstuhl, auf den Knien eine karierte schottische Wolldecke. Über ihr Gesicht huschte Freude, als sie ihre Besucherin erkannte, aber ihre Stimme klang schwach, nur wie ein Hauch.

«Daphne ...»

Daphne erschrak, wie sehr Lady Wickelton seit vorgestern abgebaut hatte. Sie betrat den Flur, beugte sich über den Rollstuhl und streichelte Dorothys Hand. «Hallo, Dorothy! Bist du allein?»

Die alte Dame nickte kaum merklich.

«Ist denn die neue Pflegerin nicht da?», fragte Daphne besorgt. Sie schaute um die Ecke ins Wohnzimmer, aber da war niemand.

Dorothy suchte sichtlich nach Worten. «A...po...the...ke», murmelte sie. Ihre Sprache klang seltsam verwaschen.

«Ist sie schon lange weg?»

«Weiß nicht ...»

Erschrocken sah Daphne, dass Lady Wickeltons rechter Mundwinkel nach unten hing. Ihr kam ein schrecklicher Verdacht. Sie kniete sich neben den Rollstuhl und schaute Dorothy prüfend in die Augen. «Ist dir nicht gut? Fällt es dir schwer zu sprechen?»

Lady Wickeltons Finger umklammerten die Greifringe am Rollstuhl, als ob sie befürchtete, von ihrem Sitz zu fallen. Sie starrte Daphne an, als hätte sie Mühe, ihren Blick zu konzentrieren. «Mein Kopf ... dreht sich ...»

«Ist dir auch schlecht?»

«Al-les dreht sich ... Bit-te ... nicht weggehen ...»

«Keine Angst, ich bleibe bei dir», versprach Daphne und strich Dorothy behutsam über die Wange. Sie wunderte sich, dass Dorothy überhaupt in der Lage gewesen war, die Haustür zu öffnen. «Du brauchst dringend einen Arzt.»

Es war mehr als offensichtlich, dass Lady Wickelton einen Schlaganfall erlitten hatte. Wie konnte ihre Pflegerin sie in diesem Zustand allein lassen? Vorsichtig schob Daphne den Rollstuhl ins Wohnzimmer, wo es heller war. Dorothy schien die räumliche Veränderung gar nicht zu bemerken. Mit weit aufgerissenen Augen und heftig atmend starrte sie vor sich hin. Daphne schnappte sich ein Kissen von der Couch und stopfte es ihr in den Nacken, damit ihr Kopf nicht über die Rollstuhllehne nach hinten fiel. Dann lief sie zum Schreibtisch, auf dem das Telefon stand. Es funktionierte nicht, die Leitung war tot. Daphne fiel ein, dass die British Telecom seit Anfang der Woche ganze Straßenzüge aufriss, um moderne Kabel zu verlegen. Also fischte sie ihr Handy aus der Innentasche ihrer Royal-Mail-Weste und rief den Internisten Dr. Rendall an. Er war seit vielen Jahren Dorothys Arzt. Zu ihrem Erstaunen sagte Dr. Rendall, dass Lady Wickeltons polnische Pflegerin bereits Alarm geschlagen und er ihr geraten hätte, selbst zur Notarztstation am Ende der Straße zu rennen, weil das am schnellsten ging. Auch der Krankenwagen wäre schon bestellt.

Während Daphne wartete, setzte sie sich neben Dorothy und hielt ihre Hand. Der Atem der Kranken ging jetzt wieder etwas leichter, doch sie schwieg die ganze Zeit und starrte nur vor sich hin. Erst als sie mitbekam, dass die Haustür aufging und im Flur Stimmen zu hören waren, drehte sie sich zu Daphne. Ihre zittrigen Finger lösten sich aus Daphnes Hand und zeigten zum Schreibtisch.

«Da ... da liegt ... was ...», murmelte sie angestrengt. «Für ...»

Das letzte Wort war nicht mehr zu verstehen, aber Daphne glaubte an den Lippen abgelesen zu haben, dass Dorothy vom *Anwalt* sprach. Das würde auch Sinn machen. Sie nickte mit vorgespieltem Lächeln. «Mach dir keine Sorgen, Dorothy. Ich kümmere mich darum.»

In Wirklichkeit hatte sie Mühe, nicht zu weinen. Zweifellos wusste Dorothy genau, dass sie nun ins Krankenhaus eingeliefert würde. Die Chance, dass sie angesichts des Schlaganfalls und ihrer tödlichen Erbkrankheit ihr Zuhause noch einmal wiedersehen würde, war nicht sehr groß.

Daphne ging dem Arzt und der Pflegerin entgegen und stellte sich vor. Die junge Polin hieß Lidia. Sie wirkte etwas unbeholfen, wusste aber bereits, dass Daphne eine enge Freundin von Lady Wickelton war, und schien erleichtert zu sein, dass sie jetzt Unterstützung bekam.

Noch während der Notarzt Lady Wickelton untersuchte und den Verdacht auf Schlaganfall bestätigte, traf der Krankenwagen ein. Als Dorothy auf die Trage gehoben wurde, war sie bereits so apathisch, dass sie nicht mehr mitbekam, dass man sie an einen Tropf hängte und nach draußen schob. Der Notarzt hielt es für wichtig, dass Lidia mit ins Krankenhaus fuhr, damit Lady Wickelton beim Aufwachen wenigstens ein bekanntes Gesicht erblickte.

Daphne blieb allein in der großen Villa zurück. Es war ein seltsames Gefühl, zum ersten Mal ohne Lady Wickelton hier zu stehen, umgeben von allem, was die Künstlerin ihr Leben lang aus aller Welt zusammengetragen hatte.

Daphne gab sich einen Ruck. Etwas in ihr sträubte sich

dagegen, in Dorothys Dokumenten herumzuwühlen, doch sie hatte es versprochen. Zögernd trat sie an den Intarsien-Schreibtisch, auf dem sie nach den Unterlagen für den Anwalt suchen sollte. Was, wenn sie Informationen darüber fand, dass Lady Wickelton die Villa tatsächlich an DCI Vincent verkaufen wollte, aber den Vertrag nicht mehr unterschreiben konnte? Sollte sie dann ein solches Papier zugunsten der Gemeinde Fowey verschwinden lassen?

Da war sie wieder, die Frage der persönlichen Moral. Genau darüber hatten Dorothy und sie neulich in diesem Salon diskutiert.

Nein, beschloss Daphne, sie würde Dorothys Vermächtnis in jeder Weise akzeptieren. Jenna hatte sie früher aufgetischt, dass der heilige St. Piran, falls er jemanden beim Betrügen ertappte, vor Schreck von seinem Mühlstein fallen würde, auf dem er als Cornwalls Schutzheiliger vor der Küste herumsegelte. Eigentlich kein schlechtes Gleichnis, dachte Daphne.

Entschlossen setzte sie sich auf den lederbespannten Schreibtischstuhl. Die helle Arbeitsplatte schien von Papieren übersät zu sein. Bei näherem Hinsehen entpuppten sich die Stapel als lose geordnete Verlagsschreiben und als Formulare vom Pflegedienst. Obendrauf lag ein hellblauer Umschlag mit der Aufschrift *Lester Bagely, Solicitor*. Als Lady Wickeltons Anwalt vertrat Lester ihre Interessen mit unnachgiebiger Härte. Der Umschlag war noch unverschlossen.

Gespannt zog Daphne den Inhalt heraus. Das Erste, was sie sah, war ein fertig ausgefüllter, zweiseitiger Vertrag mit der Bezeichnung *Villa Wickelton*. Das Ganze war mit einem Computer ausgedruckt worden, demnach musste das Schriftstück direkt aus Lester Bagelys Kanzlei stammen. Darin wurde festgehalten, dass die Villa zum ersten Oktober dieses Jahres an den neuen Eigentümer übergehen sollte.

Noch war kein Name genannt.

Mit angehaltenem Atem schlug Daphne die zweite Vertragsseite auf.

Dort stand unter der juristischen Formel, die den ganzen Vorgang als Schenkung beschrieb, die Adresse des Begünstigten:

*Hafengesellschaft Fowey, Albert Quay, Fowey,
Cornwall PL23 1AJ*

Auch die lilafarbene Unterschrift von Lady Wickelton war vorhanden, elegant, selbstbewusst, unverwechselbar. Der Vertrag war gültig.

Erleichtert ließ Daphne sich gegen die Rückenlehne fallen. Dorothy hatte sich also nicht von James Vincent überrumpeln lassen.

Sie merkte, dass sich noch etwas in dem Umschlag befand, und beförderte Lady Wickeltons Pass auf die Schreibtischplatte. Vermutlich hatte ihn Lester Bagely zum Beglaubigen benötigt.

Langsam blätterte Daphne durch den Pass. Sie sah das Passfoto, das höchstens ein Jahr alt sein konnte und Lady Wickelton so zeigte, wie jeder sie kannte: mit elegant aufgetürmten Haaren, einem geheimnisvollen Lächeln und den großen fragenden Augen. Noch während sie Dorothy stärkende Gedanken ins Krankenhaus schickte, stockte sie plötzlich. Sie wusste, dass in allen Publikationen, die sich im Laufe der Jahrzehnte mit Lady Wickeltons Vita beschäftigt hatten, als Geburtsort London angegeben war. Dorothy selbst hatte stets damit kokettiert, dass sie im Londoner Künstlerviertel Camden zur Welt gekommen sei.

In diesem Pass war jedoch die Gemeinde Portree eingetragen, die auf der schottischen Insel Isle of Skye lag. Hatte Dorothy die Öffentlichkeit belogen? Und wenn ja, warum? War es ihr etwa peinlich, aus einem Nest auf den Inneren Hebriden zu stammen?

Nachdenklich schob Daphne die Papiere und den Pass in den Umschlag zurück und klebte ihn zu. Ihr ging durch den Kopf, dass die betrügerische Mrs. Hackett gezielt Tagebücher aus der Villa stehlen musste, um sie an George Huxton weiterzugeben. Welcher Auftrag oder welche Entdeckung stand wohl dahinter? So oder so musste es etwas Großes sein.

War das Geheimnis um Lady Wickeltons wahre Herkunft in Wirklichkeit viel brisanter, als es auf den ersten Blick schien?

Draußen hatten sich Gewitterwolken aufgetürmt, der Wind fegte kleine Zweige durch den Garten. Ihr Aufprall an der Fensterscheibe riss Daphne aus ihren Gedanken. Sie stand auf, nahm den Umschlag und ging damit Richtung Haustür. Von der Treppe aus gönnte sie sich einen letzten wehmütigen Blick auf den verwaisten blauen Ohrensessel. An den Wänden im Flur hingen großformatige Fotos, die Lady Wickelton von anderen Künstlern gemacht hatte. Alle trugen die jeweiligen Signaturen der Prominenten – von David Hockney, Paul McCartney, John le Carré, Daphne du Maurier. Ihr Foto war eine Schwarzweißaufnahme aus den fünfziger Jahren. Mrs. du Maurier saß auf einem Gartenstuhl, streckte gequält lachend ihre Hände von sich und schien zu rufen: *Bloß nicht fotografieren!* Daphne wusste, dass sie dieses Foto von Lady Wickelton erben sollte.

Als sie das Haus mit dem Umschlag verließ und die Tür hinter sich zuzog, hatte sie das beklemmende Gefühl, ein weiteres Rätsel mitzunehmen, statt eines der anderen gelöst zu haben.

16

Die Hochzeit der Seele mit der Natur macht den Verstand fruchtbar und erzeugt die Phantasie.

Henry David Thoreau

Daphne hatte Francis das Steuer überlassen, um die Fahrt nach St. Ives ganz relaxed genießen zu können. Dass sie gleich zwei Gründe hatten, die *Summer Flower Show* im hügeligen Park von *Treloy Hall* zu besichtigen, machte den Nachmittag spannend. Zumindest im Fall Annabelle.

Ihr drückte Daphne ganz fest die Daumen. Sie zweifelte nicht daran, dass Annabelle mit ihrem Teil der Parkgestaltung alle anderen Gärtner ausstechen würde. Für Stirnrunzeln sorgte bei ihr allerdings die Tatsache, dass beim Poloturnier auf dem Parkgelände auch Joseph Dunhill jr. leibhaftig zu besichtigen war. Wollte sie Jennas neuen Freund wirklich schon kennenlernen?

Sobald sie die ersten breiten Strände entdeckte, stieg das wohlige Gefühl in Daphne auf, einen Ausflug in ihre Jugend zu unternehmen. Dort unten hatte sie mit achtzehn surfen gelernt, abends war sie in St. Ives mit Freundinnen durch die Galerien gezogen. Auch heute noch war St. Ives mit seinen Ateliers das kulturelle Gesicht Cornwalls, selbst wenn Künstlerlegenden wie die Bildhauerin Barbara Hepworth, Maler wie Ben Nicholson oder der berühmte Töpfer Bernard Leach einer anderen Zeit angehörten.

Kurz hinter Tregenna Castle bog Francis links ab. St. Ives lag komplett in der Sonne, weiß gewaschene Fischerhäuser und verwinkelte Gassen vor der Kulisse des tiefblauen Atlantiks. Daphne hätte gerne noch einen kurzen Spaziergang gemacht, aber Francis hielt ihr grinsend seine Armbanduhr vor die Nase.

«Keine Zeit, wenn du deinen zukünftigen Schwiegersohn kennenlernen willst.»

«Dann fahr, aber behaupte nicht so was. Schwiegersohn!», protestierte sie. «Unsere Tochter hat gesagt, er sei ein Freund. Mehr nicht.»

«Sagen Frauen das am Anfang nicht immer?»

Daphne ersparte sich die Antwort. Stattdessen nahm sie das Programmheft der *Treloy Summer Flower Show* zur Hand und überflog die Liste der Gärtner. Annabelle wurde darin als *leuchtender Stern unter den Gartendesignern* bezeichnet. Es war das erste Mal, dass die Show im August stattfand, sonst öffnete sie im April ihre Pforten. Diesmal wollten die Veranstalter Cornwalls Blütenpracht zum Ende des Sommers würdigen. Weder Francis noch Daphne waren je im Park von Treloy House gewesen, der zwei Meilen außerhalb von St. Ives lag. Verfehlen konnten sie das Herrenhaus kaum, denn seit Francis abgebogen war, fuhren sie in einer langen Kolonne von Autos, die dasselbe Ziel hatten wie sie.

Treloy Hall war ein eindrucksvolles Gebäude, leicht erhöht über der Parkanlage. Schon von der Straße aus konnte man es bewundern. Wie viele andere Herrenhäuser war es im Tudor-Stil erbaut, mit viel Backstein und gewaltigen Säulen, die ganz England zu tragen schienen.

Der Eingang zur Flower Show lag direkt neben dem Parkplatz. Er bestand aus einem gemauerten alten Wachhaus, in dem man heute sein Ticket kaufen konnte, und einem Drehkreuz, vor dem ein als Fliegenpilz verkleideter Mann jeden kontrollierte. Als Daphne ihre Ehrenkarten zückte, verneigte er sich übertrieben vor ihr.

Die Gartenschau fand im unteren Teil des Parks statt. Das Zentrum bildete der Schlossteich, um den herum Gartendesigner einen Ring aus verschiedenen Gärten angelegt hatten. Ihre Farbenpracht war umwerfend. Es gab Felder aus Lavendel, einen Rosengarten mit allen Neuzüchtungen des Landes sowie kunstvoll angelegte Wege zwischen Wildblumenbeeten und bunten Züchtungen, die auch für Hobbygärtner geeignet waren. In drei Holzbuden konnte man Setzlinge kaufen, Daphne las neugierig die Schilder an den Blumentöpfen davor.

Als sie wieder aufblickte, sah sie aus den Augenwinkeln eine Frau in weißen Jeans und blauem Shirt hinter sich vorbeihuschen. Sie drehte sich um. Die sportliche Gestalt strebte mit schnellen Schritten dem Hügel zu. Pippa McPride! Ihre Augen hatte die Schulfreundin aus dem Wassersportladen starr geradeaus gerichtet, als ob sie Daphne bewusst nicht sehen wollte. Fast rennend verschwand sie zwischen den Verkaufsbuden.

Francis unterbrach Daphnes Irritation. Erfreut zeigte er zu einem Garten hinter dem Open-Air-Café. «Dahinten ist Annabelle.»

Sie holten sich jeder eine Zitronenlimonade und schlenderten zu ihr hinüber. Wie alle Gärtner auf dem Gelände trug auch Daphnes Cousine eine dunkelgrüne Arbeitshose und ein weißes Polohemd mit dem grünen Logo der Flower Show. Sie stand inmitten einer Traube von Besuchern, die alle ihr Kunstwerk bewundern wollten – den *Dahlienhügel*. Nicht nur, dass Annabelle in diesem Beet verschiedene Dahliensorten miteinander kombiniert hatte. Sie hatte es auch geschafft, den großen Hügel wie eine belebte Halbkugel aussehen zu lassen, im Wind wogend und voller Farbe. Er sah beeindruckend aus.

Als Daphne und Francis endlich zu ihr durchkamen, diskutierte sie gerade mit einem japanischen Ehepaar. Daneben standen Eileen Ross und Cecil Hattingham. Eileen war heute nicht zu übersehen, sie trug ein Sommerkleid, das mit bunten Tupfen punktete und sehr exzentrisch wirkte. Cecil hielt sich wie immer im Hintergrund. Dennoch beobachteten die ernsten Augen hinter seiner Goldrandbrille aufmerksam, was um ihn herum passierte. Er war ein stiller Menschenkenner, jedenfalls hatte Daphne das bei den wenigen Gesprächen zwischen ihnen so empfunden. Wie Eileen schien auch er Annabelle zu schätzen. Höflich schob er die beiden Japaner beiseite, damit Annabelle von zwei anderen Besuchern fotografiert werden konnte.

Annabelle beendete die Fotosession und begrüßte Daphne und Francis mit einer Umarmung. Daphne gratulierte ihr zum Erfolg. Annabelle strahlte vor Stolz. So entspannt hatte sie lange nicht mehr ausgesehen.

«Ihr kennt euch ja alle», sagte sie und zeigte fröhlich in die Runde. «Toll, dass ihr kommen konntet. Ihr seht ja – hier geht's echt rund.»

«Aus gutem Grund», lobte auch Francis. «Die Chelsea Flower Show ist nichts dagegen.»

«Würde mich nicht wundern, wenn man Annabelle nächstes Jahr auch dorthin holt», meinte Eileen Ross und hob ihr Programmheft hoch. «Hier steht's doch. Sie gilt als *leuchtender Stern*.»

«Oh Gott, macht mir keine Angst», flehte Annabelle. «Für den Dahlienhügel habe ich schon genug gezittert.»

Eileen hob ihre Augenbrauen. «Willst du nun Erfolg oder nicht? Ohne Zittern geht im Leben gar nichts. Und mit Zittern ist auch Chelsea möglich.» Sie stupste Cecil an, der in sein eigenes Programmheft vertieft war. «Was meinst du, Cecil?»

Cecil ließ das Heft sinken. Ihn interessierten keine langen Wortwechsel, nur Quintessenzen, doch heute machte er eine Ausnahme. Wohlwollend schaute er Annabelle durch seine Goldrandbrille an. «Natürlich wird der *leuchtende Stern* in Chelsea Karriere machen», meinte er gutmütig. «Und wie!»

In diesem Moment rauschte Mellyn Doe auf sie zu. Ihr luftiges Sommerkleid war gelb und blau gestreift, ihre Haarpracht hatte sie mit einem Tuff zusammengebunden. Bewundernd schaute sie beim Gehen den Dahlienhügel neben sich an. Als sie Annabelle erreichte, umarmte sie sie voller Begeisterung.

«Glückwunsch! Dein Garten ist der schönste Entwurf von allen.» Sie blickte gerührt in die Runde. «Freut uns das nicht für Annabelle? Gerade jetzt, wo sie unsere Unterstützung braucht!»

Daphne fing einen genervten Blick von Eileen auf.

«Das ist lieb von dir», bedankte sich Annabelle lächelnd, wobei ein distanzierter Unterton nicht zu überhören war. Ihr schien diese Lobhudelei zu viel zu werden. «Lass uns später weiterreden, Mellyn, ja? Ihr seid sicher nicht böse, wenn ich jetzt hier weitermache. Lauft am besten die große Runde. Vielleicht sehen wir uns nachher noch, wenn die Band am See auftritt.»

Daphne, Francis, Eileen und Cecil zogen gemeinsam weiter. Nachdenklich beobachtete Daphne, wie Mellyn ihr Handy aus der Tasche zog und damit begann, Annabelle vor ihrem Dahlienhügel zu fotografieren. Es grenzte an Bemutterung.

«Auf dem Poloplatz beginnt gleich das Turnier», sagte Eileen. «Kommt ihr mit?»

Francis blickte auf die Uhr. Das Spiel war ihm wichtig. «Oh ja, wir sollten los.»

Sie folgten Eileen auf dem geschlängelten Weg Richtung Herrenhaus. Francis wollte wissen, ob jemand den neuen Pächter von Treloy Hall kannte, Giles Trevor-Hoper. Daphne war dankbar für den Themenwechsel.

«Er stammt aus Ascot», erklärte Eileen und verzog das Gesicht. «Er sieht aus wie eine feiste Kröte. Kaum vierzig und schon hängende Backen.»

Daphne musste lachen, Eileen brachte die Dinge gerne auf den Punkt. «Danke, jetzt kann ich ihn mir vorstellen. Woher kennst du ihn?»

«Ich hab im Frühjahr die Stallungen für ihn ausgebaut.» Eileen deutete auf das Gelände neben dem Herrenhaus, wo eine Pferdekoppel und zwei flache Stallgebäude zu erkennen waren. «Alles vom Feinsten.»

Als Daphne sich noch einmal umdrehte, bemerkte sie amüsiert, wie ein Reporter ihrer Cousine gerade ein Mikrophon entgegenstreckte. Der *leuchtende Stern* war tatsächlich nicht zu bremsen.

Währenddessen dozierte Eileen weiter über Trevor-Hoper, den sie aus irgendeinem Grund nicht zu mögen schien, auch wenn sie seine Architektin war. Sie wusste erstaunlich viel aus seinem Leben. Auch Pikantes, denn angeblich war er trotz seines vornehmen Namens knapp bei Kasse.

«Und woher hat er dann das Geld, um sich Polopferde zu leisten?», fragte Daphne.

«Von ihm stehen nur vier Ponys in den Boxen.» Eileens Stimme senkte sich, als würde Trevor-Hoper hinter dem nächsten Baum lauern und zuhören. «Die anderen Pferde gehören einem Verwandten – Teddy Shaw. Teddy hat auch geholfen, die Stallungen zu finanzieren. Er ist ein teuflischer Geschäftsmann, aber ein guter Junge.»

Daphne und Francis warfen sich einen schnellen Blick zu. Teddy Shaw schien doch mehr Geheimnisse zu haben, als sie gedacht hatten.

Der Pfad führte über eine schmale Brücke, danach stieg er steil an. Eileen musste zweimal stehen bleiben, weil ihr das Laufen nach der Nierenstein-OP Schmerzen bereitete. Da Daphne eine flotte Geherin war, bestand Eileen darauf, dass sie allein vorausmarschierte, um oben nach freien Sitzen Ausschau zu halten. Sie selbst schloss sich Cecil und Francis an, die angeregt über Cornwalls Immobilienpreise diskutierten.

Nach dem Anstieg konnte Daphne das weite Polofeld sehen. Es war von einem weißen Zaun umgeben, die beiden Tore auf dem Rasenplatz bestanden aus Weidenrohrpfosten. Rund um das Spielfeld herrschte Gedränge. Die Sitzbänke waren fast voll besetzt, dahinter gab es Zelte mit Getränkeständen. Daphne wunderte sich, wo die vielen Menschen herkamen, unten im Park hatte man von der Menge nichts mitbekommen. Dann sah sie, dass es einen zweiten Eingang hinter dem Polofeld gab, durch den die Besucher hereinströmten.

Plötzlich hatte sie das Bedürfnis, allein mit Francis über das Gelände ziehen zu wollen. Noch befanden die Polospieler sich nicht auf dem Platz. Da die Mannschaft von Jennas Freund erst beim letzten Spiel antrat, sollten sie vielleicht doch die Chance nutzen, ihn vorher kurz kennenzulernen.

Ihr Blick fiel auf den Gang neben der Sprechertribüne. Dort, im Schatten der hohen Wand, stand eine einzelne Person, eine Frau in weißen Jeans. Pippa. Sie wirkte nervös, abwechselnd schaute sie auf die Uhr und hinter sich zu den Ställen. Offensichtlich wartete sie auf jemanden.

Mittlerweile waren auch Francis, Eileen und Cecil angekommen. Auf dem Poloplatz ritten die ersten acht Spieler und die beiden Schiedsrichter ein. Der kraftvolle Galopp der Pferde machte Eindruck, die Menge applaudierte. Daphne gab Francis hinter Eileens Rücken ein kleines Zeichen. Er begriff, was sie wollte.

Während er sich mit gewinnendem Lächeln an Eileen und Cecil wandte, sagte er: «Na dann – ziehen wir mal alle unsere Runden. Ich denke, wir sehen uns noch.»

«Bestimmt!» Eileen zwinkerte Daphne zu. «Wie ich Cecil kenne, will er sowieso zuerst an die Tränke.»

«Wie recht du hast!», antwortete Cecil gut gelaunt.

Sie verabschiedeten sich. Francis nahm Daphne an die Hand und zog sie mit sich zu den Stehplätzen.

Die fröhliche Atmosphäre rund um den Poloplatz gefiel Daphne auf Anhieb. Das Donnern der Hufe auf dem Rasen, der Geruch der Pferde, ihr scharfer Galopp, die gerufenen Anweisungen der Trainer – das Spiel war aufregender, als Daphne es sich vorgestellt hatte. Vor vielen Jahren hatte sie mit Francis eine Rennbahn besucht, doch das hier erschien ihr sportlicher als der reine Wettkampf um Geschwindigkeit. Auch Francis war von den Ponys begeistert. Es waren wendige Pferde, die binnen Sekunden großes Tempo erreichten und ebenso schnell wieder stoppen oder sich um die eigene Achse drehen konnten.

Die Spielregeln hatte Daphne schnell begriffen. Jede Mannschaft bestand aus vier Spielern, die den Ball mit ihrem *stick* ins gegnerische Tor schlagen mussten. Jedes Spiel war in vier kurze Abschnitte unterteilt, sogenannte *chukkas*. Ein

Chukka dauerte mit Rücksicht auf die Pferde siebeneinhalb Minuten, jede Pause dazwischen jeweils drei Minuten. Nach jedem Tor wurden die Seiten gewechselt. Da die Ponys nie in zwei Chukkas hintereinander eingesetzt werden durften – also nur jeweils siebeneinhalb Minuten auf dem Spielfeld waren –, musste jeder Reiter mehrere Pferde zum Einwechseln mitbringen. Polo war ein anstrengender Sport, dessen rasantes Tempo Reiter und Pferde zu Höchstleistungen trieb.

Francis zog Daphne zum Hof der Stallungen weiter. Dort ging gerade das nächste Team in Stellung. Pferde wurden herumgeführt, Reiterinnen und Reiter mit Tropenhelmen als Kopfschutz warteten auf das Kommando zum Aufsitzen. Als Schutz gegen Karambolagen trugen sie zudem lederne Knieschoner über den weißen Hosen.

«Das ist die Wartezone», erklärte Francis. «Hier müssten wir auch Jennas Freund finden.»

Daphne blieb unentschlossen stehen. «Übertreiben wir jetzt nicht? Soll Jenna ihn uns doch vorstellen ...»

«Warst du es nicht, die ihr den Polospieler ausreden wollte?» Francis erwischte natürlich genau den wunden Punkt. Er wirkte trotzig. «Jetzt sind wir hier, jetzt will ich ihn auch kennenlernen.»

Wie sich herausstellte, war Jennas Freund der schlanke junge Mann neben dem gesattelten, fast quadratisch wirkenden Pony vor der Futterkammer. Sein blaues Shirt wies ihn als Mitglied der Oxford-Mannschaft aus. Daphne war erstaunt, wie jugendlich er wirkte, immerhin war er schon einmal geschieden. Die Mähne des Pferdes und die Prinz-Eisenherz-Frisur von Joseph Dunhill jr. hatten fast die gleiche braune Farbe, den obligatorischen Tropenhelm hatte er sich unter den Arm geklemmt. Er wirkte so gutaussehend und sportlich, dass er leicht jedes männliche Model in den Schatten gestellt hätte. Daphne sah, wie Francis sich straffte, um auf Eisenherz zuzugehen und sich als Jennas Vater zu outen.

Doch jemand stahl ihm kräftig die Show.

Aus dem Stall trat eine attraktive junge Reiterin. Mit einem Blick, den Daphne nur der Kategorie *verliebt* zuordnen konnte, ging sie auf Joseph Dunhill jr. zu und flüsterte ihm etwas ins Ohr. Er lachte laut auf, fuhr mit der Hand frech durch ihre seidigen langen Haare und antwortete etwas, das leider ebenfalls nicht zu verstehen war. Eindeutiger war dagegen der Kuss auf den Mund von Mr. Dunhill jr. Danach verschwand die Amazone wieder im Stall.

«Interessant», murmelte Daphne und zupfte Francis aufgeregt am Ärmel.

«Keine Vorurteile», ermahnte er sie leise. «Das sind wir Jenna schuldig.»

Er räusperte sich und trat auf den Hof. Erhobenen Hauptes, wie nur zukünftige Schwiegerväter auf einen jungen Mann zugehen konnten, baute er sich vor Dunhill jr. auf und stellte sich und Daphne vor.

«Hi», sagte der schöne junge Polospieler. Er versteckte seine Überraschung gut. «Schön Sie zu sehen.»

«Wir sind ganz spontan hier», erklärte Francis. Er blickte sich bewundernd um. «Toller Tag heute, super Platz. Ein Riesenevent!»

Warum sagt er so was?, wunderte sich Daphne. Will er jetzt mit Gewalt so lässig erscheinen wie Jennas Freund? Das ging selten gut bei Francis.

«Jep.» Joseph grinste, das Grinsen eines charmanten großen Jungen, dem die Mädchen nur so nachliefen. «Polo-Neulinge?»

«Ich nicht, aber meine Frau», antwortete Francis. «Ich habe vor zwei Jahren das WM-Spiel gegen Neuseeland in London miterlebt.»

«Großes Spiel. Mein Bruder gehörte zur Mannschaft.»

«Ach ja? Respekt!»

Wie immer, wenn es um sportliche Leistung ging, war Francis beeindruckt. Daphne spürte, dass sie jetzt eingreifen musste. Der beste Test, dem sie Jennas neuen Freund unterziehen konnte, war zu erkunden, wie liebevoll er über sie sprach – oder auch nicht.

«War Jenna denn auch schon bei einem Turnier?», fragte Daphne. «Sie liebt ja Pferde.»

Dunhill jr. fasste seinem Pony ins feuchte Maul und kontrollierte den Sitz der Trense. «Jenna? Ja ... sie hat mich neulich nach Southampton begleitet. Soweit ich weiß, hat es ihr gefallen. War ein verdammt hartes Match, aber am Ende haben wir gewonnen.»

«Donnerwetter», sagte Francis, der gerade nichts begriff.

Neuer Versuch, dachte Daphne. Ich muss konkreter werden. «Wo haben Jenna und Sie sich denn kennengelernt?», fragte sie lächelnd. «Bei Freunden?»

Dunhill jr. setzte seinen Tropenhelm auf. Es war offensichtlich, dass er wenig Lust hatte, sich solchen Fragen zu stellen. «Das war ...» Er musste überlegen. «Hm, ich glaube, es war auf einer Party. In Hampstead ... nein, warten Sie ... in Croydon. Einen Tag vorher hatten wir das wichtige Silverlake-Turnier gewonnen.»

Die junge Frau kam zurück, jetzt ebenfalls fertig umgezogen. In ihren Händen hielt sie zwei *sticks*, die Schläger der Reiter. Einen davon warf sie Joseph zu. Geschickt fing er ihn auf.

«Fünf Minuten noch!», rief sie.

«Bin so weit», antwortete Joseph.

Jennas Freund zog seine Steigbügel nach unten und führte das Pony zur Mitte des Hofes. Sein Blick blieb an Daphne hängen. «Wie wär's? Wollen Sie nicht später zur Party kommen? Ich könnte Sie beide reinschmuggeln.»

«Danke, wir müssen nach Fowey zurück», sagte Daphne schnell, bevor Francis in Schwiegervaterlaune die Einladung annehmen konnte.

Joseph blieb überrascht stehen. «Ach, Sie wohnen in Fowey? Soll ein hipper Ort sein.»

«Ja, sehr hipp», sagte Daphne. «Wenn man bedenkt, dass Jenna von dort stammt.»

Dunhill jr. antwortete noch etwas Charmantes, setzte sich seinen Helm auf und stieg aufs Pferd. Zum Abschied hob das Pony den Schweif und äppelte Francis rücksichtslos vor die Füße.

Daphne hatte genug gehört. Nach einem flüchtigen Winken stapfte sie Richtung Spielfeld zurück. Erst kurz vor den Sitzbänken blieb sie stehen. Sie war außer sich. Dieser Mann wusste so gut wie nichts über ihre Tochter. In seiner selbstverliebten Art schien er grenzenlos gelangweilt zu sein, wenn es nicht um Polo ging.

«Was war das denn?», fragte Francis, der Daphne gefolgt war. «Glaubst du, du hast deiner Tochter damit einen Gefallen getan?» Offensichtlich fühlte er sich blamiert.

«Bist du so naiv oder hast du wirklich nichts gemerkt?», regte Daphne sich auf. «Jenna war eine Affäre für ihn, sonst nichts. Ein Wunder, dass er sich überhaupt an ihren Namen erinnert!»

«Mein Gott, der Junge ist im Wettkampfmodus», ereiferte Francis sich. «Er ist Sportler! Er hat sogar das Silverlake-Turnier gewonnen»!

«Na und?», konterte Daphne. «Ist es weniger wichtig, dass er auch Jennas Herz gewonnen hat?»

Francis stöhnte auf. Er schien zu ahnen, was Daphne vorhatte. Sofort nach ihrer Rückkehr würde sie Jenna in London anrufen.

Auf dem Platz begann das letzte Match. Als Daphne und Francis zwei überraschend freie Plätze entdeckten, setzten sie sich und schauten fasziniert dem Spiel zu. Dunhill jr. war tatsächlich ein brillanter Polospieler. Bei jedem guten Schlag jubelten ihm alle zu – insbesondere die Frauen. Zweimal schlug er den Ball ins Tor und brachte seine Mannschaft in Führung. Über allem lag die anfeuernde Lautsprecherstimme des Kommentators auf der Tribüne.

Im Nu waren die siebeneinhalb Minuten des ersten *chukka* vorbei. Schnell ritten die Spieler vom Platz und stiegen auf frische Ponys um. Daphne nutzte die Pause und ließ ihren Blick über die Sitzreihen schweifen. Unter den Honoratioren in der ersten Reihe entdeckte sie den *High Sheriff* von Cornwall. Offiziell war er der Vertreter des Königshauses, de facto wurde diese Ehre vom Buckingham-Palast jährlich wechselnd an wichtige Persönlichkeiten der Gegend verliehen. Am amüsantesten fand Daphne, dass dem High Sheriff bis heute das historische Recht zustand, eine Herde Schafe über die London Bridge zu treiben ...

Als sie zum Vorplatz blickte, entdeckte sie einen Mann, der ihr bekannt vorkam, leider sah sie nur seinen Rücken. Er stand etwas abseits, die Arme vor der Brust verschränkt. Als er seine blaue Golfkappe abnahm, die Stirn abwischte und sich dabei den Sitzreihen zuwandte, sah sie, dass es Teddy Shaw war. Er wirkt traurig, dachte Daphne, doch immerhin hat er den Mut gehabt, sich öffentlich zu zeigen. Sie bewunderte, dass er nie aufgab und voll und ganz dem Bild eines *En-*

trepreneurs entsprach. Stets war er bereit, Neues zu wagen. Dazu gehörten auch dieser Polostall und das Turnier. Offensichtlich hatte Teddy frühzeitig erkannt, dass es hier einen Bedarf gab.

Aus dem Zelt hinter ihm trat eine Frau. In den Händen trug sie zwei Hot Dogs, die sie vorsichtig von ihrer weißen Hose entfernt hielt. Pippa McPride.

Jetzt war Daphnes Aufmerksamkeit endgültig erwacht. Warum fiel ihr Pippa heute schon zum dritten Mal auf? Dann sah sie, wie Pippa mit schnellen Schritten zwischen zwei abgesessenen Reitern hindurchschlüpfte und auf Teddy Shaw zusteuerte. Lächelnd reichte sie ihm einen der Hot Dogs und stellte sich neben ihn. Teddy beugte sich zu ihr hinunter und gab ihr einen Kuss auf die Wange. Während sie weiter zum Spielfeld mit den zurückkehrenden Reitern schauten, verschränkten sich liebevoll ihre freien Hände ineinander.

Auch Francis hatte Pippa erkannt. Überrascht warf er Daphne einen fragenden Blick zu.

Was sollten sie davon halten, dass die Frau, die ihr Widersacher George Huxton auf fünftausend Pfund verklagen wollte, und der Mann, der immer noch als Hauptverdächtiger galt und Huxton zum Teufel gewünscht hatte, offensichtlich ein Paar waren?

17

> Hätte ich Zeit, würde ich gerne das merkwürdige Aufleuchten der Welt beschreiben, der bleichen, ernüchterten Welt.
>
> **Virginia Woolf**

Daphne saß vor dem offenen Gaubenfenster und schrieb. Die feuchte würzige Nachtluft kam heute aus den Wiesen und nicht vom Meer. Auch das Rauschen der Wellen war weniger als sonst zu hören. Normalerweise wurde der Wind erst ab September wechselhaft. Um die Lampe flatterte ein verirrter Perlmuttfalter, der eigentlich längst auf den Adlerfarnen am Waldrand schlafen müsste. Francis fand es seltsam, dass solche Tiere immer in Daphnes Nähe zu finden waren. Vorsichtig scheuchte sie den braunen Falter nach draußen.

Alles andere war wie immer, wenn sie vor ihrem Tagebuch saß: Auf dem Dach von Embly Hall tobten Marder über die Schindeln, nebenan im Schlafzimmer schnarchte hörbar Francis und vom Pub drang entferntes Lachen den Hügel hinauf.

Der typische August in Fowey, noch sommerlich, doch auf dem Sprung zur Veränderung.

Sie schrieb schon seit einer Stunde. Nicht wie sonst, getrieben von Ideen und Gedanken, die schneller waren als ihre Hand, sondern ungewohnt zögerlich. Die Denkanstöße, die ihr der Besuch im Park und auf dem Poloplatz gebracht hatte, waren verwirrend. Sie kam sich vor, als hätte sie einen Fund gemacht, mit dem sie auf den ersten Blick nichts anfangen konnte. Verzweifelt versuchte sie, alle Fäden in ihrer Hand neu zu ordnen. Mit Selbstironie musste sie dabei an die Gespinstmotte denken, die sie letzten Sommer im Garten gehabt hatten. Voller Tatendrang hatte die Raupe so viele weiße Fäden über Bäume und Sträucher gezogen, bis die Gewächse zur Unkenntlichkeit mit einem dichten Gewebe verhüllt waren.

Am meisten Probleme bereitete Daphne die Frage, wie die Beziehung zwischen Teddy Shaw und Pippa McPride zu bewerten war.

Mittwoch, 26. August
Natürlich hat Francis recht – die beiden waren ja nicht zwangsläufig ein Liebespaar, nur weil sie sich gegenseitig beistanden. Pippa musste Teddy eigentlich schon aus der Zeit ihres Jugendtrainings im Ruderclub kennen.

Trotzdem – die ungewohnte Sanftheit von Pippas Lächeln (obwohl sie doch sonst so burschikos tat!), die Selbstverständlichkeit, mit der sie nach Teddys Hand gegriffen hatte, Teddys verlangender Blick auf ihren Mund … Es war so vielsagend. Als Frau kann ich Emotionalität durch Wände spüren, Francis dagegen rackert lieber mit vermeintlicher Logik herum.

Die neu entstandene Frage lautet: Haben mit Teddy Shaw und Pippa McPride zwei ehrgeizige Geschäftsleute zusammengefunden, denen George Huxton mit seinen ständigen Drohungen im Weg war?

Zum Glück war heute auch Eileen Ross auf der Flower Show, die als Architektin ihre Ohren überall hat. Ich mag ihre realistische Art, die Welt zu betrachten. Gleichzeitig hält sie Teddy immer noch für einen *guten Jungen*.

Auf Mellyn Doe hätten wir heute alle gut verzichten

können. Sie sollte Annabelles Freundschaft nicht zu sehr strapazieren. Auch die endlos geduldige Annabelle kann ab einem gewissen Punkt energisch werden.

Natürlich ist mir nicht entgangen, dass Mellyn Doe in den vergangenen Tagen zweimal Dinge getan hat, die sie verdächtig erscheinen lassen müssten. Sie fährt neuerdings einen weißen Wagen, so wie die Person, die von Morwenna Longfellows Hof geflüchtet ist. Und sie war vorgestern länger in Annabelles Wohnung – auf jeden Fall lange genug, um die Wanze zu entfernen, wenn sie denn damit zu tun hatte.

Und doch glaube ich, dass das nur Zufälle sind. Vielleicht bin ich aber auch naiv, schließlich gehört sie zu meinen besten Freundinnen.

Ich werde mich dieser Frage morgen intensiver widmen. Tatsächlich gehört jeder und jede auf den Prüfstand.

Am Ende des Tages fühle ich mich, als hätte ich wieder den Zauberwürfel meiner Kindheit in der Hand. Sechs Farben, die auf den sechs Seiten des Würfels geordnet werden mussten, aber sich jedem Bemühen widersetzten. Wo immer man die bunten Quadrate hinschob, waren sie falsch und schienen sich auf chaotische Weise einem System zu entziehen.

Und dennoch gab es am Ende eine logische Lösung ...

Das Telefon neben Daphnes Lampe summte. Da es bereits kurz vor Mitternacht war, konnte es nur Jenna sein, der sie noch am Abend auf die Mailbox gesprochen hatte.

Sie nahm ab. «Hallo, meine Nachteule.»

«Selbst eine», sagte Jenna amüsiert. Sie klang unerwartet heiter. «Hi, Ma! Hab ich dich doch noch erwischt!»

«Ich wollte gerade ins Bett gehen. Bist du jetzt zu Hause?»

«Ja. Mein Nachtdienst wurde auf nächste Woche verschoben.»

«Das freut mich. Du musst auch mal ausspannen. Was treibst du so?»

«Ich war mit Freunden essen. Und ich hab ein bisschen für dich spioniert.»

«Wie das denn?», fragte Daphne verwundert.

«Du hast mir doch von eurem neuen Nachbarn erzählt», sagte Jenna, «Jason Morris.»

«Ach der ...» Daphne überlegte, ob sie Jenna auch von den Schwarzenegger-Phantasien ihres Vaters berichten sollte, aber sie ließ es. Vielleicht gab sich die Sache ja wieder.

«Weißt du, dass Morris ein ziemlich bekannter Mann in London ist?», fragte Jenna. «Sogar richtig berühmt.»

«Wer behauptet das?»

«Meine Nachbarin Leslie. Sie arbeitet für eine Presseagentur. Sie sagt, Morris gilt als *der* Shootingstar seiner Branche.»

«Kann ja sein. Wir werden ihn sicher auch demnächst auf ein Bier einladen ...»

Jenna unterbrach sie. «Sei nicht so furchtbar *kornisch*, Ma! Ich kenn dich, du magst ihn nur nicht, weil er aus London kommt und so schräg bunt rumläuft.»

Daphne seufzte. «Ertappt! Also, was ist mit dem Plakatmacher?»

«Wie kommst du darauf, dass er Plakate macht?», fragte Jenna verwundert.

«Das hat er gesagt», antwortete Daphne. «Er hätte eine kleine Firma, die *London Poster Company*.»

«Klein?» Jenna musste lachen. «Er besitzt eine der größten Werbeagenturen in ganz London. Früher hat er wohl tatsächlich mit Plakaten angefangen, jetzt gehören ihm Büros in New York, Berlin und Rom. Jason Morris ist der Alleininhaber. Soll ein cooler Typ sein.»

«Ach ja?»

«Ja. Und er ist sicher eine Bereicherung für Fowey.»

Daphne fühlte sich blamiert, wollte es aber noch nicht zugeben. «Ich sagte ja, wir werden ihn einladen.»

«Ja, das solltet ihr tun.» Damit war die Sache für Jenna abgehakt. «Gibt's sonst was Neues? Du warst auf meiner Mailbox.»

Daphne überlegte angestrengt. Wie lenkte sie das Gespräch am geschicktesten auf ihr Zusammentreffen mit Joseph Dunhill jr.? Ihr war klar, dass Jenna bei diesem Thema sofort aufschreien würde. Es war ja ihr Leben, und was immer Daphne ihr riet, war nur die Meinung einer überängstlichen Mutter.

Sie begann mit einer harmlosen Frage. «Was machen deine Oxford-Pläne?»

«Liegen noch auf Eis.»

«Hat du die Idee wenigstens mit deinem Professor besprochen?»

«Nein, noch nicht.»

«Das solltest du aber tun. Deinem Freund zuliebe in die Provinz zu ziehen, ist eine Sache, deine Londoner Karriere aufzugeben, eine ganz andere. Sorry, aber als Mutter darf ich das doch sagen, oder?»

«Natürlich, Ma», antwortete Jenna geduldig, aber weiterhin auffallend wortkarg.

Vielleicht hatte sie selbst Zweifel. Daphne beschloss, lieber gleich mit der Wahrheit herauszurücken und zu schildern, wie peinlich das Zusammentreffen mit Joseph Dunhill jr. verlaufen war. Manchmal musste man seinen Nachwuchs eben warnen. Bei all ihren Zusammenstößen als Mutter und Tochter mochten es weder Jenna noch sie, wenn ein Zwist allzu groß wurde.

Sie holte tief Luft. «Jenna, du hattest uns ja von diesem Poloturnier erzählt, sodass dein Dad und ich ...»

Weiter kam sie nicht, denn gleichzeitig stürmte Jenna los. «Ma, ich muss dir was sagen! Ich war vorgestern bei einer Kunstausstellung, Vanessa hat mich mitgenommen – du weißt, die Lektorin von Macmillan Publishers.»

«Ja, ich erinnere mich.»

«Es war ein toller Abend, lauter Künstler und Verlagsleute. Am Ende hat sogar Zayn gesungen.» Jenna machte eine kleine Pause. «Und dann hab ich mich neu verliebt.»

«In den Sänger?» Daphne ließ sich überrascht an die Rückenlehne ihres Schreibtischstuhls zurücksinken. Jetzt verstand sie gar nichts mehr.

«Nein», sagte Jenna milde. «In den Sohn der Galeriebesitzerin. Er heißt Percy.» Sie begann zu schwärmen. «Eigentlich hat er Archäologie studiert, aber er malt auch und plant gerade eine eigene Ausstellung. Ma, es war wie im Film! Wir haben uns gesehen und wussten sofort, dass wir den Abend zusammen verbringen wollten. Er ist groß, hat dunkle Locken und ist ein bisschen der Typ wie Tom, mit dem ich gleich nach der Schule zusammen war. Erinnerst du dich? Nur dass Percy viel reifer und humorvoller ist ...»

«Moment mal», unterbrach Daphne ihren Redefluss. «Und was ist mit Joseph Dunhill jr.?»

«Vergiss Joseph! Ich weiß jetzt, dass er ein Irrtum war. Gegen Percy wirkt er eitel und viel zu fixiert auf seinen Sport. Stell dir vor, Joseph hat sich seit vier Tagen nicht mehr bei mir gemeldet.»

«Jenna, wenn ich dir dazu etwas sagen dürfte ...»

Doch Jennas Erkenntnisschwall ließ sich nicht stoppen.

«Wahrscheinlich hattest du recht, Ma – ich würde allein in Oxford sitzen und er hat seinen Spaß. Im Ernst, was soll ich mit einem Polospieler, der dauernd auf Achse ist?»

«Zufällig habe ich mich das auch schon gefragt», sagte Daphne trocken, obwohl sie Jenna lieber davon erzählt hätte, wie verrückt ihr Dad und sie sich wegen Joseph Dunhill jr. gemacht hatten. Da besuchten sie extra das Poloturnier, riskierten sogar einen Ehestreit – nur um jetzt zu erfahren, dass alles ein Irrtum war. So cool sich ihre Tochter sonst gab, in der Liebe verwechselte sie immer noch Kieselsteine mit Meteoriten.

«Wenn du willst, schicke ich dir morgen ein Foto von Percy», schwärmte Jenna weiter. «Er hat so was Sanftes! Und er ist wahnsinnig klug. Nächste Woche hat er seine Ausstellung. Und er war ein Jahr in Indien. Als Archäologe weiß er natürlich alles über die Geschichte Indiens ...»

«Klingt großartig.» Daphne versuchte, *auch* großartig zu klingen, obwohl sie lieber aufgestöhnt hätte. «Dann wünschen wir dir mit Percy viel Glück. Ich hoffe, er will dich nicht auch gleich aus London weglocken.»

«Bestimmt nicht gleich», meinte Jenna. «Aber er ist der Typ, mit dem ich überall hingehen würde.»

Daphne öffnete den Mund, um laut zu protestieren. Doch sie ließ es. Nein, schwor sie sich, nie wieder! Sie ist alt genug. Noch mal lassen wir uns nicht in ihren Liebestaumel ziehen.

Durch das offene Fenster drang der Lärm von Polizeisirenen. Die Streifenwagen mussten sich unten am Hafen befinden. Plötzlich war auch der Motor des großen Rettungsschiffes zu hören, das am Quai ablegte und wummernd die Bucht verließ. Draußen vor der Küste musste etwas passiert sein.

Daphne schloss das Fenster. Sie war froh, dass Francis heute keinen Notdienst im Hafen hatte.

18

> Tod und Liebe! In diesen beiden allein
> lag die letzte Würde des Lebens.
>
> **John Cowper Powys**

Der Tag begann mit einer peinlichen Überraschung.
Francis war bereits seit Sonnenaufgang unterwegs, um mit einem Marine-Mitarbeiter die Messstationen vor der Küste zu kontrollieren. Sicher würde er abends erzählen können, was nachts auf dem Meer vorgefallen war.

Daphne hatte sich gehorsam um halb sieben von ihrem Wecker aus dem Bett werfen lassen. Sie konnte nicht ahnen, dass sie kurz darauf einen Anruf der Royal-Mail-Station Truro erhalten würde, die ihr mitteilte, dass der Lastwagen mit der Post für Fowey mit einer Panne liegen geblieben war. Vermutlich konnten die Briefe erst nachmittags ausgetragen werden.

Um die freie Zeit sinnvoll zu nutzen, schlüpfte Daphne in ihre Jogginghose und lief eine Runde bis zur Readymoney Cove. Trotz der frühen Stunde strampelten dort bereits eisern Mrs. Riley und ihre neunzigjährige Mutter durch die kalten Fluten. Sie trugen geblümte Badekappen, die letzten Exemplare in Fowey. Daphne winkte den Damen amüsiert zu, wendete am Strand und trabte wieder zurück.

Nachdem sie geduscht hatte, zog sie ihre ausgefransten Jeans und ein weites pinkfarbenes T-Shirt an. Beides trug sie nur, wenn sie zu Hause blieb. Beschwingt lief sie hinunter in die Küche, um zu frühstücken. Ein geschenkter Vormittag fiel ihr selten in den Schoß.

Sie war dabei, sich Tee aufzubrühen und zwei Scheiben Brot zu toasten, als sie Gelächter hörte. Die Stimmen wehten vom Nachbargrundstück herüber. Offenbar hatte Jason Morris wieder Besuch. Daphne musste daran denken, wie Jenna ihn in höchsten Tönen gepriesen hatte. Ein bisschen schämte sie sich dafür, dass sie ihm gegenüber so verhalten gewesen war.

Plötzlich sah sie die Toastscheiben qualmen. Eilig stellte sie die Teekanne ab, rannte zum Toaster und zog das Brot mit spitzen Fingern heraus. Die Temperatureinstellung stand auf Anschlag. Verärgert pfefferte sie die verkohlten Scheiben in den Mülleimer. Anschließend riss sie die Küchentür auf, um die scharf riechenden Rauchschwaden loszuwerden.

Dann sah sie ihn.

Auf der Terrasse jenseits der niedrig geschnittenen Hecke stand Hugh Grant.

Er war es, kein Zweifel – im weißen Leinenhemd, gebräunt, unverschämt gutaussehend und eine Hand lässig in der Hosentasche. In der anderen hielt er eine kleine Espressotasse. Daphne spürte, wie sie gegen ihren Willen aufgeregt wurde und den Schauspieler zweimal anstarren musste. Hinter ihm wässerte Jason Morris mit einer Gießkanne die Blumentöpfe an der Hauswand.

In selben Moment traten zwei weitere Personen ins Freie, ein Mann und eine Frau. Sie unterhielten sich angeregt, die Gesichter leicht abgewandt, sodass Daphne sie nicht sofort erkennen konnte. Doch dann trat Hugh Grant auf die beiden zu, legte seinen Arm um die Frau, sagte etwas zu ihr und brachte sie offensichtlich zum Lachen. Sie biss ihn liebevoll ins Ohr und drehte sich dabei um.

Jennifer Aniston! Ihre Haare trug sie kürzer als sonst, aber ihr keckes Lächeln wirkte so sympathisch und selbstbewusst wie immer.

Wow, dachte Daphne, die beiden sind heimlich ein Paar, und ich erfahre es zuerst!

Dann erkannte sie den Dritten im Bunde. Neben Jason Morris stand – Daphne bat Francis tausendmal um Vergebung! – Arnold Schwarzenegger. Seine Gesichtszüge waren unverändert markant, nur ein paar Falten hatten sich dazugesellt.

Sie konnte nicht widerstehen, ein paar weitere verstohlene Blicke auf die illustre Runde zu werfen. Normalerweise interessierte sie sich wenig für Promis, aber hier fühlte sie sich verpflichtet, um ihren *cornish girls* später davon zu berichten. Entschlossen schnappte sie sich ihre Gartenschere, trat nach draußen und begann, an den Rosensträuchern herumzuschnippeln.

Jennifer Aniston trug ein enges weißes Shirt und sah überraschend natürlich aus, gar nicht so mondän wie auf dem roten Promi-Teppich. Hugh Grant reichte ihr eine gelbe Golfkappe, die sie mit frechem Blick zur Probe aufsetzte und ihm danach grinsend zurückgab. Für Sekunden kamen die Zähne in Hugh Grants lachendem, spitzbübischem Gesicht zum Vorschein. Daphne ertappte sich dabei, wie sie dahinzuschmelzen drohte.

Sie fragte sich, ob die Schauspieler wohl alle bei Jason Morris übernachtet hatten. Jetzt war sie dankbar, von Jenna vorgewarnt worden zu sein, was ihren neuen Nachbarn betraf. Wenn er so viel Prominenz in seinem neuen Haus versammeln konnte, musste er tatsächlich ein großes Rad drehen.

Mit einer ungeschickten Bewegung fasste sie in die Rosendornen. Vor Schreck rutschte ihr die Gartenschere aus der Hand und fiel in die schmiedeeiserne Vogeltränke. Es schepperte so laut, dass sich alle Köpfe auf der Nachbarterrasse zu ihr umdrehen. Jason Morris sprang auf und winkte zu ihr herüber.

«Hallo, Daphne!»

«Ach ... Jason!»

Sie tat, als hätte sie vorher nur die Blattläuse an ihren Rosen gesehen. In Wirklichkeit wäre sie am liebsten im Boden versunken. Jetzt blieb ihr nichts anderes übrig, als zu ihm zu gehen. Sie marschierte quer über den Rasen zur Grundstücksgrenze und fragte: «Und? Haben Sie sich gut eingelebt?»

Jason trat ebenfalls an die Hecke. Hugh Grant, Jennifer Aniston und Arnie folgten ihm höflich.

«Danke, ja. Meine Freunde helfen mir dabei. Kommen Sie, ich mache Sie miteinander bekannt.»

«Nicht nötig», sagte Daphne und lächelte angestrengt in die Runde. «Ich bin Daphne Penrose. Und Sie kenne ich natürlich alle.»

Jason Morris grinste. «Ja, alles bekannte Gesichter.»

Die drei Stars hoben lässig die Hand. Jennifer Aniston ergriff als Erste das Wort. «Hi, schön, Sie kennenzulernen.»

Hugh Grant schloss sich an. «Hallo! Endlich hat Jason mal gute Nachbarschaft! Wurde auch Zeit!»

Arnold Schwarzenegger war der Einzige, der etwas wortkarg war und nur kurz grüßte. «Morgen. Romantisch, Ihr Haus.»

Daphne nahm das Lob höflich entgegen, glaubte aber, etwas Nettes zurückgeben zu müssen. «Danke, wir versuchen, das Beste aus den alten Mauern zu machen. Ein bisschen mehr Pep würde uns wahrscheinlich auch nicht schaden.» Sie versuchte, so locker zu wirken wie die anderen. «Ich hoffe, Sie fühlen sich in Fowey wohl.»

«Ich könnte glatt hier leben», stellte Hugh Grant fest. «Wenn ich nicht immer in Edinburgh sein müsste.»

«Sie leben in Schottland?», fragte Daphne überrascht. «Seit wann das denn?»

«Schon immer», antwortete der Schauspieler.

Daphne war irritiert. Sie hatte Hugh Grants Stimme als angenehm und charmant in Erinnerung, plötzlich klang er wie ein schottischer Fischer. Auch Jennifer Aniston sprach mit nordenglischem Dialekt, der so gar nicht nach Hollywood klang.

«Ich war schon mal als Kind hier», setzte Arnie hinzu und schlug seinem Freund Jason auf die Schulter. «Besser hätte dieser Halunke sein Geld nicht anlegen können.»

Auch Schwarzeneggers Englisch hatte Daphne anders in Erinnerung. Und war er nicht in einer bescheidenen Familie in Österreich aufgewachsen?

Jason Morris fing ihren irritierten Blick auf. Amüsiert legte er seinen Arm um Hugh Grants und Jennifer Anistons Schultern, zog beide liebevoll an sich und meinte: «Na los, Kinder, sagt es ihr.»

Die Schauspielerin lächelte über die Hecke hinweg. «Wir sind Doppelgänger», erklärte sie. «Aus Jasons Werbestall. Ich bin Esther.» Sie zeigte auf Hugh Grant. «Das ist Tim ...»

«Und ich bin Ben», ergänzte der falsche Arnie mit kräftiger Stimme.

Daphne blickte die drei verblüfft an, dann musste sie lachen. «Die Überraschung ist gelungen», gab sie zu. «Ich bin ernsthaft drauf reingefallen.»

«Machen Sie sich nichts draus», tröstete Hugh Grant. «Da sind sie nicht die Erste.»

«Sorry», sagte Jason Morris in herzlichem Ton. «Aber wir konnten nicht widerstehen. Sie hätten die Blicke der Leute sehen müssen, als wir gestern zusammen im Baumarkt waren.»

Er erklärte Daphne, dass er demnächst mit Esther, Tim

und Ben eine große Werbekampagne für Fitnessgeräte startete und die drei als *look-alikes* in allen Zeitschriften zu sehen sein würden. Vor zwei Jahren hatte er seine Agentur um das wirkungsvolle Geschäft mit Doppelgängern erweitert, darunter waren so prominente Gesichter wie Sharon Stone, Bill Clinton und Brad Pitt.

Es war eine clevere Geschäftsidee. Während Jason Morris stolz danebenstand, erfuhr Daphne von Ben, dass ihr neuer Nachbar zu den einfallsreichsten Werbeleuten gehörte, die es in Europa gab. Zum Dank für die Agenturaufträge halfen Ben und die beiden anderen bei der Renovierung von Jasons Haus. Der falsche Hugh Grant war im wirklichen Leben Malermeister, Jennifer Aniston aus Leeds arbeitete als Dekorateurin und Arnold Schwarzenegger besaß in London eine kleine Autowerkstatt. Daphne gefiel der Gedanke, dass die drei schon seit zwei Tagen in Fowey Wände strichen, Lampen anschraubten und Möbel herumschoben.

Jason Morris schlug vor, dass Daphne sich auf einen Kaffee zu ihnen gesellte, bevor sie alle wieder ans Werk gingen. Heute war seine Küche dran, die nach dem Umbau einen neuen Anstrich bekommen sollte.

Daphne wollte die Einladung gerade annehmen, als sie hörte, dass jemand an ihrer Haustür klingelte. Schnell verabschiedete sie sich und kündigte an, dass Francis und sie in den nächsten Tagen alle zur Besichtigung von Embly Hall einladen würden. Die Doubles hatten es sich gewünscht.

Wieder im Torhaus, lief sie in den Flur und drückte den Knopf der Gegensprechanlage. Vor der Kamera erschien das Gesicht von Detective Chief Inspector Vincent.

«Ich bin's. James. Ich muss dich dringend sprechen.»

Seine Frisur war ungestriegelt, was selten vorkam. Auch der Kragen des hellgrauen Sakkos saß nicht richtig. Wenn er solche Details vernachlässigte, musste er in großer Eile sein.

Gespannt drückte Daphne den Türöffner.

Schon als James den Flur betrat, sah sie, dass etwas Außergewöhnliches vorgefallen sein musste. Sein Gesicht wirkte angespannt und düster wie selten. Schweigend ging er ins Wohnzimmer. Vor dem Bücherschrank fummelte er ein gefaltetes Blatt Papier aus der Jackentasche.

«Ich halte es für meine Pflicht, dir die Nachricht persönlich zu überbringen», begann er seltsam steif. «Gestern Abend gegen dreiundzwanzig Uhr hat Teddy Shaw auf See Selbstmord begangen. Seine Yacht ankerte vor Menabilly.»

Daphne musste sich am Türrahmen festhalten, so schockiert war sie. «Nein, bitte nicht auch noch Teddy!»

James hob bedauernd die Schultern. «Doch, es ist eindeutig. Ein Fischer hatte ihn noch in der Nacht an Deck liegen sehen und den Rettungsdienst alarmiert. Die Yacht liegt jetzt im Hafen. Sergeant Burns und zwei Kollegen waren bis eben an Bord.» James presste kurz seine Lippen aufeinander, bevor er weitersprach. «Shaw hat seinen Tod in einer Nachricht an mich angekündigt. Sie steckte heute Morgen im Briefkasten des Hafenamtes.»

Langsam faltete er das Papier auseinander. Es war die Fotokopie einer länglichen Briefkarte. Er hielt sie Daphne hin. Der Text war mit derselben schönen Kalligraphie und Lady Wickeltons lilafarbener Tinte geschrieben wie die Briefe, mit denen der Mörder seine Untaten bei Annabelle angekündigt hatte.

«Lies du es mir vor», bat sie.

DCI Vincent hielt die Fotokopie mit langem Arm von sich. Vermutlich war er zu eitel, um vor Daphne seine Lesebrille zu benutzen. Er zitierte den Text sachlich und ohne große Betonung.

An DCI Vincent persönlich.
Sie haben gewonnen. Ich werde heute Nacht auf dem Meer meinem Leben ein Ende setzen. Bitte sagen Sie Annabelle Carlyon, dass es mir leidtut, was ich ihr angetan habe, und dass ich sie sehr – vielleicht zu sehr – geliebt habe.
Fowey, 26. August.
Teddy M. Shaw

Daphne musste mehrmals tief durchatmen, bis sie die Kraft hatte, sich zu äußern. Dann murmelte sie: «Wie hat er es getan?»

«Er hat sich erschossen. Mit einer Signalpistole. Muss schrecklich ausgesehen haben, Burns wollte kaum darüber reden.»

Daphne merkte, wie ihr übel wurde, aber sie konnte das grauenvolle Gefühl überwinden und rettete sich auf den Sessel vor ihr. Jetzt nahm auch James Platz. Die Art, wie er seine weggestreckten langen Beine übereinanderschlug, mochte sonst elegant sein, jetzt wirkte diese Attitüde unpassend. Dabei räsonierte er: «Ja, Selbstmorde wie diese sind scheußlich.» Bedauernd hob er die Hände. «Tut mir leid, Daphne. Ich weiß, du hast an seine Unschuld geglaubt, aber das hier ...» Er faltete die Fotokopie wieder zusammen. «... ist eindeutig.»

Daphne fragte sich, wie wohl ihre Cousine reagieren würde, wenn sie es erfuhr. Sie konnte nur hoffen, dass der DCI nicht so plump gewesen war und Annabelle nur per Anruf in Kenntnis gesetzt hatte. Vorsichtshalber sprach sie das Thema an. «Bitte lass es mich Annabelle sagen», bat sie. «Sie wird sich Vorwürfe machen, wenn sie es hört.»

«Nicht nötig», antwortete James leichthin. «Sergeant Burns ist gerade bei ihr. Er wird schon den richtigen Ton finden. Ich denke, am Ende wird sie erleichtert sein, dass der Mörder jetzt nichts mehr anrichten kann.»

«Warum bist du so sicher, dass Teddy Shaw der Mörder war?», fragte Daphne provozierend.

James Vincents Selbstgefälligkeit erschien ihr verdächtig. Es war nicht zu überhören, dass er den Fall schnell abschließen wollte. Vielleicht hatte Teddy nur den Druck der Polizei nicht mehr ausgehalten und deshalb Selbstmord begangen. In diesem Fall hätte James sich sogar mitschuldig gemacht, weil er Teddy vorverurteilt und in Untersuchungshaft gesteckt hatte.

James schien zu ahnen, worauf sie abzielte. Verärgert verzog er den Mund und sagte in gereiztem Ton: «Sag mir einen Grund, warum er es nicht sein sollte? Er liebte deine Cousine, hasste George Huxton, kannte Lady Wickeltons Haushälterin persönlich, hatte belastende Fotos an Bord seines Schiffes und behauptete, auf See übernachtet zu haben, als Huxton ermordet wurde. Dabei hätte er mit seinem Beiboot leicht von seinem Ankerplatz aus an Land fahren können. Und jetzt auch noch das Bekennerschreiben. Sind das nicht genug Indizien?»

Schnaufend steckte er die Fotokopie wieder ein. Weil er die Seite verkehrt gefaltet hatte, konnte Daphne noch einmal einen Blick auf die Schrift werfen. Plötzlich kam ihr etwas Wichtiges in den Sinn.

«Wegen Teddys Nachricht ...», sagte sie zögernd. «Ich kannte ihn nicht sehr gut, aber er scheint Legastheniker gewesen zu sein. Auch meine Cousine war dieser Meinung.»

«Woher willst du das wissen?», fragte James gereizt. «Der Mann hat ein Unternehmen geführt.»

«Es gibt sogar Politiker, die Legastheniker sind», antwortete Daphne. «Die Briefe, die Annabelle von Teddy erhielt, waren voller Schreibfehler. Ständig hat er Buchstaben weggelassen oder Wörter verdreht, was typisch ist für eine Rechtschreibstörung. Wieso sollte er plötzlich einen so perfekten Abschiedsbrief schreiben können?»

James reagierte patzig. «Was heißt das schon? Selbst Legastheniker werden wohl in der Lage sein, fehlerfrei ein paar kalligraphische Sätze zu pinseln.» Er schien nicht bereit zu sein, seinen Standpunkt zu ändern und lächelte säuerlich. «Wie auch immer – jetzt bist du informiert und kannst dich wieder entspannt der Royal Mail widmen.»

Daphne überlegte gerade, mit welchen Worten sie ihn aus dem Wohnzimmer werfen sollte, als sich sein Handy meldete. Er warf einen kurzen Blick aufs Display.

«Es ist Burns», sagte er mit wichtiger Miene, während er das Gespräch annahm. Dann rief er laut ins Telefon: «Irgendwelche Neuigkeiten, Sergeant? Wie läuft es bei Miss Carlyon?»

Daphne konnte hören, wie Burns ruhig und konzentriert antwortete, während sein Chef ihm ungewöhnlich still lauschte. Es musste etwas Dramatisches vorgefallen sein, James wurde blasser und blasser. Nur gelegentlich stellte er eine Zwischenfrage. Es schien um Teddy Shaws Schiff zu gehen, auf dem sich immer noch die Spurensicherung befand.

Daphne saß auf ihrem Sessel und wartete mit angehaltenem Atem darauf, dass James ihr endlich verriet, was es Neues gab. Als er das Handy beiseitelegte, waren seine Lippen schmal geworden. Er musste sich zweimal räuspern, bevor er sprechen konnte.

«Wir ... Wir haben neue Erkenntnisse über den Vorfall auf der Yacht. Teddy Shaw kann sich nicht selbst erschossen haben. Die Waffe lag zwar in seiner Hand, aber er wurde aus mehreren Metern Entfernung getötet. Vermutlich von einem anderen Boot aus.»

«Wie entsetzlich», flüsterte Daphne, vor sich das grausame Bild, wie die Ladung mit dem Feuerwerk in Teddys Körper drang. Sie spürte, wie ihr Kreislauf rebellierte. Der Gedanke, dass Teddy einen so elenden Tod sterben musste, war kaum zu ertragen.

«Auch etwas anderes scheint inzwischen klar zu sein», fuhr James fort, während er resigniert sein Handy einsteckte. «Auf Shaws Yacht gab es gar keine Signalpistole. Er hielt sie für zu gefährlich und nicht mehr zeitgemäß.»

«Ja, so war Teddy», sagte Daphne leise.

James starrte kopfschüttelnd an die Balkendecke. «Mein Gott, Daphne, ist dieser verdammte Fall denn nie zu Ende? Was habe ich übersehen?»

Sie blickte ihn ganz ruhig an. Woher kam diese deprimierte Selbsterkenntnis? Sollte sie ihm tatsächlich erklären, wo er überall versagt hatte? Sie hatte eine Idee. Es war ein Hoffnungsschimmer, den James mit Sicherheit nicht wahrnehmen würde, denn er besaß keinerlei Phantasie.

Francis dagegen würde die neue Spur sofort erkennen.

Daphne hatte nur noch Mitleid mit dem Chief Inspector. Er war sichtlich überfordert. Wenn es einen Sisyphos gäbe, der seinen Felsblock wegen Hochmuts stemmen müsste, ohne ihn je über die Hügelkuppe zu bekommen, wäre es James Vincent, dachte sie.

19

Die Angst vor einem Namen
steigert nur die Angst vor der Sache selbst.

Joanne K. Rowling

Im Hafen und am Quai herrschten Trauer und Entsetzen. Jeder, der die beschlagnahmte Yacht im abgeriegelten Polizeibereich vor den Verladedocks liegen sah, grauste sich bei der Vorstellung, was dort nachts an Deck geschehen war. Dennoch hatte sich seit den Morgenstunden eine neugierige Menschenmenge hinter der Absperrung gebildet.

Als Francis und sein Kollege Greg Pilgrim vormittags von ihrer Messstation auf See zurückkehrten, verließ die Spurensicherung gerade das Gelände. Francis hatte Daphnes dringende Bitte um Rückruf auf dem Handy, doch vorher musste er noch den Marine-Wissenschaftler verabschieden. Einer der sarkastischen Ratschläge von Hafenchef Steed lautete: «Haltet mir die Royal Navy bei Laune! Stellt euch vor, die Franzosen kommen und keiner bewacht den Hafen!» Meistens war es Francis, der sich den Spruch anhören musste, weil er am häufigsten mit der Marine zu tun hatte.

In dieser Woche ging es um die gemeinsamen Messstationen vor der Küste. Zum Glück war Greg Pilgrim trotz seiner Navyausbildung ein lockerer Typ, groß und schlaksig wie ein Basketballspieler. Auf der Rückfahrt vom Riff hatten Francis und er vor Pencarrow Head noch einen Buckelwal entdeckt und eine halbe Meile verfolgt. Es war eine seltene Sichtung.

Als Greg auf dem Parkplatz sein Motorrad bestieg und sich verabschiedete, war Francis erleichtert, dass ihm die Royal Navy einen so zuverlässigen Projektpartner geschickt hatte. Doch kaum war Gregs Maschine auf die Straße eingebogen, betrat Francis eilig das Hafenamt und erklomm die Stufen zu seinem Büro. Länger konnte er Daphne nicht warten lassen. Er ahnte, in welchem Zustand sie sich befand.

Er erreichte sie am Telefon vor ihrem Computer, auf dem sie gerade die Gewässerkarte vor Fowey studierte. Sie schien einigermaßen gefasst zu sein. Zwar klang ihre Stimme noch verhalten, doch Francis entging nicht, dass sie bereits die Fakten des Verbrechens zu bewerten begann. Besonders zur Mordwaffe stellte sie ihm Fragen. Er erklärte ihr, dass eine Signalpistole in der Lage sei, den Leuchtsatz bis zu einer Explosionshöhe von einhundert Metern abzuschießen, einige Modelle sogar darüber hinaus.

Schockiert rief Daphne: «Oh Gott! Wie kaltblütig muss man sein, um jemanden den Tod mit diesem Geschoss anzutun?»

«Ja.» Auch Francis konnte es nicht begreifen. «Grausam. Zumal Teddy diese Pistolen hasste. Er hatte im Yachtclub durchzusetzen versucht, dass sie in Fowey abgeschafft werden.»

«Ich weiß», sagte Daphne. «Stattdessen wollte er ein neues Funksystem einführen. Annabelle hat mir damals davon erzählt. Angeblich kann man damit alles über die Schiffe speichern ...»

«Das kann man», bestätigte Francis. «Teddy war der Erste, der es sich anschaffte. Es heißt AIS – Automatisches Identifikationssystem.»

«Ist es weit verbreitet?»

«Weltweit. Für die Berufsschifffahrt ist es sogar Pflicht.» Francis erklärte Daphne, dass so sämtliche Navigationsrouten gespeichert und untereinander ausgetauscht wurden. Damit war das AIS sicherer als jede Leuchtpistole, wenn es darum ging, im Notfall gefunden zu werden.

«Was glaubst du – wie viele private Schiffsbesitzer haben sich bereits darauf eingelassen?»

«Eine Menge, obwohl es für sie freiwillig ist. Aber AIS-Transceiver wurden finanziell gefördert.» Francis dachte nach. «Wo hat Teddy über Nacht geankert?»

«Vor der Küste von Menabilly. Das hat James gesagt, als er hier war.»

«Stimmt, da hat er oft nachts gelegen», bestätigte Francis. «Nur einen kurzen Törn von Fowey entfernt, aber weit genug weg, um seine Ruhe zu haben. Morgens ist er dann zu seiner Werft zurückgesegelt.»

Daphne schwieg, aber Francis konnte sie nachdenken hören, weil sie dabei anders atmete. Zur gleichen Zeit hörte er, wie ihre Finger auf der Computertastatur herumtippten.

«Ich habe jetzt die Bucht von St. Austell vor mir», verkündete sie schließlich. «Allein auf den ersten Blick zähle ich zehn Häfen und Liegeplätze rund um Menabilly. Wahrscheinlich sind es sogar fünfzehn. Glaubst du, du könntest trotzdem alle Schiffe ausfindig machen, die nachts in Teddys Nähe waren?»

«Nur wenn sie mit AIS gefahren sind.» Daphnes Ansatz war im Prinzip richtig, aber er hatte auch seine Tücken. «Es wird schwer, aber ich kann es versuchen.»

«Dann tu es, Francis! Bevor noch mehr passiert!», bat Daphne. «Es ist für Teddy!»

Er versprach es, und sie legten beide auf.

Von seinem Fenster im ersten Stock beobachtete Francis, wie ein Frachter mit gedrosseltem Motor vorbeizog. Er wartete ab, bis das Schiff in Richtung der Docks verschwunden war, dann ließ er frische Luft herein und setzte sich an den Schreibtisch. Er machte seinen Computer an und klickte auf die Seite *marinetraffic.com*. Sie zeigte ihm weltweit alle Berufsschiffe und privaten Yachten, die mit AIS ausgestattet waren. Auch ihre Fahrstrecken ließen sich problemlos rekonstruieren. Kaum hatte er die Weltmeere auf seinem Bildschirm, schien dieser vor lauter Symbolen für die einzelnen Schiffskörper zu explodieren. Es waren Abertausende. Jede Schiffsart mit eigener Farbe – Tanker waren dunkelrot markiert, Schnellboote gelb, die Yachten grellrot.

Francis zoomte den Ärmelkanal mit Fowey heran. Nun konnte er alle Schiffe sehen, die sich derzeit zwischen Looe und Mevagissey aufhielten. Was aber, wenn der Mörder mit einem unangemeldeten Schiff oder einem Schlauchboot gekommen war?

Die Bürotür öffnete sich, und Greg trat ein, mit aufgeknöpfter Motorradjacke, den Helm in der Hand. «Sorry», sagte er. «Ich muss meinen Laptop hiergelassen haben.»

Konzentriert, wie er war, blickte Francis nur kurz von seinem Bildschirm auf. «Sieh dich ruhig um!» Er deutete zur Sitzecke an der Wand. «Vielleicht da drüben ...»

Tatsächlich lag der Laptop neben dem Sessel auf dem Teppich. Greg nahm ihn hoch und wollte ihn in seinen Rucksack stecken, als er sich mit einem neugierigen Blick neben Francis stellte und auf die Internetseite spähte, die Francis aufgerufen hatte. Grinsend sagte er: «Cooles Programm, was? Ist euch ein Tanker abhandengekommen?»

Francis überlegte. Warum sollte er Greg nicht von seinem Problem erzählen? Clever wie die Jungs von der Navy waren, konnte die Suche mit ihm nur leichter werden. Also weihte er Greg in seine Überlegungen ein. Das Stichwort *Mord* ließ die

Augen des jungen Mannes leuchten. Vermutlich fühlte er sich wie in einem Hollywoodfilm, in dem die Marines ausrücken mussten, um auf hoher See einen Serienkiller auszuschalten.

Voller Enthusiasmus stellte Greg seinen Laptop auf den rechten Teil des Schreibtisches, schaltete ihn ein und nahm neben Francis Platz. Der zeigte ihm auf der Seekarte die ungefähre Position von Teddys Yacht. Sofort spuckte Gregs Phantasie eine praktische Lösung aus. Vermutlich war er genau darauf trainiert worden. Mit breitem Grinsen stupste er Francis an. «Was ich jetzt tue, hast du nie gesehen, okay?» Konzentriert fing er an, auf seinem Gerät herumzuhacken.

Aus den Augenwinkeln erkannte Francis, dass Greg sich in das neue Satellitenprogramm eingeklinkt hatte, mit dem die Navy derzeit experimentierte. Gleichzeitig arbeitete er selbst weiter mit AIS und gab als Erstes den Zeitraum von gestern Abend ein, sodass er das Symbol für Teddys Schiff und seine Ankerposition zwischen 20:00 und 24:00 Uhr sehen konnte. Danach rief er alle Häfen in der Umgebung auf. Sobald er eines der dortigen Schiffssymbole anklickte, zeigte ihm der Bildschirm den Namen der jeweiligen Yacht oder des Frachters und rekonstruierte ihre nachts gefahrene Strecke. Es waren nur vier Schiffe, die nach Einbruch der Dunkelheit unterwegs gewesen waren – zwei Frachter, ein Trawler und ein französischer Segler. Keines von ihnen war auch nur in die Nähe von Shaws Yacht gewesen.

Plötzlich entdeckte Francis etwas, das ihn alarmierte. Ein fünftes Schiff, das bei Dunkelheit die Küste verlassen hatte! Es kam aus einem privaten, sehr einsam gelegenen Hafen bei Menabilly. Der Name der kleinen Motoryacht war *Osprey*. Als Francis das Schiffssymbol anklickte, ploppte ein Foto von ihr auf. Die *Osprey* hatte ihren Liegeplatz um 20:20 Uhr verlassen und war erst um 23:05 Uhr zurückgekehrt.

Aufgeregt verfolgte er die gelbe Trackingspur des Schiffes. Sie führte zunächst aufs offene Meer hinaus, zeigte dort mit nur sechs Knoten Geschwindigkeit einen scheinbar sinnlosen Zickzackkurs, um sich dann langsam wieder der Bucht vor Polkerris zu nähern. In der Zwischenzeit – exakt um 20:47 Uhr – war dort auch Teddy Shaw mit der *Escapade* erschienen und hatte an seiner Lieblingsstelle den Anker geworfen. Darauf schien die *Osprey* nur gewartet zu haben. Gegen 22:50 Uhr hatte sie sich Teddys Yacht so weit angenähert, dass die Trackinglinien und die geographischen Koordinaten für eine Viertelstunde fast identisch waren.

Francis bekam eine Gänsehaut. Das musste der Augenblick gewesen sein, als beide Schiffe Seite an Seite lagen und der Mörder zur Signalpistole griff. Teddy Shaw musste den anderen Skipper gekannt haben, sonst hätte er ihn wohl kaum so dicht an sich herangelassen. Kurz darauf machte sich die *Osprey* wieder auf den Weg zu ihrem nahe gelegenen Hafen, wo ihr nächtlicher Ausflug fünfzehn Minuten später beendet war.

Die Daten waren so überzeugend, dass Francis nicht mehr zweifelte. Alles machte Sinn: Das seltsame Herumfahren der *Osprey*, um es wie einen Sonnenuntergangstörn aussehen zu lassen. Die identischen Koordinaten während der Tatzeit. Der auffallend schnelle Rückweg zum Liegeplatz. Der Hafen der *Osprey* war so abgelegen und klein, dass an seinem Steg kaum mehr als fünf oder sechs Boote Platz hatten. Die Chance, dort als Mörder nachts gesehen zu werden, war gleich null.

Neben sich hörte er Greg jubeln. Wie bei einem Videospiel schob er Bildschirmteile hin und her und speicherte mit flinken Fingern Daten ab. Dann war auch er mit der Suche fertig. «Volltreffer!», rief er. «Eine Motoryacht namens *Osprey*. Ich schätze, die hast du auch ermittelt.»

«Ja», bestätigte Francis. «Jetzt müssten wir nur noch herausfinden, wem sie gehört.»

«Schon erledigt», sagte Greg lässig. «Wir haben Zugang zum Schiffsregister. Es ist eine *Jeanneau*, acht Meter lang. Bis vor kurzem gehörte sie einem Keith Kernack aus Looe, der sie für Angeltouren angemeldet hatte. Vermutlich ist sie deshalb mit AIS ausgerüstet. Erst vor vier Wochen hat Kernack das Boot verkauft.»

Francis merkte, wie sein Blutdruck stieg. «Kannst du sehen, an wen?»

«Ein Kinderspiel!» Greg klickte auf ein kleines Symbol am Bildschirmrand. Im Nu erschien dort der Ausschnitt des Schiffsregisters mit einer neuen Eintragung.

Fassungslos starrte Francis auf die Angaben zum aktuellen Schiffseigentümer.

Die Motoryacht war auf den Namen des Kinderheims *Schwestern von St. Jude* in Tywardreath angemeldet. Es war das Haus, in dem George Huxton über drei Jahre seiner Kindheit verbracht hatte.

Was wird jetzt wohl noch alles zum Vorschein kommen?, fragte Francis sich bestürzt.

20

Der Himmel weiß, dass wir uns niemals unserer
Tränen schämen müssen, denn sie sind der Regen
auf den blind machenden Staub der Erde,
der über unserem harten Herzen liegt.

Charles Dickens

Daphnes erster Gedanke war, dass sie sich dringend bei ihrer Cousine melden musste. Was Francis herausgefunden hatte, durften sie Annabelle nicht vorenthalten. Vielleicht kannte sie sogar jemanden in diesem Kinderheim. Das Dorf Tywandreath war von Fowey aus in wenigen Minuten erreichbar, weshalb Annabelle vor einigen Jahren in der Nähe des Kinderheims billigen Grund erworben hatte, um dort ihr Pflanzenlager zu betreiben.

Daphne erreichte nur Annabelles Mailbox. Sie hinterließ die Nachricht, dass es dramatische Neuigkeiten gebe und dass sie den ganzen Vormittag daheim oder in Embly Hall erreichbar sei.

Bevor sie ins Herrenhaus hinüberging, um dort nachzudenken, schloss sie ihre Terrassentür. Durch den Garten schallte übermütiger Gesang. Es kam aus dem Nachbarhaus, wo die *look-alikes* bei der Renovierung schief und lautstark Songs von den Beatles schmetterten. Arnie, Hugh und Jennifer schienen richtig gute Laune zu haben.

Der Weg durch den Laufgang zum Nachbargebäude betrug nur wenige Meter. Dennoch fühlte Daphne sich wie in einem

Zeittunnel. Als sie in Embly Hall wieder zum Vorschein kam, war sie schon bedeutend ruhiger.

Sie ging in den Salon und öffnete ein Fenster. Der Duft von Jasmin strömte herein. Sie streifte ihre Schuhe ab, setzte sich auf die Couch mit dem gelben Chintzbezug und zog die Beine an. Auf dem Rasen vor den hohen Sprossenfenstern stritten sich Krähen.

Sie versuchte, sich zu konzentrieren. Was hatte die Entdeckung, die Francis gemacht hatte, verändert?

Dass das Kinderheim ein eigenes Motorboot besaß, war ungewöhnlich, aber nicht unbedingt irritierend. Francis hatte berichtet, dass die Kinder von St. Jude immer wieder zu interessanten Häfen gefahren wurden. Vielleicht gab es ja Fördermittel für solche Ausflüge. Verdächtig war dagegen, dass George Huxton, der als Kind in diesem Heim gelebt hatte, kurz vor seinem Tod noch einmal dorthin gefahren war. War er wirklich nur wegen des Heimjubiläums bei Schwester Agathe gewesen?

Nach kurzem Überlegen fiel Daphne ein, wer genau das wissen könnte: Dr. Jenson, der pensionierte Psychologe des Heims. Jenson war ein Exzentriker, schrieb inzwischen Kochbücher über Muschelgerichte und hatte als Briefkasten einen leeren Vogelkäfig vor der Tür. Daphne brachte ihm gerne die Post, weil er klug und witzig war.

Sie wählte seine Nummer. Und hatte Glück.

«Wer will mich stören?», fragte Jenson mit tiefer Stimme. «Hinter mir kochen gerade zwei Pfund *amiantis purpurata*.»

«Ich bin's», sagte Daphne. «Ihre Postbotin.»

«Oh, Mrs. Penrose!» Dr. Jenson schien sich zu freuen. «Moment, warten Sie ...» Sie hörte, wie im Hintergrund Töpfe herumgeschoben wurden, dann war er wieder da. «Warum ist mein Vogelkäfig heute noch leer?»

Daphne erzählte ihm von dem Unfall des Royal-Mail-Fahrers. Dr. Jenson nahm es gelassen hin, erkannte aber sofort, dass seine Briefträgerin noch einen Grund für ihren Anruf haben musste. «Na los», sagte er. «Was haben Sie auf dem Herzen?»

Ohne Umschweife brachte Daphne das Gespräch auf das Kinderheim und die dort angemeldete Motoryacht *Osprey*.

«Oh ja», sagte Dr. Jenson. «Eine hübsche neue Errungenschaft. Sie haben das Schiff erst seit vier Wochen. Pellwood, der schlafmützige Hausmeister, hat extra dafür den Bootsführerschein gemacht.»

«Sind die *Schwestern von St. Jude* denn so wohlhabend?», fragte Daphne. «Oder bekommt man dafür Zuschüsse?»

«Zuschüsse kriegen nur reiche Reeder», antwortete Dr. Jenson trocken. «Die Yacht ist eine Spende. Soweit ich weiß von jemandem aus Fowey.»

«Wie großzügig. Wissen Sie noch, wer das war?»

Der alte Psychologe knurrte unwillig. «Ehrlich gesagt, ich hab's vergessen ...»

«Das macht nichts.»

«Das Heim hat dem Spender zugestanden, das Boot gelegentlich selbst zu nutzen.» Dr. Jenson kicherte. «Schwester Agathe weiß, wie man Fliegen fängt. Sie ist ein raffiniertes Luder, müssen Sie wissen.»

Daphne lächelte ins Telefon hinein, dann nahm sie Schwung zu ihrem zweiten Anlauf. Er galt George Huxton. «Sie waren sicher auch schockiert, dass George Huxton ermordet wurde, Doktor. Schließlich war er als Kind in St. Jude.»

Dr. Jenson schien überrascht zu sein, dass Daphne Details aus Huxtons Jugend wusste. «Ja ...», antwortete er ein wenig zögerlich, «George war kürzlich bei mir, um noch einmal hallo zu sagen. Aus psychologischer Sicht könnte ich viel über den armen Jungen erzählen, aber zweifellos hat ihm St. Jude eine Weile Halt gegeben.»

«Wie alt war er zu jener Zeit?»

«Sechs oder sieben. Damals existierte das Kinderheim erst seit einem Jahr in Tywandreath. Das gesamte Personal war aus Schottland hierhergezogen.»

Daphne wurde hellhörig. «Aus Schottland? Von wo denn?»

«Aus Portree, auf der Insel Skye.»

Daphne konnte fühlen, wie sie blasser wurde. Andere Leute bekamen vor Aufregung einen Adrenalinschub, bei ihr sank der Blutdruck tief nach unten.

Den Städtenamen Portree hatte sie erst gestern gelesen. Es war der Geburtsort im Pass von Lady Wickelton. Was für ein seltsamer Zufall, wenn man bedachte, wie spärlich die Insel Skye bewohnt war.

Sie riss sich zusammen. Jetzt war es wichtiger, gegenüber Dr. Jenson so sachlich wie möglich zu erscheinen. Zum Glück war er bereit, weitere Fragen zu beantworten. So erfuhr sie, dass die *Schwestern von St. Jude* jahrzehntelang segensreich in Portree gewirkt hatten, hauptsächlich als Waisenheim. Dann hatte es Probleme mit der Inselverwaltung gegeben, und der Orden hatte verärgert beschlossen, das Heim nach England zu verlegen. Da die damalige Leiterin von St. Jude aus Falmouth stammte und immer noch beste Kontakte nach Cornwall besaß, entschied sie sich für die Gemeinde Tywandreath. Dort hatte ein Sanatorium zum Verkauf gestanden, das Platz für alle hundert Kinder bot.

Dr. Jenson beschrieb die Schwestern aus Schottland als Glücksfall für Cornwall. Ihr pädagogisches Konzept nannte er modern und selbstkritisch. Bösartige Vorkommnisse wie in anderen kirchlichen Heimen schloss er aus.

Daphne begann sich zu fragen, warum George Huxton

wirklich Kontakt zu dem ehemaligen Heimpsychologen aufgenommen hatte. Was hatte er von Dr. Jenson gewollt, was genau wollte er von ihm erfahren?

Sie startete einen weiteren Ballon. «George wollte sicher mit Ihnen über die alten Zeiten reden», stellte sie im Ton der Vermutung fest.

«Auch», antwortete Dr. Jenson. «Außerdem wollte er im Auftrag eines Freundes wissen, wo die früheren Unterlagen des Kinderheims aufbewahrt werden.»

«Und, konnten Sie ihm helfen?»

«Der alte Kram liegt auf dem Jugendamt in Portree», meinte Dr. Jenson verächtlich. In seiner Küche klingelte ein Wecker, plötzlich hatte er es eilig. «Mein Sud ist fertig», erklärte er. «Ich muss jetzt Schluss machen!»

Daphne bedankte sich höflich und wollte gerade auflegen, als sie noch einmal Dr. Jensons dunkle Stimme aus dem Telefon rufen hörte.

«Warten Sie, Mrs. Penrose! Jetzt weiß ich es wieder. Der Name des Spenders ist Cecil Hattingham. Ein Zahnarzt, wenn ich mich nicht täusche ...»

Daphne war so perplex, dass sie den Hörer auf ihren Schoß sinken ließ, obwohl Dr. Jenson noch weitersprach.

«Mrs. Penrose, sind Sie noch dran?»

Regungslos und schockiert blieb sie eine ganze Weile auf der gelben Couch sitzen und versuchte zu verarbeiten, was sie gerade erfahren hatte. Es war sehr viel auf einmal. In dem Gefühl, ihre tausend aufgewühlten Gedanken sofort mit Francis teilen zu müssen, rief sie ihn an. Doch der Zeitpunkt war schlecht gewählt. Er befand sich in einer Besprechung mit der Polizei und konnte nicht so offen reden, wie er wollte. Offenbar sollte jetzt die Suche nach Cecil Hattingham beginnen, denn Sergeant Burns hatte herausgefunden, dass Eileen

Ross gestern für ihren Lebensgefährten den Bootsschlüssel im Kinderheim abgeholt hatte. Als Spender durfte Hattingham die kleine Yacht tatsächlich selbst nutzen und damit aufs Meer fahren.

Kaum hatte Daphne ihr Telefon aus der Hand gelegt, hörte sie ungeduldiges Klingeln am Portal von Embly Hall. Wie benommen sprang sie auf, durchquerte die große Halle und drückte in blindem Vertrauen den Türöffner.

Annabelle trat ein.

Ihr Gesicht war sorgenvoll. Sie musste direkt von der Arbeit gekommen sein, denn sie trug noch ihren Gärtneroverall. Daphne umarmte ihre Cousine und ließ sie auf dem gemütlichen Ledersessel vor dem Kamin Platz nehmen. Sie selbst setzte sich daneben.

Behutsam erzählte sie Annabelle von der *Osprey* und wem sie gehörte. Annabelles Reaktion war blankes Entsetzen. Je mehr Einzelheiten sie erfuhr, desto mehr zog sie sich in den Sessel zurück und schüttelte ungläubig den Kopf. «Aber warum, Daphne? Warum sollte Cecil all das getan haben?»

«Ich weiß es nicht, Annabelle», antwortete Daphne ausweichend. «Was wissen wir Laien schon über Täter von Verbrechen? Ich glaube, die Wahrheit über ihre Psyche würde uns nur Angst machen ...»

«Die arme Eileen.» Annabelle wischte sich über die Augen. «Obwohl sie so stark tut, ist sie ein sensibler Mensch. Einmal war sie bei mir und hat bitterlich geweint. Sie wollte mir aber nicht erzählen, warum. Ich glaube, es war etwas Privates.»

«Wo ist Eileen?», fragte Daphne. «Hast du heute schon mit ihr gesprochen?»

«Nein. Sie ist mit DCI Vincent irgendwo bei Land's End, um ihm die Jagdhütte zu zeigen. Er will sie tatsächlich kaufen. Sogar ein Jagdrecht gehört dazu.»

Na also, dachte Daphne, da hat mein Tipp doch Früchte getragen. Offensichtlich war Eileens Überzeugungskraft genau das Richtige für den Chief Inspector gewesen. Plötzlich fiel Daphne ein, was sie Annabelle schon neulich fragen wollte. «Wo habt ihr euch eigentlich kennengelernt, du und Eileen?»

Sie erinnerte sich nur, dass Annabelle zu Beginn des Jahres von einer Architektin erzählt hatte, die ihr einen großen Gartenauftrag geben wollte. Erst später stellte sich heraus, dass es sich um Eileen Ross handelte, die Daphne und Francis aus dem Royal Yacht Club kannten.

«Es war beim Weihnachtsbasar der Architektenkammer», erzählte Annabelle. «Die Blumen für die Veranstaltung kamen von mir, Eileen hatte Bücher über berühmte Architekten gespendet. So kamen wir ins Gespräch. Dann traten Dudelsackspieler auf, und wir stellten etwas Witziges fest. Wir sind beide nicht in Cornwall geboren, sondern in Schottland.»

«Unsinn», widersprach Daphne. «Du bist in Fowey geboren.»

«Bin ich nicht», sagte Annabelle kopfschüttelnd. «Ich dachte, du wüsstest das längst. Mein Dad war früher auf Bohrinseln unter Vertrag, bevor er zum Wasserbau ging. Ein paarmal hat Mum ihn begleitet, selbst als sie hochschwanger war. Und ausgerechnet in Schottland wollte ich meinen Kopf durch die Tür stecken – in Portree, einem Kaff auf der Insel Skye.»

«Aber ...»

«Bei Eileen war es ähnlich. Sie ist nur anderthalb Jahre älter als ich. Ihre Mutter hatte gerade Verwandte in Portree besucht, als die Geburt losging.»

«In Portree?», fragte Daphne ungläubig. «Ihr seid beide in Portree geboren?»

«Ja.» Annabelle biss sich auf die Unterlippe. «Ich sollte früher nie bei euch darüber reden, weil deine Mutter und Onkel Eddy immer auf die Schotten schimpften. Ihr solltet denken, dass ich in Bodmin zur Welt kam.»

Daphne hörte kaum noch zu. Sie hatte das Gefühl, als hätte sie gerade einen Stromschlag erhalten. In ihrem Kopf verknüpften sich all jene Informationen, die so mysteriös im Raum gestanden hatten wie die Monolithen von Stonehenge. Dass ihr der Ort Portree – dieser winzige Fleck auf Schottlands Inneren Hebriden – jetzt viermal begegnet war, konnte kein Zufall sein. Francis würde sagen: schon rein statistisch nicht. Gleich drei in die Mordserie involvierte Frauen – Lady Wickelton, Annabelle und Eileen Ross – waren dort geboren. Und das Kinderheim *Schwestern von St. Jude* hatte dort zumindest seinen Ursprung.

Annabelle bemerkte Daphnes veränderten Blick. «Was hast du?»

Daphne beschloss, es ihr zu sagen. Es war an der Zeit, Annabelle einzuweihen, schließlich betraf es ja ihr Leben. Also berichtete sie von der Entdeckung in Lady Wickeltons Pass, von George Huxtons geheimer Detektivarbeit für einen unbekannten Auftraggeber und von ihrem Telefonat mit Dr. Jenson. Sie versuchte, nur die wichtigsten Zusammenhänge herzustellen. Doch am Ende war es ein gewaltiger Klumpen, der Annabelle auf den Kopf fiel.

Daphne stand auf und holte Wasser aus der Küche, in kleinen hellblauen Kelchen, die es nur in Embly Hall gab. Als sie in die Halle zurückkehrte, hatte Annabelle den Platz gewechselt, als würde sie es auf dem bequemen Sessel nicht länger aushalten. Stattdessen lehnte sie sich jetzt an die dunkelgrüne Wand neben dem Kamin, beide Hände unglücklich auf ihren Kopf in die schwarzen Locken gelegt. Dabei hatten sich die Haare weit nach oben geschoben, sodass ihre kräftigen

Ohren zum Vorschein kamen, für die sie sich als Teenager so geschämt hatte.

Sie blickte Daphne aus geröteten Augen an. «Erklär mir nur eines», sagte sie, fast bettelnd. «Wenn George Huxton den Auftrag hatte, Dinge über das Kinderheim und über Lady Wickelton herauszufinden – welche Rolle spiele ich dann dabei? Ich versteh's einfach nicht!»

Daphne spürte, wie sich ihr Herz zusammenzog. Was konnte sie sagen, welchen Trost konnte sie spenden? Ungewollt streifte ihr Blick Annabelles freigelegte Ohrpartien. Ihr fielen die prägnante Form und die seltsam hochgewölbten, dicken Ränder über den Löchern für die Ohrringe auf. Es waren ungewöhnlich fleischige Ohren für eine Frau ...

Oh Gott!, durchzuckte es Daphne. Das sind Lady Wickeltons Ohren und ihre dicken schwarzen Haare! Schaudernd dachte sie: Es ist so offensichtlich! Da stehen wir vor dem Turm der Wahrheit und sehen ihn nicht!

Auch Eileen Ross besaß diese auffälligen schwarzen Haare, wenn auch durch einen Pony gebändigt. Und wenn Daphne es genau bedachte, ähnelte Eileens kräftiges rundes Kinn dem von Dorothy Wickelton.

Aber konnte das nicht Zufall sein? Bekanntlich sah man alles, was die Einbildung einen sehen lassen wollte.

Und doch sprach alles dafür. In ihrem letzten Gespräch mit Daphne hatte Lady Wickelton beklagt, dass ihr durch Mrs. Hacketts Diebstahl alte Tagebücher und persönliche Fotos verlorengegangen waren. Dann war sie plötzlich ungewöhnlich sentimental geworden, und die Unterhaltung kreiste nur noch um so tragische Begriffe wie Unaufrichtigkeit, Unmoral und um Geheimnisse. Hatte die alte Dame ihren Geburtsort Portree deshalb verleugnet, weil sie dort als junge Frau zwei Babys zur Adoption freigegeben hatte?

Daphne erinnerte sich an ein Interview mit der *London Times*, in dem Dorothy gestand, dass sie beruflichen Ehrgeiz für ebenso wichtig hielt wie Liebe. Erst mit dreißig – noch unverheiratet – sei ihr der Sprung auf die Londoner Kunsthochschule gelungen. Sie schwärmte geradezu von den verrückten siebziger Jahren, als vieles anders war, wilder, egoistischer. Alles sei im Aufbruch gewesen, lustvoll seien gesellschaftliche Regeln über Bord geworfen worden ...

Was hatte Dorothy Wickelton eigentlich vor ihrem Kunststudium gemacht? Sie hatte es nie erzählt. War sie vielleicht ungewollt schwanger geworden und hatte als ledige Mutter nach einem radikalen Ausweg gesucht, um sich ihrer Leidenschaft – der Kunst – widmen zu können? Daphne wusste nur, dass Dorothy zwei wilde Jahre in einer Künstlerkommune in San Francisco verbracht hatte, bevor sie mit *Lily Loveday* ihren Durchbruch als Illustratorin erlebt hatte. Aber wie hatte sie vorher in Schottland gelebt? Hatte sie dort auch schon gezeichnet? Und die Geschichte der von der Mutter im Stich gelassenen Lily Loveday – stellte sie womöglich die bittere Allegorie dessen dar, was Dorothy Wickelton mit ihren eigenen unehelichen Kindern in Schottland getan hatte? Es war ein bedrückender Gedanke.

Annabelle fing an zu weinen. Daphne stellte sich zu ihr und nahm sie tröstend in die Arme.

Nach und nach beruhigte sich ihre Cousine wieder. Mit verebbendem Schluchzen fragte sie leise: «Und wie bringen wir es Eileen bei? Sie hatte auch hier in Fowey keine schöne Kindheit.»

Daphne blickte sie überrascht an. «Was heißt das?»

Annabelle hob hilflos die Arme. «Na ja – schließlich ist sie bei James Ross und seiner Frau aufgewachsen, den Apothekern. Du weißt, wie unfreundlich und hart die waren ...»

«Du meinst, Eileen war bei ihnen *unglücklich*?»

«Ja, ich glaube schon», nickte Annabelle und wischte sich mit dem Handrücken die Tränen ab. «Sie hat jedenfalls sehr kämpfen müssen, um da zu sein, wo sie heute ist.»

Plötzlich begriff Daphne, was sie die ganze Zeit unterschätzt hatte.

Die Bedeutung der Rolle, die Eileen Ross spielte. Auch wenn sie sich mit Cecil Hattingham einen besonnenen Lebenspartner ausgesucht hatte, der viele Jahre älter war als sie, fast väterlich ihr gemeinsames Leben zu lenken schien und sie offenbar sehr liebte, war sie eine willensstarke und auf vielen Feldern dominante Frau geblieben. Daphne hatte sie während einer Rathausdiskussion um die Neugestaltung der Schule erlebt und über ihr elegantes Geschick gestaunt, mit dem sie am Ende knallhart ihre Meinung durchsetzte. Jetzt wurde die Schule vollständig saniert. Eileen war es auch gewesen, die den Mühlenkauf gegen Cecils Rat durchgezogen hatte. Sogar die spätere Entscheidung, seine Zahnarztpraxis aus der Mühle nach St. Austell zu verlegen, war laut Annabelle auf Eileen zurückzuführen, und Cecil hatte sie geduldig akzeptiert.

Sie war die Hauptperson in dieser Beziehung, nicht Cecil Hattingham.

Und vielleicht hatte *sie* gestern Nacht mit der Yacht hinausfahren wollen, nicht Cecil.

Plötzlich machte für Daphne auch so viel anderes Sinn. Eileens auffällige Zuneigung zu Annabelle, der eiserne Wille, den sie von Dorothy geerbt haben musste («Willst du nun Erfolg oder nicht? Ohne Zittern geht im Leben gar nichts!»), die Fähigkeit, ihre Absichten mit Freundlichkeit zu kaschieren und geschickt andere Menschen für sich einzunehmen, auch Annabelle ...

Die magische Sekunde, als sie und Annabelle erkannten,

dass in ihren Pässen derselbe Geburtsort stand, musste in Eileen etwas ausgelöst haben. Vielleicht wühlte schon länger in ihr der Verdacht, ein adoptiertes Kind zu sein. Das Zusammentreffen mit Annabelle muss der Anstoß gewesen sein, nach ihrer wahren Mutter zu fahnden. Und wer bot sich für diese Suche besser an als George Huxton, der sich mit dem Leben in einem Waisenhaus auskannte und als ehemaliger Polizist wusste, wie man recherchierte ...

Daphne zog Annabelle wieder neben sich auf den Sessel und erzählte von all den Puzzleteilen, die sich gerade in ihrem Kopf formierten.

Ungläubig schüttelte Annabelle den Kopf. «Mein Gott, wenn das stimmen würde ... Ich dachte doch, Eileens Anrufe und Besuche sind etwas Freundschaftliches, etwas, das sich aus unseren Projekten ergeben hat ... Aber ja, ständig hat sie was über mich wissen wollen, manchmal wurde mir ihre Anteilnahme fast zu viel ...»

Sie richtete sich auf, drückte den Rücken gegen das Sesselpolster, und es schien, als würde sie von einer neuen Energie erfasst werden. In ihren Augen flackerte Kampfgeist. «Los, lass uns die Wahrheit herausfinden! Was musst du noch über Eileen wissen?»

Daphne seufzte erleichtert. Es war, als ob endlich ein Knoten geplatzt wäre.

«Leben Mr. und Mrs. Ross noch, bei denen sie aufgewachsen ist? Sie sollen irgendwann nach Polmear gezogen sein.»

«Sie sind tot», antwortete Annabelle. «Es ist wie bei mir. Es gibt niemanden mehr, den wir fragen könnten. Zuletzt starb Mrs. Ross, vor zwei Jahren.»

«Wie gut kannte Eileen George Huxton?»

Annabelle zuckte mit den Schultern. «Sie mochte ihn nicht. Sie fand die Art, wie er mit mir umging, widerlich.

Trotzdem hat sie ihn einmal ihr Ruderboot reparieren lassen, bevor sie es dann doch verkauft hat. Sie sah George als eine Art nützlichen Idioten. Vielleicht sind sie so näher in Kontakt gekommen.»

Daphne hakte weiter nach. «Wusstest du von der Yacht, die sie dem Kinderheim gespendet haben?»

«Nein, wir haben ja nie über das Heim gesprochen. Ob sie das Boot wohl gespendet haben, weil Eileen bereits ahnte, dass sie selbst ein Adoptivkind war?»

«Vielleicht ... Glaubst du wie ich, dass Eileen knallhart Hindernisse aus dem Weg räumen würde, wenn sie sich etwas vorgenommen hat?»

Annabelle dachte nach. «Schwer zu sagen ... Ja, sie ist sehr zielstrebig. Und sie hat nie verstanden, warum ich nicht aggressiver für meine Firma Werbung mache. Aber selbst wenn wir unterschiedlicher Meinung waren – es war immer Harmonie zwischen uns.» Annabelle hatte sichtlich Mühe, neue Tränen zu unterdrücken. «Es ist verrückt, einmal dachte ich tatsächlich, so wünsche ich mir eine Schwester ...»

Daphne sagte nichts dazu. Zweifellos hatte Eileen sich äußerst geschickt in Annabelles Leben geschlichen. Dass sie es unter dem Mantel herzlicher Geschäftsbeziehungen getan hatte, war sicher kein schlechter Trick. Vermutlich hatte sie schnell erkannt, wie schwer Annabelle Freundschaften schloss. Doch sie brannte für ihren Beruf. Er war das perfekte Einfallstor für engere Bindungen.

«Traust du ihr wirklich zu, die Morde begangen zu haben, Daphne?», fragte Annabelle leise.

«Ja.»

Wieder schüttelte Annabelle den Kopf, trotzdem wirkte sie viel gefasster als eben noch. Mit neuer Konzentration richtete sie ihre Gedanken auf das Wesentliche: «Nehmen wir an, du hast recht, dann hat sie Huxton und Mrs. Hackett umgebracht, sobald die beiden ihr die gesuchten Beweise geliefert haben ... Beweise dafür, dass wir Dorothy Wickeltons Töchter sind. Aber warum hat sie Lady Wickelton nicht sofort damit konfrontiert? Und warum musste Teddy Shaw sterben?»

Daphne hob hilflos die Schultern. «Ich weiß es nicht», gab sie offen zu. «Aus Rache, weil er dich begehrte? Eileen wusste viel über Teddy. Vielleicht waren sie früher sogar mal ein Paar?» Daphne dachte an den Nachmittag, als sie Teddy und Pippa beobachtet hatte. Auch bei Pippa hätte sie nie gedacht, dass sie mal was mit Teddy Shaw anfangen würde.

«Möglich.» Annabelle hob den Kopf. «Ich weiß, dass es schrecklich ist, was ich dich jetzt frage. Aber wäre es nicht logischer gewesen, sie hätte Lady Wickelton umgebracht? Aus Hass, weil sie sich nie zu ihr bekannt hat?»

Die Frage klang logisch. Daphne versuchte, sich vorzustellen, wie sie an Eileens Stelle gehandelt hätte. Zweifellos musste Eileen auch Dorothy gehasst haben. Andererseits dürfte ihr durch Mrs. Hacketts Berichte nicht entgangen sein, dass die alte Lady todkrank war. Sie würde ohnehin bald sterben.

Natürlich, schoss es Daphne durch den Kopf, die Krankheit der Wickeltons! Das erbliche Lynch-Syndrom! Dorothy hatte es zynisch einen treuen Familiengeist genannt. Die Erkrankung befiel zum Glück nicht alle, und doch kam sie in fast jeder Generation vor. Annabelle schien nicht davon betroffen zu sein, Daphne wusste von ihr, dass sie nur gute Check-up-Ergebnisse hatte. Was aber, wenn Eileen unter diesem Syndrom litt? Wenn ihre Nierenstein-Story den wahren Grund für ihren Krankenhausaufenthalt überdecken sollte?

Dann hatte sie nichts mehr zu verlieren.

Daphnes Handy piepte. Jemand hatte ihr eine SMS geschickt. Zu ihrer Überraschung stammte sie von DCI Vincent. Da sie vor Annabelle keine Geheimnisse hatte, las sie die Nachricht halblaut vor:

Hallo, Daphne, ich muss dich sofort sehen. Könnte sein, dass du mit ein paar Vermutungen ins Schwarze getroffen hast. Noch bin ich in einem Termin, aber um zwölf Uhr sollten wir uns auf dem Wanderparkplatz in Kelbridge treffen, von da fahren wir weiter. Es geht um eine Aussage. Gruß, James.

Daphne blickte auf die Uhr. Wenn sie pünktlich sein wollte, musste sie sich beeilen, denn Kelbridge lag von Fowey fünfzig Meilen entfernt, zwischen St. Ives und Land's End. Dass James sie freiwillig in seine Ermittlungen einbinden wollte, war noch nie vorgekommen. Andererseits war seine Verzweiflung gestern so groß gewesen, dass sie ihm jetzt sogar einen Kniefall zutraute.

Okay. Werde pünktlich da sein.

Annabelle sah ihr irritiert zu. «Ich dachte, ihr mögt euch nicht?»

Daphne steckte ihr Handy wieder ein. «Das dachte ich auch. Irgendwas muss ihn demütig gemacht haben.»

«Warum gerade Kelbridge?»

«Lass es mich herausfinden», sagte Daphne.

21

Es ist sinnlos zu sagen: Wir tun unser Bestes.
Es muss dir gelingen, das zu tun, was erforderlich ist.

Winston Churchill

Am Nachmittag wurde Daphne als vermisst gemeldet. Es gab keine Erklärung für ihr Verschwinden.
Ausgelöst hatte den Alarm die Poststelle Fowey. Verzweifelt hatte sie bei Francis angerufen und um Hilfe gebeten. Daphne war weder unter ihrer Handynummer noch daheim zu erreichen, obwohl die Körbe mit der Post seit einer Stunde im Verteilerzentrum für sie bereitstanden. Das war noch nie vorgekommen.

Francis handelte schnell. Er hatte herausgefunden, dass Annabelle die Letzte war, mit der Daphne gesprochen hatte. Eine Viertelstunde später saß Annabelle auf dem Klappstuhl vor Sergeant Burns und Francis. Das provisorische Polizeibüro im Hafenamt war eng, aber wenigstens mit großen Fenstern zum Dock gesegnet, sodass man sich nicht eingesperrt fühlte.

Annabelle gab sich Mühe, im Wortlaut zu wiederholen, worüber Daphne und sie zuletzt gesprochen hatten. Immer wieder gingen Francis und Burns jedes Detail mit ihr durch. Konzentriert, die Hände an ihren Schläfen, rekonstruierte sie die Gründe für Daphnes Schlussfolgerung, dass Eileen Ross und sie selbst adoptierte Kinder waren und nur Eileen die Morde begangen haben konnte.

Sergeant Burns' Miene wurde mit jedem ihrer Sätze sorgenvoller. Francis kannte ihn inzwischen gut genug, um zu erkennen, wie ernst er die Situation nahm. Denn auch Chief Inspector Vincent war verschwunden. Burns hatte zuletzt morgens von ihm gehört, als der DCI bei Daphne zu Hause saß. Danach hatte er sich zu einem dringenden Termin verabschiedet und war nicht mehr aufgetaucht.

«Kann Ihre Dienststelle nicht herausfinden, was er vorhatte?», fragte Francis.

«Sie kennen ihn doch», antwortete Sergeant Burns lapidar. «Er ist Einzelgänger.»

Während Burns im Hauptquartier anrief und bat, dass man dort wegen Lady Wickeltons Vergangenheit sofort Kontakt mit dem Jugendamt in Portree aufnahm, beugte Annabelle sich zu Francis herüber.

«Ich weiß, mit wem der Chief Inspector verabredet war», sagte sie leise. «Er wollte sich vormittags mit Eileen die Jagdhütte ansehen.»

Sie informierten Burns. Hellhörig geworden, blickte er Annabelle an.

«In der Gegend von Kelbridge?»

«Eher bei St. Just», antwortete sie. «Die Hütte liegt bei den alten Minen.»

«Gehört sie Eileen Ross?»

«Nein, einem Kunden. Keine Ahnung, wer das ist.»

Sergeant Burns stand auf. Da er, genau wie sein Chef, nicht aus Cornwall stammte, hatten sie sich eine Landkarte aus dem Fundus des Hafens an eine freie Wand hängen lassen. Jetzt fuhr er mit dem Finger auf der A 390 und der A 30 Richtung Kelbridge entlang. Da ging die Tür auf, und eine junge Polizistin reichte ihm einen gelben Zettel. Er überflog die Nachricht – und sein Gesicht verdüsterte sich noch mehr.

«Beide Handys sind nicht mehr zu orten», erklärte er. Die wachsende Sorge war ihm anzusehen. Er wandte sich an Francis. «Lassen Sie uns fahren. Vielleicht entdecken wir eine Spur in Kelbridge.»

Francis war erleichtert, dass er Burns begleiten konnte. Das Gebiet von West Penwith umfasste die Südwestspitze Cornwalls, zu der neben bekannten Orten wie Sennen oder St. Just auch winzige Weiler wie Kelbridge gehörten. Dort verbargen sich viele einsame Plätze. Burns konnte nur einen Bruchteil von dem wissen, was Francis in Jahrzehnten über diese Gegend gelernt hatte. Ihr keltischer Geist hatte sie geheimnisumwoben bleiben lassen, schroff und sanft, bewohnt von Familien, deren Namen seit ewigen Zeiten gleich lauteten. In West Penwith hatte alles ein langes Gedächtnis.

Annabelle wurde von Sergeant Burns nach Hause geschickt, nachdem er sie gebeten hatte, für den Rest des Tages ihr Telefon griffbereit zu halten, falls es noch Fragen gab. Traurig und angespannt wünschte sie Francis und Burns Erfolg.

Fünf Minuten später raste Burns mit Francis der Auffahrt zur A 390 entgegen. Da die Streifenwagen aus St. Austell bei Einsätzen unterwegs waren, saß der Sergeant am Steuer seines privaten Alfa Romeo, fuhr aber mit Blaulicht und Sirene. Die Leitstelle hatte er angewiesen, Verstärkung in St. Ives bereitzuhalten, falls er sie benötigte.

Die Sorgen, die Francis sich um Daphne machte, wurden mit jeder Minute größer. Vielleicht hatte James Vincent sie überredet, zur Jagdhütte mitzufahren, damit sie Eileen Ross gemeinsam mit der Wahrheit konfrontieren konnten.

Vielleicht waren sie Opfer eines Verkehrsunfalls geworden. Auf Cornwalls engen, unübersichtlichen Landstraßen lauerten viele Tücken.

Vielleicht ...

Francis bereute, dass er Daphne diesmal zu wenig unterstützt hatte. Jedenfalls nicht mit der nötigen Überzeugung. Nach ihrem albernen Streit wegen Jennas Freund war es ihm so vorgekommen, als hätte sie sich in Teilen des Falles verrannt. Jetzt sagten ihm seine Schuldgefühle, dass er mehr auf ihre Menschenkenntnis hätte vertrauen müssen, statt nur zu behaupten, sie wolle mit dem Kopf durch die Wand.

Burns' Ruhe und Sicherheit am Steuer taten Francis gut. Im Gegensatz zu seinem Chef strahlte der junge Sergeant Besonnenheit aus. Und wann immer Francis mit ihm zu tun hatte, zeigte sich Burns aufgeschlossen für neue Ansätze und Ideen. Francis wusste, dass er aus einer bäuerlichen Familie in Kent stammte und sich über Nebenjobs und Abendschulen hochgearbeitet hatte. Es war die harte Tour bis hin zur Polizeiakademie. Vermutlich war Burns deshalb so bodenständig. Seine freundlichen Augen schienen einen nie im Stich zu lassen.

Mit einem coolen Kick-down gab der Sergeant Gas und überholte zwei Lastwagen. «Wie lange hat Ihre Frau Eileen Ross schon im Visier?», fragte er, während er souverän einem entgegenkommenden Bus auswich.

«Sie hat es erst heute Morgen herausgefunden», gestand Francis. «Wie weit sind Ihre Ermittlungen gediehen?»

Auch Burns blieb bei der Wahrheit. «Wir haben zwei Zeugen, die nachts die Yacht gesehen haben. Vermutlich hätten wir fälschlicherweise Cecil Hattingham als Mörder festgenommen.» Er ließ für einen kurzen Moment die Schnellstraße aus den Augen und warf Francis einen Blick zu. «Warum tun Sie das? Ich meine, auf eigene Faust solche Risiken einzugehen?»

Francis überlegte, wie er es Burns am verständlichsten erklären sollte. «Wir sind hier geboren», antwortete er. «Jeder kennt jeden, wir lieben dasselbe Meer, verbringen den Sommer in der Natur und sitzen bei Stürmen zusammen im Pub. Wir helfen uns gegenseitig. Man will, dass dieses Bild nie zerstört wird.»

Burns' Kommentar klang pragmatisch. «Es gibt kein Paradies. Auch in Cornwall nicht.»

«Vermutlich nicht, trotzdem glauben wir daran. Und das seit Cromwells Zeiten.»

Burns schaute erneut zu Francis herüber, verunsichert, ob diese Antwort ernst gemeint war. Im selben Moment klingelte seine Freisprechanlage. Blitzschnell drückte er den Knopf zum Sprechen.

«Ja?»

Die Antwort kam von einer weiblichen Stimme, auffallend unemotional und auf Korrektheit gedrillt. Francis konnte mithören.

«Sergeant Burns? Hier ist Constable Emily Maxwell, Scottish Police Glasgow. Sie hatten um Einschätzung eines Falles aus Portree gebeten.»

«Richtig. Es geht um zwei vermutete Adoptionen aus den Jahren ...»

Sie unterbrach ihn. «Danke, liegt mir alles vor. Ich konnte die Sache bereits klären. Das Jugendamt Portree führt tatsächlich eine Akte unter dem Namen Dorothy Philippa Dougan, die spätere Lady Wickelton. Auch die Geburtsurkunden von zwei Töchtern liegen der Akte bei. Väter unbekannt. Die damaligen Adoptionsverfahren waren von der Mutter selbst angestrengt worden.»

«Kennen Sie den Grund?», fragte Sergeant Burns. «Warum ausgerechnet von der Mutter?»

«Lassen Sie mich nachsehen ...» Trotz des lauten Motorgeräusches hörten sie, wie Emily Maxwell in eine Tastatur tippte. «Es existiert ein Gesprächsprotokoll des Jugendamtes.

Darin gibt Miss Dougan ihre Armutssituation und ihre zeitweise Tablettensucht als Grund an.»

Francis schloss vor Entsetzen die Augen. Das also war Lady Wickeltons Geheimnis. Und da sie später in London geheiratet hatte, dort unter ihrem neuen Namen berühmt geworden war, durfte sie davon ausgehen, dass ihre Jugendsünden und ihr Mädchenname Dougan im Nebel der Vergangenheit verklungen waren. Bis jetzt.

«Hier steht noch etwas zu den Töchtern», fuhr die stählerne Emily Maxwell fort. «Tatsächlich sind beide damals den *Schwestern von St. Jude* in Portree zur Obhut übergeben worden. Das ältere der Mädchen – Eileen Dougan – war siebzehn Monate alt, das jüngere – Annabelle Dougan – erst zwei Monate. Beide wurden unabhängig voneinander in Familien nach Cornwall vermittelt. Die Adoptionsgenehmigungen durch das Jugendamt erfolgten offenbar problemlos.»

Francis spürte, wie ihm das Alter der Kinder einen Stich versetzte. Er sah Annabelle als hilflos schreiendes Würmchen vor sich, erst acht Wochen alt und ohne die Liebe der leiblichen Mutter. Es grenzte an ein Wunder, dass Daphnes Cousine keine größeren emotionalen Schäden davongetragen hatte.

«Ist ersichtlich, warum die Kinder ausgerechnet nach Cornwall vermittelt wurden?», wollte Sergeant Burns wissen.

Constable Maxwell verneinte. Francis erinnerte sich, dass Daphne – laut Annabelle – in Erfahrung bringen konnte, dass die damalige Leiterin von St. Jude gute Kontakte nach Cornwall besessen hatte. So musste Eileen in die Apothekerfamilie Ross nach Fowey und Annabelle zu den Carlyons nach Bodmin gekommen sein.

«Danke, Constable», sagte Sergeant Burns knapp.

Emily Maxwell räusperte sich. «Ich habe noch etwas herausgefunden. Das Jugendamt in Portree geht gerade einem Verdacht nach. Einer der freien Mitarbeiter scheint die elektronische Akte über Miss Dougan kürzlich unbefugt eingesehen zu haben. Möglicherweise geht es um Vorteilsannahme.»

Burns hob die Augenbrauen. Vermutlich dachte er sofort an die rücksichtslosen Methoden von George Huxton. «Danke, Constable», wiederholte er und fügte hinzu: «Sie haben mir mehr geholfen, als Sie ahnen.»

Damit war das Gespräch endgültig beendet.

Sergeant Burns raste schweigend weiter, während Francis aus dem Seitenfenster blickte. Die Schönheit der Landschaft konnte ihn kaum ablenken von den schweren Gedanken an Lady Wickelton und ihre einsamen Töchter. Nie hätte er gedacht, dass so vieles in ihrem Leben verborgen war. Nur eins wusste er genau: Niemand auf Erden sollte verlorengehen.

Mit jeder gerasten Meile kamen sie der Wahrheit ein Stück näher. Als sie in Kelbridge den kleinen Wanderparkplatz am Dorfrand erreichten, fiel ihnen sofort der gelbe Mini Cooper auf. Daphnes Auto! Francis fühlte sein Herz hämmern. Es war der einzige Wagen auf dem Platz, hierher verirrte sich nur selten jemand. Noch während Burns' Fahrzeug ausrollte, sprang Francis ungeduldig heraus. Daphnes Auto parkte direkt vor der aufgestellten Wanderkarte, die Fensterscheibe auf der Fahrerseite war bis zum Anschlag heruntergefahren. Atemlos riss Francis die Tür auf.

«Daphne?»

Der Wagen war leer. Auch ihre Handtasche lag nicht wie gewohnt auf der Beifahrerseite. Als Francis wieder herauskroch, sah er, dass Sergeant Burns den Kofferraum öffnete und wieder schloss. Auch dort gab es nichts Auffälliges.

«Sehen Sie sich draußen um», ordnete Burns an. «Ich überprüfe den Innenraum.»

Francis drehte sich um die eigene Achse. Der Parkplatz war von Wiesen umgeben, sodass man weit blicken konnte. Knapp hundert Meter entfernt entdeckte er drei stämmige Jungen, die eine silberfarbene Drohne starten ließen. Er rannte zu ihnen, in der Hoffnung, dass sie etwas beobachtet hatten. Die drei verneinten, sie seien gerade erst eingetroffen, um ihre neue Drohne auszuprobieren.

Enttäuscht trabte Francis zurück zum Parkplatz.

«Mr. Penrose!»

Burns winkte ihm mit etwas Weißem in der Hand zu. Beim Näherkommen erkannte Francis, dass der Sergeant seinen Fund mit Hilfe eines Papiertaschentuchs festhielt. Sein Blick drückte Mitleid aus.

«Das lag unter dem Beifahrersitz.»

Es war ein kleines leeres Durchstechfläschchen, wie es zum Aufziehen einer Spritze benutzt wird. Es trug die gelbe Aufschrift *Dolofol*. Francis wusste von Jenna, dass es sich dabei um ein neuartiges Betäubungsmittel handelte. Entsetzt begriff er, was Burns ihm sagen wollte. Es gab nur eine Erklärung: Daphne und vermutlich auch der DCI waren entführt worden.

Francis musste sich auf der Kühlerhaube abstützen, um nicht vor Schmerz loszuschreien. Sergeant Burns ließ ihn geduldig einen Augenblick durchatmen. Erst als er sah, dass Francis weinte, legte er ihm eine Hand auf die Schulter und schob ihn sanft von Daphnes Auto weg.

In der Ferne hörten sie das Johlen der Jungs, als würde es nur Spaß auf der Welt geben. Übermütig jagten sie ihre Drohne so lange im Tiefflug über die Köpfe von Francis und Burns hinweg, bis der Sergeant genervt in seinen Wagen stieg und von innen die Beifahrertür öffnete.

«Lassen Sie uns fahren», rief er. «Ich werde jetzt den Streifenwagen aus St. Ives anfordern und die Küste bei Botallack nach der Jagdhütte absuchen lassen.»

Francis rührte sich nicht. Nachdenklich strich er sich über die Stirn, dann murmelte er: «Warten Sie bitte einen Moment. Ich will vorher etwas versuchen ...»

22

Begegnen wir der Zeit, wie sie uns sucht.

William Shakespeare

Die ersten Geräusche, die Daphne beim Aufwachen hörte, waren entferntes Meeresrauschen und das Krächzen einer Klippendohle. Blinzelnd hob sie den Kopf, um festzustellen, wo sie war. Und erschrak.

Ihr Körper befand sich auf einer dunkelblauen Couch, die Hände waren mit weißem Kabelbinder vor ihrem Bauch gefesselt. Es war die gleiche Art Kabelbinder, mit der George Huxton erwürgt worden vor.

Vor Panik begann sie zu zittern. Was war das für ein Ort? Wie lange war sie schon hier? Sie erinnerte sich dunkel, dass sie mit Chief Inspector Vincent in Kelbridge verabredet gewesen war. Aber sie hatte ihn nicht gesehen ... Langsam bewegte sie ihren Kopf, er fühlte sich dumpf an. War sie betäubt worden? Und warum?

Vorsichtig richtete sie sich auf und merkte, dass ihre Beine nicht fixiert waren. Sie versuchte, sich aufzusetzen. Aus Angst, dass ihr dabei schlecht wurde und sie sich vielleicht übergeben musste, schob sie ihre Füße in Zeitlupe auf den Boden. Dann eine kleine Drehung und sie konnte sich aufrichten.

Beklommen blickte sie um sich.

Der Raum, in dem sie saß, war nicht mehr als eine winzige

Abstellkammer. Über der Couch gab es ein vergittertes Fenster, dessen rechter Flügel offen stand. Trotz der frischen Luft hing ein Geruch von neu gewachstem Sattelleder im Raum, den Daphne kannte, seit Jenna als Jugendliche mit dem Reiten angefangen hatte. Tatsächlich entdeckte sie gegenüber der Couch ein Regal mit zwei polierten ledernen Jagdtaschen. Aus einer Tasche schaute ein Fernglas heraus. Dass hier ein Jäger lebte, zeigte sich auch an den drei Rehgeweihen, die an der gemauerten Wand aus grauem Stein hingen. Die Tür daneben bestand aus massivem Eichenholz und war mehrfach mit Eisen beschlagen.

Trotz ihrer gefesselten Hände gelang es Daphne, auf die Couch zu steigen und aus dem vergitterten Fenster zu schauen. Das Haus schien abgelegen zu sein. Daphne erkannte einen schmalen Sandweg, der von Farnen und undurchdringlichem Dickicht gesäumt war. Direkt unter dem Fenster musste sich der Eingang befinden, denn sie bemerkte den Ansatz einer Holztreppe, die dort hinzuführen schien. Neben der Treppe parkte ein weißer Volvo und daneben ein dunkelgrüner Jaguar. Sie konnte sogar die letzten Ziffern auf dem Nummernschild des Jaguars lesen.

Vorsichtig ließ sie sich wieder auf der Couch nieder.

Der Jaguar ... das Dickicht ... die Jagdtaschen ...

Wie unter einem Hagel von Erinnerungen kehrten die Ereignisse des Vormittags in Daphnes Kopf zurück. Jetzt wusste sie wieder, was sie herausgefunden hatte. Die Wahrheit über Eileen Ross. *Deshalb* hatte sie mit Annabelle geredet, *deshalb* war sie bereit gewesen, sich mit DCI James Vincent zu verabreden. Dies musste die Jagdhütte sein, die er besichtigen wollte, und der Jaguar konnte nur ihm gehören.

Sie hörte Geräusche vor der Tür. Die Schritte waren leise, als würde jemand lauschen. Absurderweise betete sie, dass es Francis oder James waren, die sie endlich gefunden hatten ...

Im Türschloss wurde ein Schlüssel bewegt. Tapfer nahm Daphne sich vor, Eileen nicht ängstlich, sondern selbstbewusst zu begegnen. Aus den Spionageromanen von John le Carré hatte sie gelernt, dass Selbstbewusstsein die Überlebenschancen steigerte.

Dann los, Eileen, ich bin bereit!

Doch ihr Mut hielt nicht lange an. Die große hagere Gestalt, die den kleinen Raum betrat, gehörte Cecil Hattingham.

Auf den ersten Blick hätte Daphne den Zahnarzt kaum wiedererkannt. Die Haare zerwühlt, das Gesicht unrasiert, mit weißen Stoppeln auf der Oberlippe. Im Gegensatz zu sonst trug er einen Karopullover und Jeans, sodass seine asketische Gestalt und sein Gesicht mit der dünnen Brille noch hagerer wirkten. Erst als er beim Hereinkommen die Hand etwas anhob, erkannte Daphne, dass er eine Pistole auf sie richtete.

Zynisch verzog er sein faltiges Gesicht zu einem schmalen Lächeln. «Ich weiß, dass Sie überrascht sind. Sicher kam ich in Ihrer Rechnung nicht vor. Haben Sie meine kleine Spritze gut überstanden, Mrs. Penrose?»

Daphne weigerte sich, darauf zu antworten. Sie nahm sich vor, auf keinen Fall Schwäche zu zeigen. Stattdessen fragte sie: «Wo ist Eileen?»

«Sie werden sie gleich sehen», antwortete Hattingham. Seine Pistole zeigte jetzt Richtung Tür. «Kommen Sie mit. Aber seien Sie nicht zu erschrocken, Eileen geht es nicht gut.»

Mit unbewegtem Gesicht ließ er Daphne an sich vorbeigehen. Dabei fiel sein prüfender Blick auf ihre Handfessel, um sicherzugehen, dass der Kabelbinder nicht zu locker saß.

Erleichtert, dass sie ihr enges Gefängnis verlassen konnte, wartete Daphne in dem davorliegenden Flur auf weitere

Anweisungen. Rechts von ihr gab es eine schmale Wendeltreppe nach unten. Plötzlich spürte sie die Pistole an ihrem Schulterblatt, und Hattingham dirigierte sie zu einer angelehnten Zimmertür. Er öffnete sie und schob Daphne hindurch. Seine grobe Art passte so gar nicht zu ihren früheren Begegnungen.

Sie hätte nie gedacht, dass Hattingham fähig wäre zu Gewalt. Und doch hielt er eine Waffe in der Hand. Eine alte Armeepistole. Daphne kannte das Modell. Viele englische Väter und Großväter hatten nach dem Krieg solche Waffen in ihren Häusern versteckt. Vielleicht stammte Hattinghams Pistole von seinem Vater. Sie erinnerte sich, dass Eileen einmal erzählt hatte, der alte Hattingham sei ein berühmter Flieger gewesen.

Der neue Raum, in dem sie jetzt stand, war groß und beherbergte einen verrauchten steinernen Kamin. Daphne sah sich um und registrierte überrascht, dass sie sich im länglichen Wohnzimmer eines Blockhauses befand. Die Außenwände bestanden aus mächtigen halbrunden Stämmen. Überall hingen Jagdtrophäen, darunter ein präparierter Fuchskopf und ein gewaltiges Hirschgeweih, auf dem sie *Bodmin Moor 2007* entziffern konnte. Über dem Kamin, vor dem zwei Sessel standen, ragte der Kopf eines zotteligen Bisons aus der Wand. Es hatte mit Sicherheit sein Leben nicht in Cornwall gelassen. Auf dem Holzboden davor lag ein langer blauer Schafwollläufer mit dem typischen Wellenmuster aus Janet Allanbys Weberei in Fowey.

Im hinteren Teil des Zimmers stand ein robuster Esstisch mit vier Stühlen sowie ein verglaster Holzschrank mit Porzellan. Neben dem Schrank gab es eine geschlossene Schiebetür, die vermutlich zu einem weiteren Zimmer führte.

Unsicher, wohin sie gehen sollte, war Daphne in der Mitte

des Raumes geblieben und dann vor die breite Fensterfront gegenüber vom Kamin getreten.

«HALT! Bewegen Sie sich nicht von der Stelle», befahl Hattingham. «Ich behalte Sie im Auge.»

Rückwärtsgehend näherte er sich der Schiebetür und schob sie auf, sodass der Blick in ein benachbartes Schlafzimmer frei wurde. Daphne sah einen hohen braunen Einbauschrank und glaubte, das Fußende eines Doppelbettes zu erkennen, das sich links hinter der Tür zu verbergen schien.

Sie beobachtete, wie Hattingham den Einbauschrank öffnete und einen großen Koffer herausholte, während er seiner Gefangenen alle paar Sekunden durch den Türrahmen kontrollierende Blicke zuwarf.

Was war in dem Koffer?

Während Hattingham abgelenkt war, versuchte Daphne herauszufinden, welche Fluchtmöglichkeiten sie hatte. Der Raum besaß zwei Ausgänge ins Freie. Links vom Kamin gab es eine verglaste und vergitterte Seitentür mit Knauf statt Türgriff, durch die man auf die hügelige Wildnis von West Penwith schauen konnte. Es schien ein Ausgang zu sein, der nicht oft benutzt wurde, denn am Knauf hingen Spinnweben.

Ganz anders die breite Fensterfront, vor der Daphne gerade stand, mit freiem Blick auf die felsige Küste. Zu ihr gehörte eine Terrassentür, die nach draußen zu einem Sitzplatz führte. Auch sie hatte einen Drehknauf. Trotz ihrer gefesselten Hände versuchte Daphne, ihn unauffällig zu bewegen.

Nichts. Die Tür war abgeschlossen.

Sie musste unbedingt Zeit gewinnen.

«Dürfte ich etwas trinken?», rief sie ins Schlafzimmer, um Cecil Hattingham in Sicherheit zu wiegen. «Mir ist schlecht.»

«Ich bringe Ihnen Wasser», antwortete Hattingham, während er mit der Pistole in der Hand zwei Schritte in den

Wohnraum trat. «Aber hören Sie auf, an der Terrassentür zu rütteln.»

Er ging zurück ins Schlafzimmer, wo er leise mit jemandem redete. Das konnte nur Eileen sein. Vielleicht hatte sie geschlafen und war nun aufgewacht.

Daphne nutzte die Gelegenheit und untersuchte die beiden Terrassenfenster. Sie schienen unversperrt zu sein. Doch das würde ihr wenig helfen, denn das endlos langgestreckte Grundstück war vollständig von grünem Maschendraht umzäunt. Außerdem erhoben sich hinter dem Gartenende – etwa hundert Meter entfernt – unüberwindbare tiefe Steilklippen. Der Küstenlinie nach schienen es die Klippen bei St. Just sein.

Ich müsste schon fliegen können, um von dort wegzukommen, dachte Daphne enttäuscht.

Aussichtsreicher erschien ihr, was sie dann entdeckte. Das Grundstück, auf dem die Jagdhütte stand, musste zu einer alten Zinnmine gehört haben – an diesem Teil der Küste hatte es früher Hunderte Minen gegeben. Zwischen Haus und Klippen erhoben sich die typischen Inseln von grasbewachsenen Mauerresten und eingefallenen Minengängen. Sogar ein abgebrochener runder Eisenerz-Schornstein ragte noch aus dem Boden. Vielleicht könnte sie sich in einer der Ruinen verstecken, falls ihr die Flucht gelingen sollte.

Sie blickte sich vorsichtig um, doch von Cecil Hattingham war nichts zu sehen. Also warf sie noch einmal einen Blick hinaus – und sah am Himmel plötzlich etwas flimmern. Das war kein Vogel, und für ein Flugzeug war das Objekt zu klein. Das war eine kleine Drohne! Daphne erinnerte sich an ihren Neffen Julian, der so ein Ding zum zehnten Geburtstag geschenkt bekommen hatte. Die ganze Familie musste im Garten dem Jungfernflug zuschauen.

Daphne atmete tief durch. Die Drohne sah so aus, als würde sie über dem Grundstück in der Luft stillstehen. Zweimal entfernte sie sich Richtung Klippen. Danach kehrte sie jedes Mal wieder zu ihrem Schwebeplatz zurück. Daphnes Herz begann, schneller zu schlagen. Bedeutete das, dass jemand die Hütte im Visier hatte? Oder waren es Kinder wie Julian, die mit ihrem Spielzeug herumexperimentierten?

Konnte das die Polizei sein? Vielleicht hatte man ihr Verschwinden inzwischen bemerkt.

Aber wie sollte sie die Polizisten auf sich aufmerksam machen?

Hinter ihr entstand ein Luftzug. Als Daphne sich umdrehte, sah sie, wie Hattingham wieder den Wohnraum betrat, mit dem Koffer in der linken Hand. In der anderen Hand hielt er weiter seine Pistole. Als er den Kamin erreicht hatte, blieb er mit dem Koffer am Kaminbesteck hängen, dass neben der Feuerstelle stand. Klirrend fiel das eiserne Gestell um. Verärgert schnaufend, stellte er den Koffer ab und bückte sich, um den Feuerhaken, die Schaufel und die Zange mit klapperndem Geräusch in das Gestell einzuhängen. Dabei wandte er Daphne kurz den Rücken zu.

Das war ihre letzte Chance. Schnell hob sie ihre gefesselten Arme in die Höhe und drückte sie über ihrem Kopf an die Glasscheibe. Falls die Drohne über eine Videokamera verfügte, musste sie ihre Fesseln erkennen …

Sie hörte, wie das Klappern aufhörte. Hastig nahm sie ihre Arme herunter und drehte sich um.

Cecil Hattingham wandte sich ihr wieder zu. Daphne dachte schon, er hätte ihr Wasser vergessen, als er ein Fläschchen Launceston-Quelle aus der Hosentasche zog. Er warf es in ihre Richtung.

«Hier. Und setzen Sie sich auf einen der Sessel.»

Daphne fing die Flasche auf, öffnete sie und trank hastig.

Seit heute Morgen hatte sie nichts mehr zu sich genommen, das Wasser belebte sie ein wenig. Gleichzeitig fragte sie sich, welche Art von Entführung das hier eigentlich war. Was wollte Hattingham? Er wirkte zunehmend angestrengter und nervöser, sein rechtes Augenlid zuckte ununterbrochen.

Mit vorgetäuschtem Gehorsam nahm sie auf dem rechten Sessel Platz, während Hattingham sich auf die gemauerte Kaminumrandung setzte. Das wuchtige Gepäckstück zu seinen Füßen war ein alter Leinenkoffer mit braunen Lederriemen. Er öffnete ihn und ließ den Kofferdeckel auf die Holzdielen fallen. Zum Vorschein kamen ein paar Bücher, die obenauf lagen. Was sich sonst noch im Koffer befand, konnte Daphne nicht erkennen.

«Ich werde Ihnen jetzt erzählen, warum Sie hier sind», begann Hattingham. «Eileen und ich wissen, dass Sie inzwischen Licht hinter das Geheimnis der drei Morde gebracht haben. Sagt man nicht so, wenn es um Verbrechen geht? Ich lese keine Kriminalromane ...»

«Wieso vermuten Sie das?»

«Weil Eileen Sie in Morwenna Longfellows Strandhaus beobachtet hat. Sie weiß auch, was Sie dort gefunden haben.»

Natürlich, dachte Daphne, der weiße Volvo. Er musste Cecil gehören – und Eileen war an dem Tag damit gefahren. Dennoch verstand sie es nicht ganz.

«Wie konnte Eileen denn ahnen, dass wir zu Morwenna wollten, um nach Beweisen zu suchen?»

«Reiner Zufall», sagte er. «Eileen war auf ihrer Baustelle in Padstow gewesen und erkannte Francis und Sie, als Sie auf dem Traktor vorbeifuhren. Sie ist Ihnen gefolgt.» Er verzog den Mund. «Dabei hatten wir doch Ihre Rolle viel kleiner geplant.»

«Was heißt das – unsere Rolle?»

Hattingham lächelte milde. «Beginnen wir mit George Huxton und Mrs. Hackett. Als uns klar war, dass wir die beiden aus dem Weg räumen müssen – die Gründe erkläre ich Ihnen gleich –, hatte Eileen eine charmante Idee. Sie fand, es wäre nicht schlecht, wenn wir Sie und Francis von Anfang an miteinbeziehen würden. Also haben wir Francis am Sonntagmorgen zu Lady Wickelton gelotst, damit er die Leiche der gierigen Mrs. Hackett findet. Damit waren auch Sie automatisch involviert, was uns wichtig war. Als Cousine konnten sie Annabelle nach dem Fund von Huxtons Leiche am besten trösten. Außerdem war uns klar, dass Sie sofort selbst zu ermitteln beginnen würden.»

«Das *wollten* Sie?», fragte Daphne ungläubig.

«Ja, das wollten wir. Zudem hatte Eileen alle Spuren so gelegt, dass sie in jeder Hinsicht bei Teddy Shaw endeten. Das hätte eigentlich auch Sie und Annabelle überzeugen müssen. Der Chief Inspector ist sofort drauf reingefallen, nur Sie wollten keine Ruhe geben.»

Daphne war entsetzt über so viel Eiseskälte. «Aber warum gerade der nette Teddy?»

«Der *nette* Teddy?», wiederholte Cecil Hattingham in ironischem Ton. «Während Eileens Studium waren er und sie über ein Jahr lang liiert. Sie war schwanger von ihm, verlor das Kind aber – und konnte nie mehr Kinder bekommen. Einen Monat später hatte er eine andere. So viel zu diesem Thema. Überlegen Sie selbst – kann eine Frau das je vergessen? Als Eileen dann hörte, dass ausgerechnet dieser Mann Annabelle heiraten wollte, war sie außer sich vor Bestürzung.»

Daphne malte sich aus, wie Eileen in ihrer unerbittlichen Entschlossenheit genüsslich Teddy Shaw zum idealen Sündenbock erkoren hatte. Es bedeutete sein Todesurteil.

Trotz des grausigen Themas blickte Hattingham Daphne

freundlich an. «Ihnen machen wir keinen Vorwurf, Daphne», fuhr Hattingham fort. «Eileen mag Sie sehr. Schon deshalb, weil Sie sich so rührend um Annabelle kümmern. Annabelle ist der wichtigste Mensch für Eileen, müssen Sie wissen.»

Daphne brauchte einen Moment, um das alles aufzunehmen. Eileen und Annabelle – dass sich ihre Lebenswege einmal auf diese schmerzliche Weise kreuzen würden, war nicht vorhersehbar gewesen. Wie immer man die Macht dahinter bezeichnete, ob Schicksal, Zufall oder Bestimmung – sie hatte mehrere Menschenleben gefordert. Innerlich aufgewühlt fragte Daphne sich, wann Hattingham endlich auch über die verhängnisvolle Rolle von Lady Wickelton sprechen würde.

Auch ein anderer Gedanke schoss ihr durch den Kopf, und sie hatte das Gefühl, als würde ihre Zunge versagen. «Haben Sie ... Haben Sie auch einen der Morde begangen?»

Hattinghams Antwort klang nüchtern. «Als Mediziner betrachtet man Blut, Schmerz und Tod als etwas Unvermeidliches. Außerdem diente ich als junger Militärarzt in Nordirland. Aber ja, bei Huxton bin ich Eileen zur Hand gegangen, wie man so schön sagt. Sie war ja gerade erst aus dem Krankenhaus gekommen.» Er hob etwas hilflos seine freie Hand. «Und ich liebe sie nun mal sehr. Sie ist der verletzlichste Mensch, den ich kenne.»

Hattingham schien sich nicht darüber auslassen zu wollen, wie groß sein Anteil an diesem Mord wirklich war. Dennoch wagte Daphne, ihn nach dem zu fragen, was sie am meisten an Huxtons Tod schockiert hatte.

«Aber warum diese Inszenierung? Das rote Geschenkpapier ... die Karte mit der lila Schrift ... Und warum musste Huxton unbedingt vor Annabelles Haus gefunden werden?»

«Das war meine Schuld.» Hattingham seufzte. «Ich wollte zu intelligent sein. Ich dachte, wenn es wie ritualisiert aussieht, tippt die Polizei schneller auf einen durchgedrehten Liebhaber. Auch der Pullover von Teddy Shaw, den wir auf die Wiese hinter Huxtons Garten gelegt haben, war meine Idee. Eileen hat mir zu Recht Vorwürfe gemacht, weil plötzlich Annabelle unter Verdacht stand. Das hatte ich nicht einkalkuliert.»

Seine Finger strichen gedankenvoll über den Pistolengriff, gefährlich nahe am Abzug. Daphne hielt den Atem an.

«Alles begann mit Eileens Mutter. Als sie starb, fanden wir bei ihren Sachen im Krankenhaus einen Brief, in dem sie beichtete, dass Eileen adoptiert war. Mehr hinterließ sie nicht. Dummerweise war es meine Idee, George Huxton mit der Suche nach den wahren Eltern zu beauftragen. Er hatte meine Praxis renoviert, daher wusste ich, dass er manchmal als Privatdetektiv arbeitete. Nach acht Wochen kam er mit ersten Ergebnissen. Er hatte sogar in Schottland recherchiert, hielt aber auch tüchtig die Hand auf. Wir gaben ihm das Geld. Eileen war wie verzaubert davon, dass sie eine Schwester hatte. Und dann noch jemanden, den sie sowieso sehr mochte ...»

«Gehörte zu Huxtons Recherche auch das Abhören von Telefonen?», unterbrach ihn Daphne. «Ich weiß, dass er alles, was er Ihnen über Annabelle erzählt hat, durch ein verstecktes Mikro wusste. Auch dass der Gartenbaubetrieb Baldwin & Sons Annabelle aus dem Markt drängen wollte, damit sie keine Kredite mehr bekam.»

«Ja, Huxton hat sie abgehört», gab Hattingham zu. «Was nicht abgemacht war. Am Tag vor seinem Tod habe ich die Wanze eigenhändig aus Annabelles Telefon entfernt. Ich hatte ihr Pläne von Eileen gebracht und bat sie, mir in der Küche einen Toast zu machen.» Er berührte seine Brille. «Eileen liebte Annabelle von Tag zu Tag mehr, auch wenn sie es ihr nicht so offen zeigen wollte. Die Psychologen würden sagen:

Es war obsessiv. Ich konnte nichts dagegen tun. Vergleichen Sie es mit einer Sucht. Irgendwann kam Eileen nachts nach Hause und hatte diese Gärtnerei angezündet.»

«Und deswegen hat Huxton Sie und Eileen erpresst?»

«Nicht nur deshalb. Vor allem kannte er jetzt Lady Wickeltons Geheimnis. Auch Mrs. Hackett saß mit in seinem Boot. Huxton hatte schnell begriffen, wie wertvoll das war, was er gegen Eileen in der Hand hat. Lady Wickelton ist immer noch prominent. Er drohte, anonym ein paar Zeitungen zu informieren, wenn wir nicht weiter zahlten.»

Daphne wagte, ihm noch eine Frage zu stellen. «Warum hat Eileen meiner Cousine nicht einfach die Wahrheit gesagt? Sie hätte doch mit Annabelle nach Wickelton House gehen und Lady Wickelton zur Rede stellen können?»

«Ich werde auch in diesem Punkt ehrlich mit Ihnen sein», antwortete Hattingham. «Huxtons widerliche Erpressung und sein Tod hatten alles durcheinandergebracht. So war es ja nicht geplant. Außerdem war Eileens Zorn über die Bigotterie ihrer echten Mutter gewaltig. Sie kennen sicher Lady Wickeltons verlogene Interviews. Es gibt sie zentnerweise.» Er hob dramatisch seine freie Hand. «Lady Wickelton kämpft für junge Frauen in Ghana – Lady Wickelton boykottiert auf der Londoner Buchmesse den Stand von Myanmar, weil Kinder der Rohingyas benachteiligt werden – Lady Wickelton engagiert sich gegen ... Und so weiter.» Er holte tief Luft. «Ja, Eileen wollte auch Lady Wickelton aus der Welt schaffen. Sie sollte die Letzte sein. Aber das hätte ich nicht mitgemacht. Ich habe auch nicht gewollt, dass Teddy Shaw stirbt.»

«Nein, das wolltest du nicht.»

Eileens Stimme war zu hören, bevor sie aus dem Schlafzimmer trat. Daphne starrte sie fassungslos an. Eileen trug ein elegantes rotes Abendkleid. Es war aus sündhaft teurer japanischer Seide geschneidert und an den Säumen mit Hunderten silberner Pailletten besetzt. In ihrem schwarzen Haar steckte ein außergewöhnlicher Goldreif, versehen mit einem auffälligen Muster aus bunten Steinen. Daphne erkannte beides sofort wieder. Kleid und Reif hatte Lady Wickelton auf dem Fest zu ihrem fünfundsiebzigsten Geburtstag getragen.

Eileen hob den Kopf, als erspüre sie Daphnes Gedanken. «Ja, du siehst richtig. Das ist Lady Wickeltons *robe rouge*.» Das Wort *Mutter* wollte ihr nicht über die Lippen kommen. Im Gegensatz zu ihrem eleganten Erscheinen wirkte sie mitgenommen, ganz blass und mit dunklen Ringen unter den Augen. Wenn sie tatsächlich krank war, nahm sie bestimmt schwere Medikamente. Und sicher ging auch das, was sie und Cecil gerade Daphne antaten, nicht spurlos an ihr vorüber. Dennoch schien sie bemüht, Haltung zu bewahren.

«Schau nicht so entsetzt», riet sie Daphne. Ihre Stimme klang bitter. «Das Kleid gehört zu den Andenken, die mir Huxton und Mrs. Hackett aus Lady Wickeltons Bestand besorgt haben. Viel ist es nicht. Ein winziges Album mit Säuglingsfotos von Annabelle und mir, ein übergroßes Album, das ihre ersten Ausstellungen in London dokumentiert, dazu ein paar alte Tagebücher ... Wusstest du, dass die Lady sich mit dreißig geschworen hatte, nie wieder Kinder zu bekommen, weil sie einem angeblich die Kreativität rauben?»

«Es tut mir so leid, Eileen. Alles, was Annabelle und du durchgemacht habt, tut mir leid ...»

«Schon gut.» Eileen ließ sich wie erschöpft auf den zweiten Sessel fallen.

Daphne hielt den Moment für gekommen, auch über sich, ihre gefesselten Hände und ihre Angst in diesem Raum zu reden. Eileen war zwar skrupellos genug gewesen, drei Menschen umzubringen, aber hatte Cecil Hattingham nicht zugegeben, dass sie Daphne mochte? In ihrem Blick – Daphne du Maurier hatte solche Augen *bedrohlich umwölkt* genannt – lagen Unruhe und Kälte ganz dicht beieinander. Eileen war zweifellos eine Psychopathin, die jeden mit abgrundtiefem Hass verfolgte, der ihr weh getan hatte und ihren Plänen im Weg stand.

«Warum bin ich hier?», fragte Daphne und gab sich innerlich einen Ruck. «Cecil sagt, du hast von Anfang an erwartet, dass ich mich in den Fall einmische. Schon allein, um Annabelle nicht im Stich zu lassen.» Sie hob ihre gefesselten Hände. «Weshalb dann das? Und wo ist der Chief Inspector?»

Eileen zupfte beiläufig an ihrem Kleid, als handele es sich dabei um ein Nebenthema. «Mr. Wichtig ist im Keller, aber darüber müssen wir jetzt nicht sprechen. Sorry, dass ich für deinen Besuch sein Handy benutzen musste ...» Sie straffte sich. «Wir haben dich hergebeten, weil du die Letzte sein wirst, mit der wir sprechen», erklärte sie.

Hatte sie tatsächlich *Besuch* gesagt und *hergebeten*?

Daphne blieb keine Zeit, über diese Art von Zynismus nachzudenken, denn Eileen deutete auf den Koffer, bevor sie fortfuhr: «Alles, was dadrin ist, gehört jetzt Annabelle. Wir möchten, dass du ihr den Koffer gibst. Es sind all die Dinge, über die wir gerade gesprochen haben ... Ach ja, darin findet sich auch eine Entwurfszeichnung für das Kinderbuch *Lily Loveday*. Ich finde, das kleine Mädchen hat eine verblüffende Ähnlichkeit mit Annabelle.»

Erst jetzt erst begriff Daphne, was Eileen gerade gesagt hatte. «Was heißt das, ich bin die Letzte, mit der ihr sprecht?»

Eileen blickte zu Cecil. Er übernahm wieder das Ruder. Er bückte sich, zog eine große braune Ledertasche aus dem Holzfach des Kamins und legte sie vor sich auf den Teppich.

Die Tasche war nur halb verschlossen. Durch den offenen Reißverschluss war braunes Packpapier zu sehen.

«Nachdem Sie gleich mit dem Koffer gegangen sind, werden Eileen und ich uns mit Hilfe dieses Pakets verabschieden. Ich habe damit ausreichend Erfahrung in Nordirland gesammelt. Es ist ordinäres Nitrozellulosepulver, wie es Jäger und Sportschützen zum Nachladen benutzen. Über einen Freund habe ich mir ein paar Kilo davon besorgt. Es explodiert erst, wenn es mit Feuer in Berührung kommt.» Zum Beweis schob er das braune Papier zur Seite und zog ein Stück Lunte hervor. Der Sprengstoff dahinter schimmerte grün-graphit. «Uns gefällt die Vorstellung, in Sekundenschnelle atomisiert zu sein, statt für den Rest unseres Lebens im Gefängnis zu sitzen. Sehen Sie es auch als Zeichen der Reue. Es ist unsere Dornenkrone.» Er schob die Tasche wieder zurück. «Sie werden gleich den Koffer nehmen, damit in den Wagen des Chief Inspectors steigen und zu Annabelle fahren.» Er lächelte schmal. «Und sicher auch zur Polizei.»

Die Wucht seiner Ankündigung zog Daphne den Boden unter den Füßen weg. Dieses Szenario bedeutete nichts anderes, als dass Eileen und ihr Mann Selbstmord begehen und dabei das Jagdhaus in Schutt und Asche legen wollten. Daphne brauchte ein paar Sekunden, bis sie ihren Schock so weit lenken konnte, dass er ihr einen Funken Hoffnung gestattete. In Eileens Plan war Daphnes sichere Rückkehr zu Annabelle von größter Bedeutung. Vielleicht machte sie dafür auch Zugeständnisse und erlaubte, dass James jetzt ebenfalls die Hütte verlassen durfte.

«Lasst mich den DCI mitnehmen. Es gibt schon genug Tote ...»

Cecil Hattinghams Antwort unterbrach sie rau und bestimmt. «NEIN! Eileen wünscht sich, dass er für sein Benehmen Annabelle gegenüber bestraft wird. Wir sind Agnostiker, das macht viele Entscheidungen einfacher.»

Daphne fühlte, wie sich ihr der Magen umdrehte, ihr wurde eiskalt. Die Vorstellung, dass James bei der Explosion sterben sollte, war unerträglich. Sie musste etwas tun.

Eileen stand auf und begann, den Koffer zu verschließen. Cecil half ihr, indem er mit dem Knie dagegendrückte. Der Reißverschluss schien sperrig zu sein.

«Darf ich kurz aufstehen und mich bewegen?», fragte Daphne. «Ich habe einen Krampf im Bein.»

Es war Eileen, die antwortete: «Von mir aus.»

Daphne verließ ihren Platz vor dem Kamin, lockerte zum Schein zweimal ihr rechtes Bein und stellte sich wieder ans Fenster. Jetzt, wo die Zeit knapp wurde und auch James Vincents Leben auf dem Spiel stand, musste sie unbedingt den Garten im Auge behalten. Nur von dort war Hilfe zu erwarten, falls ihre Botschaft an die Drohne angekommen war ...

Das Gepäckstück wurde über den glatten Holzboden geschoben. Daphne drehte sich um, Eileen zeigte auf den verschlossenen Koffer.

«Hier, nimm ihn ...» Dann schien ihr noch etwas einzufallen. «Nein, warte, du musst meiner Schwester noch einen Brief geben.» Es war das erste Mal, dass sie in Daphnes Gegenwart das Wort *Schwester* benutzte. Während Eileen mit eiligen Schritten ins Schlafzimmer zurückging und Cecil vor dem Kamin nervös mit der Pistole spielte, stieg in Daphne ein Gefühl unendlicher Traurigkeit auf. Wie grausam konnten Familiengeheimnisse Leben zerstören ...

Erneut blickte sie in den Garten. Plötzlich bemerkte sie eine Bewegung. Aus einer der Ruinen kroch eine Gestalt. Burns! Dann tauchten zwei weitere Männer auf, halb verborgen hinter Mauern und hohem Gras. Francis! Daphne wagte nicht mehr zu atmen und betete gleichzeitig, dass Hattingham die Männer von seinem Platz aus nicht sehen konnte.

Francis hob ein Fernglas vor seine Augen. Daphnes Anspannung stieg. Wie sollte sie den Männern ein Zeichen geben, ohne die Ruhe vor dem Sturm in diesem Unglücksraum zu stören?

Plötzlich fiel ihr ein, dass sie Francis schon ein paarmal gezeigt hatte, wie das Lippenlesen funktionierte. Er war nicht der geduldigste Schüler und hatte sie manchmal zur Verzweiflung gebracht, trotzdem versuchte sie jetzt, ihm eine Botschaft zukommen zu lassen.

GEHT ZU DEN TÜREN, formte sie lautlos mit den Lippen. *GEHT ZU DEN TÜREN.*

«Ich stecke den Brief zu den anderen Sachen», sagte Eileen in diesem Moment. Sie war ins Wohnzimmer zurückgekommen. Daphne drehte sich zu ihr um. Was für eine absurde Situation! Eileens Ähnlichkeit mit Lady Wickelton war unverkennbar. Der schwarze glatte Pony, das kräftige Kinn, ihre Entschlossenheit.

«Warum das alles, Eileen?», fragte Daphne. «Warum musstest du so zerstörerisch sein? Warum hast du Annabelle nicht einfach erzählt, dass ihr Schwestern seid?»

«Ich hatte es vor», sagte Eileen mit traurigem Lächeln, während ihre Augen feucht wurden. «Ich wollte es ihr in London sagen. Cecil hatte für uns eine Suite im *Connaught* gebucht. Es sollte ein unvergessliches Wochenende unter Schwestern werden. Aber dann kam Huxtons Ultimatum. Er drohte, noch in derselben Woche bei der *Times* anzurufen. Und er hätte es getan ...»

Und damit begann die Mordserie, dachte Daphne und schluckte. Ich muss mich zusammenreißen, ich muss eine Lösung finden ...

Trotz ihrer Aufregung fiel ihr noch ein anderer wichtiger Punkt ein. «Eileen ... Hast du die Krankheit geerbt?», fragte sie behutsam. «Das Lynch-Syndrom?»

Eileen nickte. «Ja, die Ärzte geben mir höchstens noch ein halbes Jahr. Annabelle ist die Einzige von uns, die es nicht bekommen hat.» Sie lächelte zufrieden. «Die Glückliche. Sie hat es so verdient.»

Jetzt kam auch Cecil Hattingham zu Daphne. «Schluss damit!» Mit einem Taschenmesser durchschnitt er den Kabelbinder an Daphnes Händen, während er weiter seine Pistole auf sie richtete. «Sie nehmen jetzt den Koffer und stellen sich damit vor die Seitentür. Ich sage Ihnen dann, wie der Knauf geöffnet wird. Der Wagen des Chief Inspectors steht neben der Treppe, der Schlüssel steckt. Beeilen Sie sich, ich garantiere für nichts mehr.»

Daphne nickte stumm. Ihre aufgeregten Gedanken waren bei James Vincent, doch was konnte sie noch tun?

Sie hatte erwartet, dass Eileen sie noch einmal umarmen oder wenigstens etwas Versöhnliches zum Abschied sagen würde. Stattdessen blieb sie in der *robe rouge* wie ein Steinblock in der Mitte des Wohnzimmers stehen, gefangen in ihrem Albtraum.

Bedrückt ging Daphne mit dem Koffer durch den Raum und stellte sich vor die vergitterte Seitentür.

«Hinter dem Knauf befindet sich ein schmaler Ring. Den ziehen Sie nach vorne», befahl Hattingham. Er stand nur wenige Schritte von ihr entfernt auf dem gewebten Läufer mit dem Wellenmuster.

Daphne zog an dem Ring, drehte den Knauf und die Tür sprang auf.

Doch sie trat nicht hinaus. Wie in plötzlicher Atemnot fasste sie sich an den Hals und fing an zu keuchen. Für Hattingham musste es so aussehen, als würde sie jeden Moment ersticken. Mit einer dramatischen Drehung sank sie vor der Tür zu Boden.

Hattingham und Eileen starrten sie hilflos an.

«Was ist mit Ihnen?», rief Hattingham. «Sie sollen verschwinden. Los jetzt!»

In diesem Moment griff Daphne auf den Knien nach dem langen Läufer unter Hattinghams Füßen. Es gelang ihr, mit einem kräftigen Ruck das gewebte Stück auf den glatten Holzdielen zu sich heranzuziehen. Noch bevor der irritierte Hattingham schießen konnte, verlor er das Gleichgewicht und stürzte zu Boden. Dabei fiel ihm die Pistole aus der Hand und rutschte auf den Dielen unter einen der Sessel. Eileen stand immer noch wie erstarrt. Daphne rappelte sich wieder hoch und zog die Sprengstofftasche unter dem Kamin hervor. Sie war weniger schwer, als sie befürchtet hatte. Ohne auch nur eine Sekunde daran zu denken, was passieren würde, wenn die Polizei jetzt schießen würde, rannte sie damit zur Seitentür, drückte sie auf und lief ins Freie. Fast gleichzeitig stürmte Sergeant Burns mit gezogener Waffe in die Hütte, gefolgt von zwei Polizisten.

Francis wartete nur ein paar Meter vor der Tür auf sie. Sie fiel ihm um den Hals, weinend, am Ende ihrer Kraft. Während er sie festhielt und beruhigend streichelte, erzählte sie ihm stammelnd, was passiert war und was sich in der Ledertasche befand. Francis winkte eine junge Polizistin herbei, ohne Daphne loszulassen. Die Beamtin übernahm die Sprengstofftasche und trug sie vorsichtig davon, um sie in Sicherheit zu bringen. Daphne hätte sich in diesem Moment nichts sehnlicher gewünscht, als endlich mit Francis nach Hause zu fahren. Doch ihr wurde schmerzlich bewusst, dass sie hier noch nicht fertig war.

James!

Sergeant Burns trat zu ihnen und Daphne erklärte in schnellen Worten, wo sich der DCI befand. Erst nachdem Burns ihr versichert hatte, dass sich Eileen und Hattingham nicht mehr in der Hütte aufhielten, fühlte sie sich bereit, in die Räume zurückzukehren.

Vorsichtig stiegen Burns, Francis und sie auf der Wendeltreppe im Flur nach unten. Der fensterlose Kellerraum, in dem sie kurz darauf standen, roch feucht und muffig. Von ihm aus führte eine Eisentür zu einem weiteren Raum. Sergeant Burns öffnete sie langsam und tastete innen nach einem Lichtschalter. Während sich zögernd eine trübe Glühbirne an der Decke erhellte, erkannten sie, wo sie jetzt standen: in der Wildkammer der Jagdhütte.

Die kalte Luft, die ihnen entgegenschlug, stammte aus den Wandschlitzen einer Kühlanlage, die sich außerhalb des Raumes befand. An einem Haken an der Decke hing ein fachmännisch aufgebrochener Hase, auf einem breiten Holzgestell knapp über dem Boden lag ein Rehbock, noch im Fell.

Direkt hinter dem Reh entdeckten sie James. Er war mit einem Tuch geknebelt und an Händen und Füßen mit Kabelbinder gefesselt. Obwohl seine Augen verwirrt blickten, schien er seine Gefangenschaft unverletzt überstanden zu haben. Burns nahm ihm den Knebel ab und durchschnitt die Kabelbinder. Wankend kam James auf die Knie, dann erhob er sich mühsam. Das Sakko verdreckt, die Krawatte verrutscht, der ganze DCI derangiert.

«Sind Sie okay, Chief Inspector?», fragte Burns besorgt.

«D... Danke», murmelte James. Tapfer versuchte er, aufrecht zu bleiben. Trotz der sichtlichen Schwäche fühlte er in alter Gewohnheit nach seiner Krawatte. Daphne fand es anrührend, wie er Haltung zu bewahren suchte. Irritiert blickte er zu Daphne und Francis und von dort zurück zu Burns. «Wo bin ich?»

Die Kälte musste ihm immens zugesetzt haben, sein Gesicht wirkte wie tiefgefroren, seine Stimme wie mit Eis belegt.

«Die Morde, Sir, unsere Ermittlungen», antwortete Burns. «Wenn Mrs. Penrose nicht gewesen wäre ...»

Der Sergeant hatte noch nicht zu Ende gesprochen, als sein Chef erneut wankte und dann zur Seite kippte. In letzter Sekunde fingen Francis und Burns ihn beherzt auf. Es schmerzte Daphne zu sehen, wie blass und erschöpft er war. Als die Männer den Chief Inspector vorsichtig anhoben, um ihn nach draußen zu tragen, sah sie, wie seine lindgrüne Krawatte, die er so gerne trug, noch einmal über das Rehfell schleifte, als wollte sie darauf hinweisen, wie gut sie zu hellem Braun passte.

Es hätte James gefallen.

23

Schließe deine Augen und sieh.

James Joyce

Der Brief aus Kapstadt mit dem roten Familienwappen auf der Rückseite traf acht Tage nach den furchtbaren Ereignissen in der Jagdhütte ein. Er stammte von Lord William Wemsley, in dessen Auftrag Francis Embly Hall verwaltete. Normalerweise schickte Cousin William solche Kuverts nur dann nach Fowey, wenn er Renovierungsvorschläge ablehnte. Doch diesmal gab es gute Nachrichten. Er teilte Francis mit, dass er für eine Woche in Fowey Stopp machen würde, nachdem er vor kurzem das charmanteste aller kleinen Weingüter in Cornwall erwerben konnte – die *Nanwarren Winery*. Hier wurden seit vielen Jahren beachtliche Chardonnays hergestellt. Die Reben wuchsen in Golant, nur wenige Meilen von Fowey entfernt, am Ufer des River Fowey, wo steiniger Boden das milde Klima bis in die Sturmsaison speicherte. Daphne wusste, dass William es als eine Frage der Ehre ansah, auch in seiner Heimat ein Weingut zu besitzen. Linda und er lebten ganzjährig bei Kapstadt, wo Williams *Lordship Wine Estate* zu den größten Gütern in Konstantia gehörte. Francis fand den Firmennamen etwas hochtrabend, doch William sammelte Jahr für Jahr internationale Medaillen für seine edlen Tropfen ein. Jetzt reizte es ihn, etwas für den Ruhm der kornischen Weine zu tun, damit die Franzosen aufhörten, immer nur darüber zu lächeln.

An Daphne äußerte William die Bitte, möglichst rasch jemanden für die Neugestaltung des Uferplatzes von Nanwarren Winery zu finden. Natürlich schlug sie Annabelle vor. Denn tatsächlich konnte sie sich niemanden vorstellen, der geeigneter für den Job wäre. Dankbar und voller Elan legte Annabelle sofort los. Sie ließ sich per Zoom von William seine Pläne für das Weingut erklären und machte ihm Vorschläge. Am Ende waren alle ihre Ideen akzeptiert.

Es tat Daphne gut, durch Williams Besuch abgelenkt zu sein. Er reiste an einem Montag an. In der Woche darauf erwartete ihn dann eine Kommission im Londoner Oberhaus, wo es um wichtige außenpolitische Themen gehen sollte.

Daphnes Verhältnis zu William war gut. Er war eine humorvolle Persönlichkeit, über einen Meter neunzig groß, mit wohlgenährtem Gesicht und grau werdenden Locken. Dass er durch seine Pfunde wie ein fünfzigjähriges Riesenbaby wirkte, wusste er selbst. Unter Freunden zitierte der früher sehr sportliche William gerne Daphnes frechen Trost, dass seine Vorderseite bestimmt kein Bauch sei, sondern ein Sixpack im Speckmantel.

So schnell Daphne nach den Vorfällen in der Jagdhütte seelisch wieder ins Gleichgewicht gekommen war, so sehr sorgte sie sich immer noch um Annabelle. Der Gedanke, dass ihre Cousine zwar Mutter und Schwester wiedergefunden hatte, die eine aber nicht mehr ansprechbar war und die andere im Gefängnis saß, war bedrückend. Insofern war der Auftrag aus Kapstadt eine gute Ablenkung für Annabelle.

Als Daphne kurz nach Williams Ankunft zur Winery hinausfuhr, um sich die ersten Verschönerungen anzusehen, erkannte sie die Zufahrt neben dem höher gelegenen Hauptgebäude und das dazugehörige Gelände unten am River Fowey kaum wieder. Ihre letzte Weinprobe beim Vorbesitzer lag Jahre zurück. Sie war enttäuschend verlaufen. Jetzt hatte Annabelle den Weg von Unkraut gesäubert und mit frischem weißem Kies belegt, die weißen Pfosten rechts und links der Einfahrt glänzten mit neuer Farbe. Und als wären sie dort schon immer gewachsen, wurde die Zufahrt jetzt von Büschen wie Kirschlorbeer, Rhododendren, Schmetterlingsflieder und Felsenbirne flankiert.

Nur zwanzig Meter vom Fluss entfernt befand sich auch das Granithäuschen, das der Vorbesitzer für die Weinproben erbaut hatte. So hübsch wie jetzt hatte es vorher nicht ausgesehen. Mit seinen Fensterläden – von Annabelle blau gestrichen – wirkte das kleine Gebäude auf Anhieb gemütlich. Den Probierraum hatte Annabelle umgestaltet. Wie ein klares Statement stand hier nun ein langer Refektoriumstisch in der Mitte, umgeben von Holzstühlen aus Bodmins letzter Moortaverne. Annabelle hatte sich im vergangenen Jahr einen Vorrat davon gesichert.

Am Ufer vor dem Probierhaus lag ein flacher Transportkahn, beladen mit breiten Kanthölzern. Ihm entströmte ein würziger Fichtenduft. Die Hölzer benötigte Annabelle zur dekorativen Befestigung der Schilfrabatten.

Daphne stellte sich davor und hielt nach ihrer Cousine Ausschau. In diesem Augenblick tauchte Annabelle schwitzend aus dem Chinaschilf neben dem Transportkahn auf, in den Händen einen Sack Erde, der nur noch halbvoll war. Vom Schleppen hing der rechte Träger ihres grünen Overalls herunter.

«Hallo, Daphne!» Strahlend stellte sie den Sack vor dem Schilf ab, schob ihren Träger hoch und umarmte ihre Cousine. «Wir sind noch gar nicht fertig!»

«Es ist trotzdem ein Wunder, was du schon geschafft hast», sagte Daphne. «Früher wollte man nur schnell wieder weg von hier.» Sie war erleichtert, wie fröhlich Annabelle wirkte. Suchend blickte sie sich um. «Wo sind die Männer?»

Annabelle zupfte sich einen Zweig aus den schwarzen Locken und zeigte zu den langen Reihen der Reben. «Sie besprechen mit Williams Verwalter die Erntetermine.»

Die Trauben im Weinlaub sahen reif aus. Ihre fast südländische Üppigkeit bildete einen auffälligen Kontrast zum River Fowey dahinter, dessen übrige Uferlandschaft durch die trocken liegenden Boote und die knorrigen Eichen auf der Böschung nicht kornischer hätte aussehen können.

Annabelles Miene wurde geheimnisvoll. «Hast du einen Moment Zeit?»

«Natürlich!»

«Ich muss dir was erzählen.»

Zwischen den Reben erschienen Francis und William, beide in blauen Gummistiefeln. William trug eine Flasche Wein in der Hand. Vermutlich hatte er sie gerade vom Verwalter erhalten, dessen Auftrag darin bestanden hatte, Weine von allen Winzern Cornwalls zu besorgen, damit William testen konnte, bei welcher Qualität sein neues Weingut die besten Chancen auf dem Markt hatte. Er hielt die Flasche hoch und rief mit kräftiger Stimme: «Weinprobe, Ladys!» Wie alles nahm er auch sein kornisches Experiment mit Humor. «Von der Konkurrenz! Vermutlich *Land's End Steilküste*, geerntet bei Windstärke zehn!»

«Gleich», rief Daphne lachend zurück, während sie Annabelle auf den angebundenen Kahn folgte. Gut gelaunt verschwanden die beiden Männer im Granithäuschen.

Das Transportboot schaukelte, als Daphne und Annabelle es betraten. Sie nahmen nebeneinander auf den gestapelten

Balken Platz. Hinter ihnen schwamm schnatternd eine Entenfamilie vorbei.

Annabelle blickte Daphne mit leuchtenden Augen an. Etwas musste mit ihr geschehen sein.

«Ich war heute im Krankenhaus», begann sie aufgeregt. «Dr. Boyd hatte mich angerufen, dass Lady ... dass meine Mutter wieder Besuch empfangen kann.»

«Du hast mit ihr reden können?», fragte Daphne ungläubig.

«Ja.» Annabelle nickte gerührt. «Zwar nicht lange, aber sie hat alles verstanden, was ich gesagt habe.»

«Ist das toll!» Daphne kniff ihrer Cousine übermütig in den Arm. So hatten sie sich früher immer gefreut. «Wie war es? Ich meine, wie hast du dich gefühlt und wie hat sie reagiert?»

«Im ersten Moment war sie mir fremd», gestand Annabelle. «Obwohl ich sie ja schon öfter in Fowey gesehen hatte. Aber dann sagte ich ihr einfach, dass ich ihre Tochter bin und dachte: Gut, das hätte ich hinter mir ...»

«Und dann?»

«Passierte etwas Seltsames.»

Annabelle schilderte, wie Dorothy Wickelton stumm die Augen geschlossen hatte und still liegen geblieben war. Dann plötzlich hatte Annabelle sie leise schluchzen gehört, und sie sah, wie die blassen Wangen der Kranken bebten. Als Dorothy die geschlossenen Lider wieder geöffnet hatte, war der Blick ihrer dunklen Augen flehend gewesen, als würde sie um Verzeihung bitten. Jedenfalls hatte Annabelle es so verstanden. Tastend war Dorothys Hand mit der aufgeklebten Kanüle über die Bettdecke zu Annabelle gewandert und hatte nach Zuwendung und Vergebung gesucht. Ergriffen schenkte Annabelle ihr beides. Gleichzeitig begann sie zu akzeptieren, dass sie aus Dorothys Mund wohl nie mehr erfahren würde, was damals in Portree vorgefallen war. Sie konnte höchstens selbst auf Spurensuche gehen. Dennoch hatte Dorothys Schluchzen ihr mehr gegeben, als für sie zu hoffen war.

«Wie viel Zeit hat sie noch?», fragte Daphne vorsichtig.

«Vielleicht länger, als sie dachte. Seit gestern sind die Ärzte wieder optimistischer.»

«Ich freue mich für dich.»

Annabelle zupfte nachdenklich an einem Holzspan von den Balken. «Was meinst du? Soll ich im Herbst mal nach Portree fahren? Es gibt dort bestimmt noch Leute, die sich an Dorothy Dougan erinnern. Langsam fühle ich mich bereit dafür. Ich möchte einfach mehr über sie erfahren – auch über mich und Eileen ...»

«Natürlich tust du das!», sagte Daphne ermunternd. «Irgendwann wollen wir doch die ganze Geschichte hören.»

Dankbar lächelnd drückte Annabelle Daphnes Hand.

Epilog

Meine erste Wanderung auf dem Küstenpfad von St. Just nach Land's End begann vor Jahrzehnten mit einer Autopanne. Als kurz vor St. Just mein Wagen liegen blieb, lud mich wie selbstverständlich ein vorbeifahrender Kartoffelbauer zu sich auf seinen vollbeladenen Anhänger ein und brachte mich zum Markplatz von St. Just. Der Kartoffelberg neben mir roch nach der satten Erde von Penwith, in einer Ecke des Anhängers lagen abgeschnittene Zweige von Stechginster, und der Wind vom Meer neben uns wehte mit dem salzigen Duft des Atlantiks. Das war der Tag, an dem ich die Wildheit von West Penwith endgültig lieben lernte.

Ich bin fest davon überzeugt, dass auch meine Hauptfiguren Daphne und Francis Penrose mit ihren tiefen kornischen Wurzeln nicht anders könnten, als die Weiten rund um Land's End zu lieben. Ich habe versucht, sie mit dem auszustatten, was bis heute über alle Generationen hinweg die Menschen in Cornwall gemeinsam haben – mit dem stolzen Bewusstsein für die wechselhafte und oft steinige Geschichte dieser Landschaft.

Auch wenn Daphne und Francis selbst und ihre Beziehungen zu anderen Figuren nur Fiktion sind, bleiben sie für mich doch ein Spiegel der Realität. Der lebhafte Alltag im Küstenort Fowey erzählt einem Autor viele Geschichten. Man muss nur zuhören können.

Gerne zugehört habe ich auch denen, die mir bei den Recherchen mit reichhaltiger Erfahrung zur Seite standen. Ich danke Jason von den St. Ives Archives für seine detaillierten Informationen über West Penwith, Janet von MarineTraffic für die Einführung in das globale System der AIS-Technik und den vielen anderen Menschen, die mir in Fowey Unterstützung gewährten. Mein besonderer Dank gebührt Dr. Christine Pfaller, die mich auf das Lynch-Syndrom aufmerksam gemacht hat, das zum Glück nicht in allen Fällen einen Verlauf nimmt wie in der Familie von Lady Wickelton. Besonders hilfreich war auch, dass Harbour Captain Dirk Schroeder mich durch die Geheimnisse der Seefahrt gelotst hat. Nur er kann ahnen, wie bescheiden meine Fähigkeiten als gelegentlicher Skipper vor der Küste Cornwalls sind.

Schließlich möchte ich Peter Robinson bestätigen, dass der Slogan für den kleinen Küstenort sehr passend und klug gewählt ist: Enjoy Fowey!

Nichts macht mehr Vergnügen als das!

Thomas Chatwin, April 2021

Persönliche Reisetipps des Autors

Mit den folgenden Empfehlungen möchte ich einige der authentischen Handlungsorte meines Romans vorstellen und zum Nachreisen anregen. Ausführliche Reise- und Übernachtungstipps für den malerischen Hafenort Fowey, dem Hauptschauplatz meiner Daphne-Penrose-Romane, sind im Anhang des ersten Romans dieser Serie zu finden: Thomas Chatwin, *Post für den Mörder. Ein Cornwall-Krimi.*

Cornwalls schönste Parks und Gärten sowie die faszinierende Region rund um den Helford River stelle ich im zweiten Band der Serie vor: Thomas Chatwin, *Mörder unbekannt verzogen. Ein Cornwall-Krimi.*

Cornwalls bezaubernder Westen

Ganz Cornwall und besonders Land's End als westlichste Landzunge beeindrucken jeden Besucher durch ihre Küsten. So liebenswürdig die Küste des Ärmelkanals mit sanften Klippen und mediterranen Stränden ist, so schroff und wild kann im Nordwesten die Atlantikküste sein. Land's End bildet den Übergang zwischen beiden – es ist der Platz am Bug, wenn Cornwall ein Schiff wäre, hoch über den Wellen und scharf am Wind. Wer im Frühjahr kommt, findet die Klippen übersät von Blüten. Dort an der Granitküste zu stehen, eine steife Brise zu spüren und mit den Augen den berühmten Leuchtturm *Longships Lighthouse* auf den vorgelagerten Felseninseln Carn Bras zu suchen, macht den Besuch von Land's End so spektakulär.

Der Name stammt aus dem Kornischen, dessen Ursprünge so keltisch sind wie die Herzen der alten angestammten Familien Cornwalls. Früher nannte man diese große Landzunge *Penn an Wlas* oder *Pedn an Wla*, also «Ende des Landes». Sie beginnt bei der grob gedachten Linie zwischen St. Ives und Penzance und umfasst das gesamte Gebiet von dort bis zur wirklichen Landspitze. Die ehemalige Distriktbezeichnung West Penwith für die Halbinsel wird auch heute noch gerne benutzt.

West Penwith ist die ruhigste Region Cornwalls, zugleich eine Landschaft voller Überraschungen: mit Mooren, Hügeln, Heiden und sandigen Wegen zwischen Hecken und Farnen, mit einsamen Gehöften und bedeckt von Wiesen, auf denen Tausende Schafe, Pferde und Kühe grasen, darunter die seltenen *White-Shorthorn*-Rinder. Die Küstenpfade gehören zum Schönsten, was England zu bieten hat. Sie sind ein Paradies für Wanderer. Ihr abwechslungsreiches Auf und Ab verbindet sich mit der besonderen Wildheit der Küste. Wo sich schroffe Felsinseln aus dem Wasser erheben, sieht man mit viel Glück Robben und vor den Stränden Delfine.

Für Fahrradfans ist West Penwith ein Landstrich vielfältiger Herausforderungen, von gemütlichen Spazierfahrten zwischen Hecken und Mauern bis zu anspruchsvollen Mountainbiketouren – alles ist möglich. Besondere Höhepunkte sind Besuche der alten Zinn- und Kupferminen, die jahrhundertelang ebenso zur Region gehörten wie früher die Sardinenschwärme vor der Küste. Bis heute prägen die unter Denkmalschutz stehenden Ruinen und Türme der Minen Teile der Landschaft. Wer sich die Zeit der Minen packend vor Augen führen möchte, sollte in den historischen *Poldark*-Romanen von Winston Graham schmökern. Von der BBC wurden sie zudem großartig als Serie verfilmt und können in deutscher Sprache gestreamt werden.

Meine persönlichen Touren durch West Penwith beginnen meist mit kurzem Shoppen in St. Ives oder mit einem Museumsbesuch. Danach werfe ich freudig die Insignien der Zivilisation ab, begnüge mich mit Wanderschuhen und Windjacke und starte mit einem kurzen Besuch bei Cape Cornwall. An ruhigen Tagen lässt einen dieser Platz geradezu kontemplativ werden. Hier ist der touristische Hochbetrieb von Land's End weit genug entfernt.

Danach nehme ich mir Wanderziele in der Gegend vor. Keine dieser Touren endet ohne einen gemütlichen Pub-Besuch, oft im *Tinners Arms* in Zennor, wo schon D.H. Lawrence bei einem Pint über das Leben nachdachte.

Land's End Visitor Centre

Land's End, Sennen, Cornwall, TR19 7AA
www.landsend-landmark.co.uk
visitorscentre@landsend-landmark.co.uk
Tel. ++44 1736 871 501

Der weitläufige Gebäudekomplex des Visitor Centre mit angegliedertem Hotel, Restaurants, zahlreichen Shops und dem berühmten Schilderpfosten *(New York 3147 Meilen)* erstreckt sich direkt vor den Klippen. Das Land's End Hotel bietet dreißig moderne Zimmer, auch Apartments werden auf dem Gelände angeboten. Das *First & Last Inn*, das hier schon im 17. Jahrhundert den Stürmen trotzte, wirbt mit Schmugglern und Wrackräubern als ehemaliger Kundschaft. In diversen Shops wird von Kitsch bis Kunsthandwerk vieles angeboten. Im Sommer gibt es Feuerwerke, zudem werden Ausflüge organisiert.

Der Zugang zum Gelände von Land's End und zu den Klippenpfaden ist natürlich kostenlos, dafür ist der Parkplatz (den man unbedingt vorbuchen sollte!) umso teurer.

Der Reisende sollte sich frühzeitig entscheiden: Wer einmal im Leben auf diesen Klippen gestanden haben will und sich vor dem Schilderpfosten verewigen lassen möchte, muss den Touristenrummel ertragen. Wem es genügt zu wissen, wie sich die Küste nahe Land's End *anfühlt*, sollte knapp sechs Meilen weiter nördlich das kleinere Cape Cornwall ansteuern oder sich einen ruhigen Küstenpfad dazwischen suchen.

Eine interessante Möglichkeit, den Besuch von Land's End mit einer traumhaften Wanderung zu verbinden, bietet der Küstenpfad von St. Just nach Land's End.

Start ist auf dem Marktplatz von St. Just. Von dort wandert man im ersten kurzen Abschnitt nach Porth Nanven, wo der abwechslungsreiche Küstenweg beginnt. Gutes Schuhwerk ist angesagt, denn die Pfade sind oft felsig. Bis Land's End sind es insgesamt 10,4 Kilometer, sodass man mit ca. dreieinhalb Stunden Gehzeit pro Strecke rechnen muss. Die Ausblicke unterwegs sind spektakulär. Von Land's End aus kann man den Bus zurück nehmen nach St. Just. Er fährt sogar bis nach St. Ives weiter.

Aussichtspunkt Cape Cornwall

    National Trust Cape Cornwall, Car Park

    St. Just, Penzance TR19 7NN

    Ausgeschilderte Zufahrt über das Zentrum von St. Just

Die Natur rund um diesen Küstenstrich müsste Englands Landvermessern für ewig dankbar sein. Lange Zeit hielten sie nämlich Cape Cornwall für den westlichsten Punkt. Erst nachdem spätere Messungen ergaben, dass die wahre Ehre einem anderen Land's End gebührte, zog in Cape Cornwall wieder Ruhe ein. Heute steht dort ein Minenschornstein aus dem Jahr 1894 über dem Meer, der an die fast vergessene Mine unter diesen Felsen erinnert. Vor dem Denkmal gibt es einen kleinen Aussichtsplatz. Von hier aus lassen sich die Strömungen an den gefährlichen Brisons Rocks sehen, zwei schroffe Felsinseln, an denen schon viele Schiffe zerschellten. Dennoch ist die Bucht unterhalb der Klippen noch heute ein Landeplatz für Fischer. Cape Cornwall ist ein beliebter Treffpunkt für Seehunde, auch wenn sie sich ungern an Besichtigungszeiten halten. Das Parken auf dem kleinen Platz ist kostenlos. Das Gelände wird vom National Trust verwaltet.

Minack Theatre

Porthcurno, Penzance, Cornwall, TR19 6JU

www.minack.com

info@minack.com

Tel. ++44 1736 8100 181

Zu den kulturellen Höhepunkten Cornwalls gehört ein Besuch des Freilufttheaters *Minack Theatre*. Bewunderer aus der ganzen Welt nennen es kurz The Minack. Malerisch geschmiegt in die Granitfelsen der traumhaften Porthcurno Bay, bietet die Bühne den internationalen Gästen Aufführungen im Stil eines griechischen Amphitheaters. Die steinerne Bühne befindet sich direkt über dem Wasser, sodass die Besucher während der abendlichen Aufführungen auch die Weite des Meeres vor Augen haben. Gespielt wird bei jedem Wetter, bei Regen verteilt das Theater Regencapes an die Gäste. Das Programm mit Theatergruppen aus Großbritannien und den USA ist so unterhaltsam wie anspruchsvoll. Oft steht Shakespeare auf dem Spielplan, alle zehn Jahre mit einer Neuinszenierung von Shakespeares *Der Sturm*.

Wer nicht in der Gegend übernachtet, sollte sich zumindest einer Führung durch das Minack Theatre anschließen. Nur wer dort in der Mitte der Arena gestanden und das Wunderwerk der in die Felsen gebauten Sitzreihen gesehen hat, kann erahnen, was Theatergründerin Rowena Cade über Jahrzehnte geleistet hat.

Nachdem sie das Gelände vor einhundert Jahren zum Wohnen erworben hatte, stellte sie einer örtlichen Theatergruppe ihr Feld zur Verfügung. Damit begann ihre Karriere als Prinzipalin. Zusammen mit ihrem Gärtner baute sie Plätze in die Felsen und ließ so über Jahre ein Amphitheater aus der steilen Küste wachsen. Dieser Traum sollte sie für ihr ganzes restliches Leben beschäftigen und begleiten. Bis zu ihrem Tod im Jahr 1983 im Alter von dreiundachtzig Jahren blieb das Minack Theatre ihre große Liebe.

Botallack Mine

Tin Coast, bei St. Just, Cornwall, TR19 7QQ
www.nationaltrust.org.uk/botallack
botallack@nationaltrust.org.uk
Tel. ++44 1736 7869 34

An die Zeiten, in denen Cornwall zu den entlegensten Gebieten Englands gehörte und hauptsächlich von Sardinenfang und Bergbau lebte, erinnert noch heute die Mine von Botallack, auch Crown Mine genannt. Hunderte von Metern mit einfachstem Werkzeug in den felsigen Boden geschlagen, verliefen die Schächte und Gänge bis weit unter das Meer. Bis 1924 wurden hier Kupfer und Zinn gefördert. Die letzte Mine Cornwalls – South Crofty bei Redruth – legte man erst 1998 wegen Unrentabilität still. Dass diese Entscheidung möglicherweise voreilig war, weiß man erst jetzt. Neue Bohrungen lassen eine Eröffnung wieder in greifbare Nähe rücken, vor allem, weil man im Minenwasser große Mengen an Lithium entdeckt hat.

Seit 2006 gehört Cornwalls Bergbaulandschaft zu den Stätten des Weltkulturerbes der UNESCO. Besucher der Botallack-Mine sollten sich auf dem *Botallack Mining Walk* vom National Trust rund um die historischen Plätze führen lassen. Das *Count House*, die Maschinenhäuser an den atemberaubenden Klippen, die Türme und Ruinen der weitläufigen Anlage – das alles wird auf dem 1,6 Kilometer langen Rundwanderweg sichtbar und gut erklärt. So wird das schwere Leben der Minenarbeiter selbst für Kinder gut verständlich.

Auch die zahlreichen anderen Minen rund um St. Just – zum Beispiel die *Levant Mine and Beam Engine* oder die *Geevor Tin Mine* – sind zu besichtigen.

Parks und Gärten

Trengwainton Garden
The National Trust
Madron, Penzance, Cornwall, TR20 8RZ
www.nationaltrust.org.uk/trengwainton-garden
Tel. ++44 1736 363148

Mag bei Land's End auch kräftig der Wind pfeifen – je weiter man sich dem milden Südklima rund um Penzance nähert, desto üppiger gedeiht die Vegetation. Gleich vier prachtvolle Parks und Gärten wetteifern um die Gunst der Besucher. Jede dieser Anlagen ist auf ihre Weise sensationell. Wie sooft in Cornwall verbreitet jeder Park eine eigene Stimmung. Allen gemeinsam ist die Sammelleidenschaft wohlhabender Familien vor mehr als einhundert Jahren, die als Kaufleute oder Kapitäne exotische Setzlinge von fernen Reisen mitbrachten und in Cornwall heimisch machten.

So war es auch in *Trengwainton Garden*, der sich im Besitz der alteingesessenen Familie Bolitho befand. Das eindrucksvolle Herrenhaus aus dem 16. Jahrhundert, heute im Besitz des National Trust und Drehort zahlreicher Filme, steht auf einem riesigen Parkgelände. Die einzelnen Bereiche des Areals entsprechen der kornischen Tradition dieser Gärten – Palmen überall, raffinierte und ausgefallene Wasservegetation, prächtige Rhododendren und Baumfarne. Dazu gibt es Möglichkeiten für ein Picknick am Fluss und einen großen *walled garden*, der die Besucher das Geheimnis von Cornwalls Pflanzenzucht besser verstehen lässt.

Trewidden House & Garden

Buryas Bridge, Penzance, Cornwall, TR 20 8TT

www.trewidden.co.uk

Tel. ++44 1736 3632 75

Trewidden House & Garden bietet neben Übernachtungsmöglichkeiten im Herrenhaus einen Garten voller Überraschungen. Auch hier fehlt exotische Pracht nicht. Durch die Anlage mit dreihundert Magnolien, Kamelien, Palmen und vielerlei exotischen Besonderheiten führen romantische Pfade, die den Rundgang äußerst abwechslungsreich gestalten.

Morrab Subtropical Gardens

Morrab Road, Penzance, Cornwall, TR18 4DA

www.morrabgardens.org

Tel. ++44 1736 3519 60

Morrab Gardens liegt mitten in Penzance und gehört zu jeder Besichtigung dieser sympathischen Stadt in der weiten Meeresbucht. Der subtropische Park ist fast so berühmt wie die Gezeiteninsel St. Michael's Mount vor der Küste, dem Pendant zum französischen Mont Saint-Michel. Morrab ist ein öffentlicher Garten, dessen exotischer Reiz nicht unterschätzt werden sollte. Eine angenehme Ergänzung auf jeder Rundreise durch West Penwith.

Tremenheere Sculpture Gardens

Gulval, Penzance, Cornwall, TR20 8YL

www.tremenheere.co.uk

Tel. ++44 1736 4480 89 (ext. 1)

Tremenheere Sculpture Gardens befindet sich nur zehn Autominuten entfernt von Penzance. Das ehemalige Klostergelände von St. Michael's Mount gelangte im Mittelalter in den Besitz der Familie Tremenheere. Der Park, der daraus entstand, beeindruckt die heutigen Besucher durch seine einzigartige Vermischung von Natur und Kunstobjekten. Das weitläufige Areal am Hang und im Tal dient als Ausstellungsgelände zeitgenössischer Künstler, deren Skulpturen auf wunderbare Weise mit der subtropischen, teilweise dschungelartigen Vegetation zu verschmelzen scheinen.

Fahrradtouren

Cornish Cycle Tours Ltd

The Wesleyan, Rosenannon, St. Wenn, Bodmin, Cornwall, PL30 5PJ
www.cornishcycletours.co.uk
info@cornishcycletours.co.uk
Tel. ++44 1637 8891 56

Eine angenehme Art, Penwith per Rad zu erkunden, bietet *Cornish Cycle Tours* an, ein Unternehmen, das eng mit Visit Cornwall und West Tourism zusammenarbeitet. Ob Touren nur mit der Familie oder in größeren Gruppen – Cornish Cycle Tours stellt die Räder (auch Elektrobikes) und organisiert die Tagesetappen samt Übernachtungen. Eine der gemütlichsten Touren über vier Tage beginnt in St. Just, führt in kleinen Etappen weiter nach St. Ives, von dort ins Fischerdörfchen Mousehole (dem Geburtsort des Stargazy Pie!) und wieder zurück nach St. Just. Das umfangreiche Programm bietet natürlich auch jede Menge Varianten für höhere Schwierigkeitsgrade – von der siebentägigen *coast-to-coast*-Runde bis zur vierzehntägigen Cornwall-Scilly-Tour. Es gibt sogar The Cornish Luxury Tour, die sechs Tage umfasst.

Eine weitere interessante Radtour auf alten Penwith-Pfaden – Start und Ende jeweils in Penzance – beschreibt der Radprofi und Blogger Jack Thurston in seinem Buch: *Lost Lanes West Country – 36 glorious bike rides in Devon, Cornwall, Dorset, Somerset and Wiltshire.* Wild Thing Publishing Ltd., Bath 2018, www.cyclinguk.org/lostlaneswest.

Museen und Galerien

Tate St. Ives
Porthmeor Beach, St. Ives, Cornwall, TR26 1TG
www.tate.org.uk
visiting.stives@tate.org.uk
Tel. ++44 1736 7962 26

Barbara Hepworth Museum and Sculpture Garden
Barnoon Hill, St. Ives, Cornwall, TR26 1AD
www.tate.org.uk/visit/tate-st-ives/barbara-hepworth-museum-and-sculpture-garden
Tel. ++44 1736 7962 26

The Leach Pottery
Higher Stennack, St. Ives, Cornwall, TR26 2HE
www.leachpottery.com
office@leachpottery.com
Tel. ++44 1736 7997 03

St. Ives Museum
Wheal Dream, St. Ives, Cornwall, TR26 1PR
Tel. ++44 1736 7960 05

Penlee House Gallery & Museum
Morrab Road, Penzance, Cornwall, TR18 4HE
www.penleehouse.org.uk
info@penleehouse.org.uk
Tel. ++44 1736 3636 25

Abgesehen von den kulturellen Events in Truro ist St. Ives bis heute die «Kunsthauptstadt» Cornwalls geblieben. In zahlreichen privaten Galerien lassen sich die Werke dort ansässiger oder internationaler Künstler besichtigen.

St. Ives' Ruf als künstlerisch anregender Ort im weichen Licht Cornwalls machte in Europa schon früh die Runde. Die Liste der Maler, die neugierig anreisten, blieben und dabei viele interessante Spuren hinterließen, ist lang. Begonnen hatte alles mit dem großen William Turner, der 1811 nach Cornwall kam und seine Eindrücke aus West Penwith auf Leinwand festhielt. Viele Zeitgenossen folgten ihm nach. Im 20. Jahrhundert formte sich schließlich um den Maler Ben Nicholson ein Kreis, der als *St. Ives School of Painting* bezeichnet wurde und der mit seinem kreativen Geist weitere moderne Künstler inspirierte.

Eine dieser Persönlichkeiten war die Bildhauerin Barbara Hepworth, Ben Nicholsons zweite Ehefrau, die sich in St. Ives ihr Atelier einrichtete. Auch der Keramiker Bernard Leach schloss sich der Künstlerkolonie an und bewies, zu welcher Kunstfertigkeit die Töpferei führen kann. Unvergessen auch die expressive Sprachgewalt der Schriftstellerin Virginia Woolf, für die Cornwall eine wichtige Quelle der Inspiration wurde, nachdem sie einen Teil ihrer Jugend im nahe gelegenen Talland House verbracht hatte. Auch der Dichter W.S. Graham, gefördert von dem Dramatiker Harold Pinter, lebte bis zu seinem Tod 1986 in West Penwith.

In der künstlerischen Atmosphäre von St. Ives findet man heute einige interessante Museen. Herausragend sind vor allem das Museum Tate St. Ives – ein Ableger der berühmten Londoner Tate Modern – sowie das Barbara Hepworth Museum und die Bernard Leach Pottery.

Tate St. Ives ist ein äußerst spannendes und die Phantasie anregendes Museum von herausragender Qualität. Die Räumlichkeiten sind Heimat der Werke zeitgenössischer Künstler, aber auch etlicher St.-Ives-Klassiker. Ein Rundgang sollte immer mit einem Besuch des Barbara Hepworth Museum verbunden sein.

Das *Barbara Hepworth Museum* befindet sich im ehemaligen Atelier der Künstlerin. Gemeinsam mit dem angrenzenden Sculpture Garden gibt es höchst eindrucksvoll die Vielfalt ihrer oft monumentalen Werke wieder. Dieses Museum ist dem Tate Museum in St. Ives angeschlossen. Hepworth selbst hat ihre Ausdrucksstärke mit der Kraft der kornischen Landschaft in Verbindung gebracht.

Ähnlich verhält es sich mit der *Bernard Leach Pottery*. Eine Besichtigung dort macht deutlich, wie sehr der in Asien aufgewachsene Künstler die Keramik als perfekte Fusion zwischen westlicher und östlicher Philosophie begriffen hatte.

Das historisch orientierte kleine *St. Ives Museum* geht einen anderen Weg. Es führt den Besucher mit vielen authentischen Ausstellungsstücken durch die Geschichte der Region vom Sardinenfang bis zur alten Schmiede. Ein perfektes Ziel, um einen Einkaufsbummel in St. Ives abzurunden, nicht nur bei schlechtem Wetter oder an stürmischen Küstentagen.

Was für St. Ives die School of Painting war, bedeutet für das Städtchen Penzance und den Hafen Newlyn übrigens die Künstlerkolonie der *Newlyn School*. Ihr gehörten Ende des 19. Jahrhunderts namhafte Maler wie Walter Langley, Stanhope Forbes und Frederick Millard an, die nach französischem Vorbild im Licht der freien Natur malten.

In Penzance bezeugt ein besonders eindrucksvolles Museum den Aufbruchsgeist dieser Zeit. Es ist *Penlee House Gallery & Museum*, ein prachtvolles weißes Gebäude aus viktorianischer Zeit. Im Erdgeschoss beherbergt es wechselnde Ausstellungen, und im Rest des Gebäudes befindet sich die große Gemäldesammlung – vor allem der Newlyn School. Der Besuch des Museums lässt sich wunderbar mit einem Spaziergang durch die Morrab Gardens verbinden (siehe den Abschnitt Parks und Gärten, S. 299).

Übernachtungsmöglichkeiten und Pubs

The Gurnard's Head
Nr Zennor, St. Ives, Cornwall, TR26 3DE
www.gurnardshead.co.uk
enquiries@gurnardshead.co.uk
Tel. ++44 1736 7969 28

The Sloop Inn
The Wharf, St. Ives, Cornwall, TR26 1LP
www.sloop-inn.co.uk
info@sloop-inn.co.uk
Tel. ++44 1736 7965 84

The Tinners Arms
Zennor, St. Ives, Cornwall, TR26 3BY
www.tinnersarms.com
enquiries@tinnersarms.co.uk
Tel. ++44 1736 7969 27

Beste Ausgangslagen zur Erkundung von West Penwith sind die Orte St. Ives und Penzance. Hier lassen sich Hotels und Gästehäuser unterschiedlicher Kategorie finden, auch die Anzahl moderner kleiner Boutiquehotels ist in den vergangenen Jahren gewachsen. Ob St. Ives oder Penzance hat sicher auch mit der Frage zu tun, welcher Freizeitbeschäftigung man im Urlaub nachgehen möchte. Surfer sollten sich in jedem Fall für die Nordküste mit St. Ives entscheiden, auch Kulturfreunde sind dort gut aufgehoben. Liebhaber kleiner romantischer Buchten und die Besucher der großen Parks und Gärten entscheiden sich dagegen eher für Penzance als Ausgangspunkt. Interessante Restaurants und Shops finden sich in beiden Orten.

Wer sich für ein oder zwei Nächte mitten in Penwith aufhalten möchte – dicht an Land's End, Minack Theatre und Botallack Mine –, ist im traditionsreichen Inn *The Gurnard's Head* gut aufgehoben. Es liegt auf dem Weg von St. Ives nach Land's End hinter Zennor an der Küstenstraße. Seine goldgelbe Hausfarbe ist schon von weitem sichtbar. Die Lage des Inns an den Mooren von West Penwith lässt einen spüren, wie verwunschen diese Landschaft sein kann. Es ist ein ideales Wandergebiet, insbesondere wegen der Küstenpfade, die durch die unmittelbare Nähe des Inns zum Meer schnell erreichbar sind. Über der alten Gaststube gibt es angenehme, klassisch-moderne Zimmer und einen Garten. Die Atmosphäre des Hauses ist kornisch rustikal und recht lebendig.

Das *Sloop Inn* in St. Ives gehört zu den historischen Pubs in Cornwall, immerhin gehen seine Anfänge auf das vierzehnte Jahrhundert zurück. Die urige weiß verputzte Fassade mit den schwarzen Tafeln, auf denen vom Ale bis zu den Speisen alles aufgeführt ist, gehört zu St. Ives' Stadtbild. Nur wer einmal mit seinen Fish 'n' Chips draußen auf einer der Bänke gesessen hat und dabei die frechen Möwen von der Promenade im Auge behalten musste, hat St. Ives richtig kennengelernt. Im Inneren ist der Pub so, wie er sein sollte: eng, schummerig und voller geheimnisvoller Winkel.

Das *Tinners Arms* gehört für mich zu den schönsten und besonders authentischen Pubs in Cornwall. Erbaut im Jahr 1271, zeugt es auch heute noch von dem, was Pubs in dieser Landschaft einst bedeuteten – Treffpunkt der weit verstreut lebenden Bauern und Minenarbeiter und zugleich Versammlungsort. Die holzgetäfelten Decken und Wände verströmen Zeitlosigkeit, der mächtige Granitkamin vermittelt neben seiner Wärme ein beruhigendes Maß an Beständigkeit.

Auch der englische Schriftsteller D.H. Lawrence, der 1916

mit seiner Frau Frieda für einige Zeit in Zennor lebte, sah laut der Chronik des Pubs etwas ganz Besonderes im Tinners Arms. Nach seinem Aufenthalt soll er lobend geschrieben haben: «It is the best place I have been in, I think.»

Weingüter

Knightor Winery

Trethurgy, Cornwall, PL26 8YQ
www.knightor.com
info@knightor.com
Tel. ++44 1726 851 101

Polgoon Vineyard & Orchard

Polgoon Vineyard Ltd, Rosehill, Penzance, Cornwall, TR20 8TE
www.polgoon.com
tours@polgoon.com
Tel. ++44 1736 333 946

Die Weinherstellung in Cornwall hat eine erstaunlich lebendige Geschichte. Immer wieder haben begeisterte Winzer versucht, das perfekte Anbaugebiet in ihrer Landschaft ausfindig zu machen. Die selbstbewusste Weinbauszene, die heute hier existiert, ist das Ergebnis vieler Lernprozesse. Cornwalls Winzer sind zwar mit einem milden Klima gesegnet, haben dafür aber mit den Widrigkeiten des stürmischen atlantischen Wetters zu kämpfen. Dennoch macht der Weinanbau in Cornwall Jahr für Jahr weitere Fortschritte, und die Begeisterung der Winzer ist beeindruckend.

Unter den zahlreichen kleinen kornischen Weingütern nimmt vor allem *Knightor Winery* einen wichtigen Platz ein. Nur zwanzig Minuten von Fowey entfernt, gedeihen seine Reben oberhalb der geschützten St. Austell Bay. Es werden Weißwein, Rosé und Rotwein produziert, darunter sehr interessante Pinot Noirs und Chardonnays. Besonders stolz ist man auf den hauseigenen Sekt mit einer Produktion von bis zu zwanzigtausend Flaschen jährlich. Die hübschen historischen Gebäude auf dem Gelände, die Zimmer zur Übernachtung, die Scheune und der Hof werden von den Gästen der Umgebung gerne für Hochzeiten und private Feste gebucht. Fast das ganze Jahr über sind Weinproben möglich.

Näher an Land's End – direkt vor den Toren von Penzance – befindet sich das kleine Weingut *Polgoon Vineyard & Orchard*, dessen Ruf ebenfalls über Cornwall hinausgeht. Die Bandbreite seiner Produktion umfasst zwar auch Cider und Obstsäfte, aber seine Weine sind preisgekrönt, unter anderem durch die *Waitrose Trophy* für den besten Rosé Großbritanniens. Besonders herauszuheben sind auch der Sauvignon Blanc, ein blumiger lebhafter Bacchus und der weiße Seyval-Blanc-Sekt.

Auch das übrige Angebot macht den Besuch bei Polgoon Vineyard charmant. Zur Weinprobe kann man sich in der angeschlossenen Vine-House-Küche beköstigen lassen und im Shop einkaufen.

Alles in allem bereitet der Besuch von Cornwalls Weingütern schlichtweg Vergnügen. Er ist eine interessante Ergänzung zu erlebnisreichen Tagen in Englands Südwesten. Und wo immer man dort das Glas in seiner Hand erhebt, heißt es auf Kornisch: *Yeghes da! Cheers!*

Alle Angaben ohne Gewähr für Vollständigkeit, aktuelle Veränderungen sind jederzeit möglich.

Meine Lieblingsrezepte aus Cornwall

Stargazy Pie

Zutaten (für 4–6 Personen):

300 g Blätterteig

6 Sardinen

3 hart gekochte und gehackte Eier

2 kleine gewürfelte Scheiben Speck (Schwarte entfernen)

1 gehackte Zwiebel

3 EL gehackte Petersilie

1 EL Cider oder Weißwein

50 ml Sahne

Pfeffer und Salz

1 geschlagenes Ei

Zubereitung:
- Der Backofen wird auf 200 °C vorgeheizt.
- Die Sardinen werden vorsichtig filetiert, danach aber wieder samt Köpfen in Form gebracht.
- Aus dem Blätterteig wird eine erste dünne Schicht ausgerollt und als Boden in eine feuerfeste Form gegeben. Darauf werden die sechs Sardinen, die gehackte Zwiebel, die Speckstücke, die Petersilie und die Sahne verteilt, mit Pfeffer und Salz gewürzt und das Ganze mit dem Esslöffel Cider oder Weißwein gekrönt.
- Nun folgt als Bedeckung die zweite Schicht Teig. In ihn werden vorsichtig sechs Löcher gedrückt, durch die man die Sardinenköpfe *(stargazy!)* herausschauen lässt.
- Am Schluss bestreicht man diese oberste Schicht gleichmäßig mit dem geschlagenen Ei.
- Garzeit: 30 Minuten bei 200 °C.

- Je nach Größe der Sardinen evtl. weitere 15 Minuten bei 180 °C garen lassen.

Mein Tipp: Das perfekte Begleitgetränk für den *Stargazy Pie* ist Cider. In Erinnerung an die Ursprünge von Mouseholes traditioneller Speise wird diese Pastete gerne zu Weihnachten serviert.

Grannys Bread Pudding

Zutaten (für 4 Personen):

400 g Vollkorntoast (oder altes Brot, nicht zu dunkel)

700 ml Milch

450 g Sultaninen, Rosinen, Cranberries (o. Ä.)

100 g Zucker

50 g Mehl

1 Messerspitze Backpulver

2 leicht geschlagene Eier

100 g Butter

Zubereitung:
- Den Backofen auf 150 °C vorheizen (Ober- und Unterhitze).
- Das Brot wird in kleine, aber nicht zu winzige Stücke zerrupft und in einem großen Topf mit der gesamten Milch übergossen. 10 Minuten stehen lassen, anschließend kurz durchrühren. Jetzt die Trockenfrüchte, den Zucker, das Mehl und das Backpulver dazugeben und erneut verrühren.
- Parallel dazu die Butter in einem Topf schmelzen lassen und danach auch sie sowie die leicht geschlagenen Eier dazugeben. Erneut durchrühren.
- Anschließend den Teig in eine eingefettete feuerfeste Form geben und in den Backofen schieben.
- Backzeit: 75 Minuten bei 150 °C, anschließend 10–15 Minuten bei 180 °C fertig backen.

Mein Tipp: Der *Bread Pudding* eignet sich perfekt als Dessert für mehrere Tage. Am besten wählt man für ihn eine rechteckige Form (mit festem Boden), aber natürlich kann auch eine runde Kuchenform verwendet werden. Serviert wird dieser typisch englische *pudding* übrigens mit Vanillesauce, Fruchtsaucen oder Eiscreme. Willkommen in Cornwall!

Bibliographie

BACH, RICHARD: *Die Möwe Jonathan*, Ullstein Taschenbuch 2012, a.d. Amerik. v. Jeannie Ebner

BERKELEY, GEORGE: *A Treatise Concerning the Principles of Human Knowledge*, Hackett Publishing 1982, a.d. Engl. v. Thomas Chatwin

CARRINGTON, LEONORA: Interview in: *The Believer Magazine*, Las Vegas November/December 2012, a.d. Amerik. v. Thomas Chatwin

CHURCHILL, WINSTON S.: *Churchill speaks: 1897–1963. Collected Speeches in Peace and War*, hg. v. Robert Rhodes James, Atheneum Books 1981, a.d. Engl. v. Thomas Chatwin

DARWIN, CHARLES: *Nichts ist beständiger als der Wandel. Briefe 1822–1859*, hg. v. Frederick Burkhardt, Insel Verlag 2008, a.d. Engl. v. Ursula Gräfe

DICKENS, CHARLES: *Große Erwartungen*, Insel Verlag 2011, a.d. Engl. v. Paul Heichen

ELIOT, T. S.: in: Choruses from *The Rock*, Cambridge University Press 2004, a.d. Engl. v. Thomas Chatwin

GASKELL, ELISABETH: in: *Weisheit und Stärke: Ansichten kluger Frauen*, hg. v. Angelika Koller, Reihe Kleine Bibliothek, arsEdition 2005 (ohne Übersetzernamen)

GRAHAM, WINSTON: *Poldark* (Poldark-Saga 1–7), Ullstein Verlag 2016, a.d. Engl. v. Gisela Stege (u.a.)

JOYCE, JAMES: *Ulysses*, Suhrkamp Verlag 2006, a.d. Engl. v. Hans Wollschläger

LOCKE, JOHN: An Essay Concerning Human Understanding/Ein Versuch über den menschlichen Verstand, hg. v. Katia Saporiti, Verlag Philipp Reclam jun. 2020, a.d. Engl. v. Joachim Schulte

MANSFIELD, KATHARINE: *Briefe*, hg. v. Vincent O'Sullivan, Insel Verlag 1992, a.d. Engl. v. Eike Schönfeld

MAUGHAM, W. SOMERSET: *Summing Up*, Vintage Classics 2001, a.d. Engl. v. Thomas Chatwin

POWYS, JOHN COWPER: *Wolf Solent*, Carl Hanser Verlag 2003, a.d. Amerik. v. Richard Hoffmann (Nachdr. d. Ausg. Frankfurt/M. 1999)

ROWLING JOANNE K.: *Harry Potter und der Stein der Weisen*, Carlsen Verlag 2008, a.d. Engl. v. Klaus Fritz

SHAKESPEARE, WILLIAM: *Kymbelin*, Verlag Richard Löwit o.J., a.d. Engl. v. A.W. Schlegel (u.a.)

SMITH, ZADIE: *Zähne zeigen*, Kiepenheuer & Witsch Taschenbuch 2010, a.d. Engl. v. Ulrike Wasel u. Klaus Timmermann

TANGYE, DEREK: *A Gull on the Roof*, Constable & Robinson E-Book 2014, a.d. Engl. v. Thomas Chatwin

THOREAU, HENRY DAVID: *Tagebücher 1–4*, Matthes & Seitz Verlag 2016–2019, a.d. Amerik. v. Rainer G. Schmidt

TOLKIEN, J. R. R.: *Der Herr der Ringe*, Klett-Cotta 2004, a.d. Engl. v. Margaret Carroux

TWAIN, MARK: *Dem Äquator nach*, Verlag Hoffmann und Campe 1965, a.d. Amerik. v. Ana Maria Brock

WESLEY, MARY: *Part of the Secenery*, Bantam Press 2001, a.d. Engl. v. Thomas Chatwin

WILDE, OSCAR: *Bunbury oder Es ist wichtig, ernst zu sein*, Verlag Philipp Reclam jun. 1999, a.d. Engl. v. Rainer Kohlmayer

WOOLF, VIRGINIA: *Schreiben für die eigenen Augen*, hg. v. Nicole Seifert, Fischer Taschenbuch 2012, a.d. Engl. v. Maria Bosse-Sporleder u. Claudia Wenner

Thomas Chatwin
Post für den Mörder
Ein Cornwall-Krimi

Ein prächtiger Tag im Spätsommer. In dem kleinen Städtchen an der Mündung des Fowey River herrscht tiefe Ruhe. Daphne Penrose, Postbotin der Royal Mail, bemerkt auf ihrer täglichen Runde, dass die Fenster des alten Fischerhauses bereits den zweiten Tag offen stehen. Das Haus ist verwüstet, von Mrs. McKallan, der schottischen Malerin, fehlt jede Spur. Zur selben Zeit fischt Daphnes Mann Francis vor dem Anleger der Fähre nach Polruan eine männliche Leiche aus dem Wasser: den Reeder Edward Hammett.

Dann tauchen zwei weitere Leichen auf. Und Daphne und Francis wird klar: Der zuständige Chief Inspector wird diesen Fall niemals lösen! Die beiden beginnen, heimlich zu ermitteln. Und zwar mit höchst eigenwilligen Methoden …

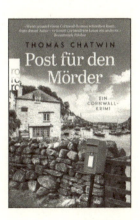

Weitere Informationen finden Sie unter **rowohlt.de**

320 Seiten

Thomas Chatwin
Mörder unbekannt verzogen
Ein Cornwall-Krimi

Der zweite Fall für das beliebte kornische Ermittlerpaar: Postbotin Daphne Penrose und Flussmeister Francis.

Daphne Penrose, benannt nach Cornwalls berühmter Dichterin, ist zu einem exklusiven Empfang in den Trelissick Garden eingeladen. Es gibt kornische Köstlichkeiten, und es spricht Lewis Russel, ein besonderer Kenner von du Mauriers Werk. Da Ehemann Francis nur wenig Sinn für derlei hat, geht Daphne allein hin. Doch das Fest wird jäh beendet, als in einem der Gunnera-Beete die Leiche von Dr. Finch gefunden wird. Wer hätte Grund gehabt, den beliebten Arzt zu töten? Da der zuständige Chief Inspector mit dem Kopf schon im Jagdurlaub ist, müssen Daphne und Francis wieder einmal auf eigene Faust ermitteln.

Weitere Informationen finden Sie unter **rowohlt.de**

320 Seiten